鈴木いづみ×阿部薫

ラブ・オブ・スピード

文遊社

【鈴木いづみ写真館】

いづみはずーっとAの中に女在している。

写真／荒木経惟

【阿部薫写真館】

マリアと呼ばれていたアルト

写真／南達雄

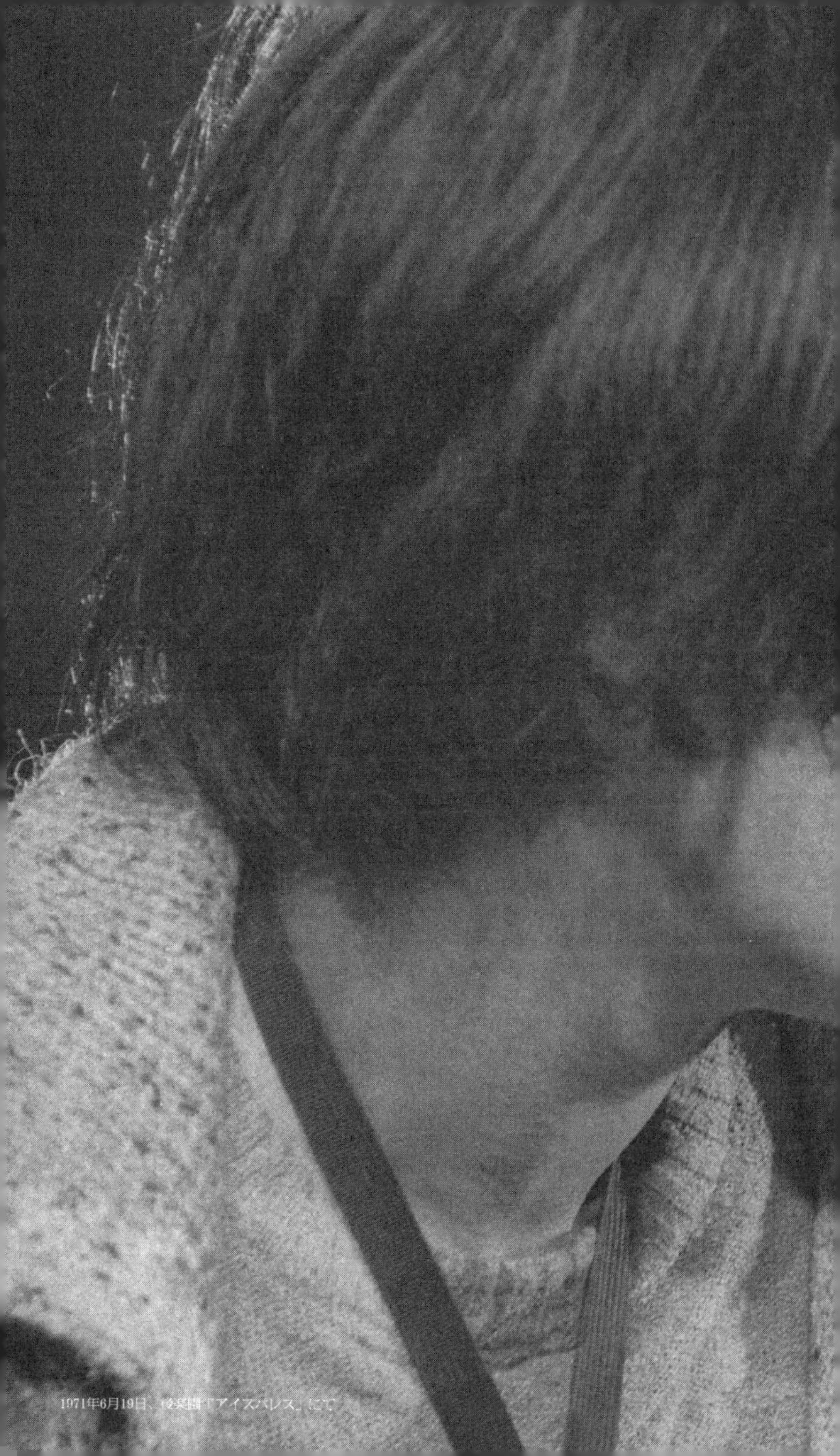

1971年6月19日、後楽園「アイスパレス」にて

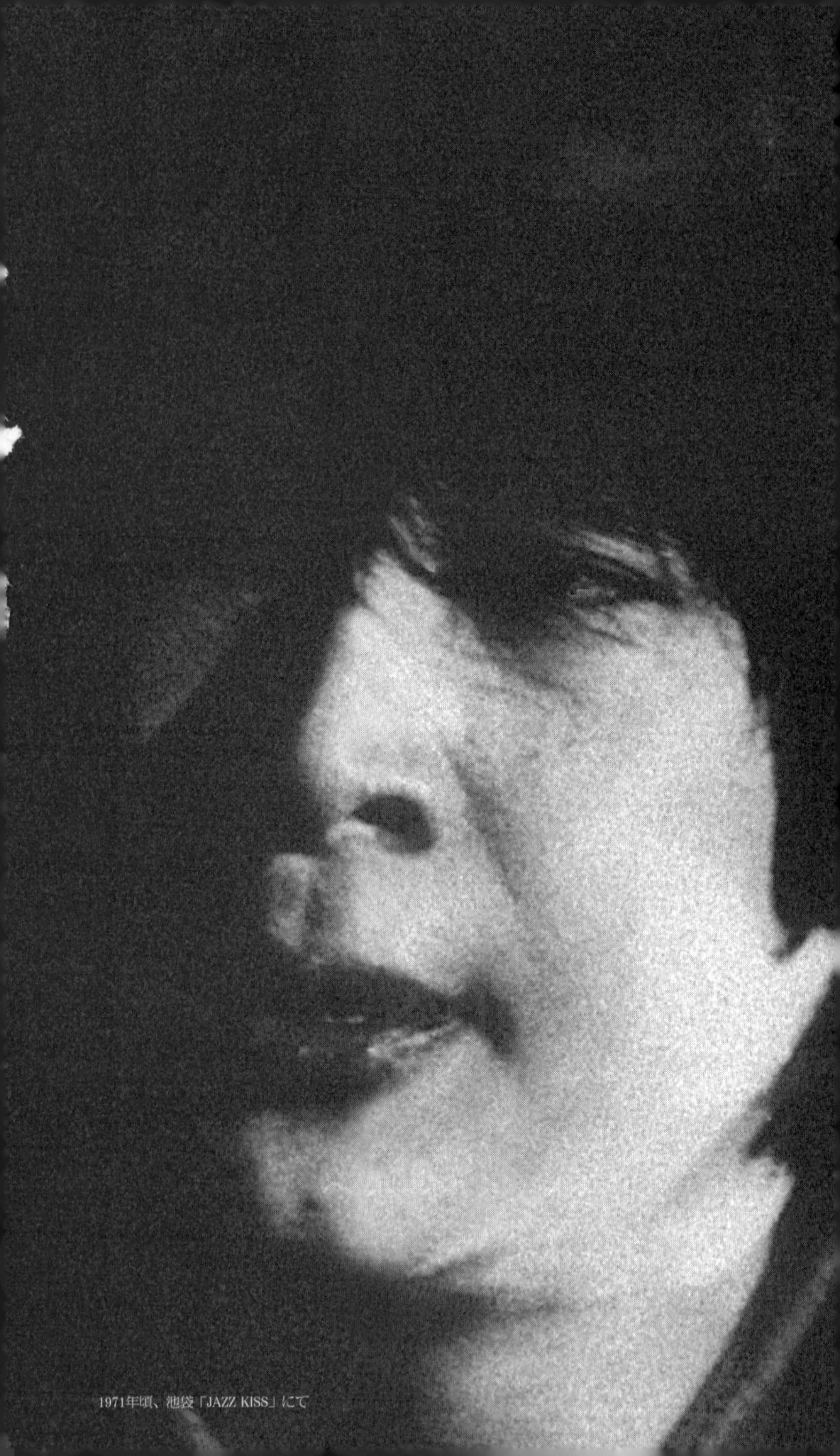

1971年頃、池袋「JAZZ KISS」にて

1971年4月14日、渋谷「プルチネラ」にて

1971年6月19日、後楽園「アイスパレス」にて

鈴木いづみ×阿部薫　ラブ・オブ・スピード

文遊社

目次

【鈴木いづみ写真館】
いづみはずーっとAの中に女在している。　写真／荒木経惟……1

【阿部薫写真館】
マリアと呼ばれていたアルト　写真／南達雄……6

鈴木いづみ――速度が問題なのだ……17

【シンポジウム】
鈴木いづみRETURNS　司会／大森望　出演／高橋源一郎・森奈津子……18

鈴木いづみ『恋のサイケデリック！』　大森望……33

愛を求めてSFの旅　三浦しをん……38

鈴木いづみＬＯＶＥ　新藤風……４２
鈴木いづみとル＝グウィンの描いたジェンダー　ダグラス・ラナム［訳／野川政美］……４９
〝浅香なおみ〟のころ……６０
「成人映画」特別手記　鈴木いづみ……６６

阿部薫――誰よりも速くなりたい……７１

絶対零度に向けての疾走――阿部薫小論　副島輝人……７２
永遠に持続する緊張　町田康……９２
見上げてごらん、夜の星を　大友良英……９６
いま阿部薫を聴く希望　原雅明……１０４
誰が阿部薫を必要としたのか？　平井玄……１１１

鈴木いづみ×阿部薫――愛しあって生きるなんて、おそろしいことだ……１２１

忘れられっこないもんネ――「騒《がや》」にいた鈴木いづみと阿部薫　騒恵美子……１２２
二つの彗星、その軌跡を辿る――鈴木いづみと阿部薫　本城美音子……１３８

【インタビュー】
他人の三倍くらい自由に生きたふたり　若松孝二［聞き手／平沢剛］……154

それぞれの鈴木いづみ×阿部薫……163
あがた森魚／朝倉世界一／池田千尋／歌川恵子／大石三知子／加部正義／
近代ナリコ／今野勉／佐藤江梨子／田原総一朗／近田春夫／戸川純／
日向朝子／宮崎大／山中千尋／与那原恵／四方田犬彦

鈴木いづみスペシャル・セレクション……175
【短編小説】
夜のピクニック……176
静かな生活……214
【エッセイ】
ふしぎな風景……242

【単行本未収録作品】
息を殺している……263
私の幸福論……276
体験的告白論……278

資料……285

鈴木いづみ×阿部薫略年譜……286
鈴木いづみ×阿部薫書誌　文／本城美音子……292
阿部薫ディスコグラフィ　文／大野真二……302
執筆者紹介……313

装幀　佐々木暁

鈴木いづみ——

速度が問題なのだ

【シンポジウム】

鈴木いづみRETURNS

司会／大森望　出演／高橋源一郎・森奈津子

静岡県伊東市から上京し、モデル、ピンク女優となっていた鈴木いづみの書いた小説、『声のない日々』が「文學界」の新人賞候補となった一九七〇年、鈴木いづみはまだ二〇歳だった。週刊誌などでは〝文学するピンク女優〟としてさかんに騒がれたが、いわゆる純文学の文壇からは異端視され、正当な女流作家として遇されなかった。松岡正剛が『千夜千冊』で指摘しているとおり、当時、まず鈴木いづみという存在を評価したのは、文学者たちではなく、写真家の荒木経惟であり、次に近田春夫や巻上公一といったミュージシャンたちであり、次に寺山修司ら演劇人たちだった。それでも高校時代から文学少女だった鈴木いづみは、自身の才能を文学に賭けた。

だが、当時の文学者たちは、元ピンク女優という出自や、あるいは足指切断事件などのスキャンダルのためか、ついに真正面から彼女の作品に向き合うことをしなかった。松岡は、つづけて「もしここで彼女が文学の微笑に包まれていたならば、いづみは自殺しなかったか、それとももっと凄い作品を書いていた」と言っている。

エッセイ、ルポルタージュ、その他の雑文と、書ける場を求めてどんな雑誌にでも書いた鈴木いづみだが、テレビ番組『11PM』で眉村卓と出会ったことから、七五年から約一〇年にわたり「SFマガジン」にSF小説を発表するようになった。そこに小説家として新たな発表の場を見いだし、その才をいかんなく発揮していく。

「日常」を詳細に描けば描くほど、なぜか稀薄になってゆく鈴木いづみ特有の「現実感覚」。その透徹した文体は、SFというジャンルを軽やかに越境する。〝あたりまえじゃないことはふしぎではないが、あたりまえなことはとてもふしぎなのだ〟と書いた鈴木いづみにとって、日常の生活はまるでSFの世界だった。没後二〇年以上が経ち、再評価の機運が高まるなか、あらためてそのSF作品群が注目されている。ここにご紹介するのは、その端緒ともなったシンポジウム「SFセミナー2005」である。SF作家・鈴木いづみの魅力とは……。

鈴木いづみが還《かえ》ってきた

大森　それでは、「鈴木いづみＲＥＴＵＲＮＳ」というお題で話をはじめたいと思います。鈴木いづみは日本を代表するＳＦ作家だと思ってるんですが、なかなか一般的にはそう思われていないみたいで、今日は、その認識を改めていただく絶好の機会だと個人的には思っています。

ちなみに、鈴木いづみをこのＳＦセミナーの企画発表の以前から知っていたという人、手をあげてください。

（けっこう手があがる）

高橋　さすが。すごいね、ＳＦセミナーは。水準が高いね。純文学じゃこうはいかない。

大森　やっぱりＳＦ作家なんですよ（笑）。さて、今日はゲストとして、作家の高橋源一郎さんと森奈津子さんに来ていただきました。高橋さんはＳＦセミナー登場二回目ですね。前回は一九八九年。そのときは「高橋源一郎、ＳＦを語る」というテーマでした。

高橋　記憶が、あんまり……。そんなことあったっけ（笑）。

大森　ちなみに、そのセミナーにも来ていた人は、どのくらいいますか。

（ちらほら）

……うーん、少ないですね。セミナー参加者にも新陳代謝があると。

高橋　以前、八年くらい前にこの近くで、野間宏の会ってのに呼ばれて行ったんですけど、その会は延々とその後も続いているんですが、毎回、聴講者がどんどん減っていくんですよね、平均年齢が六〇歳以上で、年配の方が多いので（笑）。でもその点、鈴木いづみはいいですね。まだファンが若いですから。

大森　そうですね。来年で没後二〇年だというのに、『鈴木いづみコレクション』全八巻、『鈴木いづみセカンド・コレクション』全四巻と、計十二冊も選集が出ている。ふつうのＳＦ作家で、こんな人はいません。死後に選集が出るＳＦ作家というと、ほかにフィリップ・Ｋ・ディックか、シオドア・スタージョンくらい。僕の中では、鈴木いづみはそのふたりに並ぶぐらい重要なＳＦ作家なんです。

ところが、このあいだ高橋さんに「鈴木いづみをテーマにしたパネルがあるのでSFセミナーに来てもらえませんか」って聞いたら、「えっ、なんで鈴木いづみでSF？　ああ、そういえばSFも書いてたね」って、そのぐらいの反応でしたけど、れっきとしたSF作家ですから。

高橋　重々承知しております（笑）。

大森　ちなみに高橋さんもSF作家ですから（笑）！　さて、もうお一方、森奈津子さんは、SFセミナーはじめてですね。でも二〇〇一年の京都SFフェスティバルで、牧野修さんと一緒に「バカとエロ」という無敵の企画でSF語ってますから、もう怖いものないですね（笑）。ではまず、おふたりの鈴木いづみ作品との出会いから伺いましょうか。

SF作家・鈴木いづみとの出会い

高橋　僕は、八〇年代に鈴木いづみの名を知りました。伝説のサックス奏者・阿部薫の奥さんだってことで。すごく変わったものを書いているという、アンダーグラウンドな伝説があって。先に阿部薫のレコードを聞いたり、鈴木いづみの写真を見たりしていたんですが、実際に本を探すと、あまり見つからなかった記憶があります。その時の印象は、七〇年代のエッセンスを持った人だなと感じました。おもしろいとは思ったんですが、SF小説家としての認識は持たなかった。たぶんSFは読まなかったんでしょう。

文遊社のコレクションの解説を書くことになって、ぜんぶ読みましたが、それで認識を新たにして、判断ちがいを反省しました。もっと読んでおけばよかったと。すごくおもしろかったです。

大森　どの作品がいちばん好きでした？　やっぱりSF？

高橋　コレクションでは、第一巻が『ハートに火をつけて！』という自伝的要素の強い小説から始まっていて、SFは第三巻からなんです。この順番は、逆にすべきでしたね。今回読み返してみたけど、前よりおもしろかった。「これぞSF」と感じました。僕は、鈴木いづみが書いているものが、ある意味いちばんオーソドックスなSFではないかと感じました。たとえば、いわゆるSF的な、ロボットとかタイムマシンというガジェットの使い方。『なんと、恋のサイケデリック！』を読むと、そういう分かりやすいSF的設定が出てくるわけじゃないんだけど。じゃあ何が出てくるかって言うと、六〇年代後半の音楽や風俗。それが、不思議なことにどこか現実感がなくて、別の時代の、パラレル・ワールド的なSFの要素に見えてくるんですよね。これって、田中康夫の『なんとなく、クリスタル』に似ている。あの厖大な註を見ていると、なんだかSFみたいに読めてくる。つまり、ある時代のある国には、こういう妙なものがありました、という設定になっているわけ。過剰な情報が、現実感を喪失させて、タイムスリップしているような感じを与えるんです。これが、オーソドックスなSFだと感じるところ。これ読んで、だれでもSF書けるんじゃないかと錯覚するほどに。

大森　僕も大学の時に書いた鈴木いづみ論の中で、『なんクリ』をひきあいに出した覚えがありますね。たしかそこで書いたのは、つまらない現代をつまらなく書くのが田中康夫で、おもしろく書くのが鈴木いづみだと。無数の固有名詞をちりばめて、現代を書けば書くほど、現実感が薄れて、なんだかつくりものっぽく見えてくる。なんの前触れもなくベリベリと現実の壁がはがれて、そこに何かがある、というような、書き割りの世界。そこが、ディックやスタージョンに近いと感じるところです。ベリベリめくれるところからSFになって、そこがおもしろい。

高橋　鈴木いづみって、SFでも普通小説でも、ほとんど自分のことを書いている作家で、登場人物も似たり寄ったり。主人公はだいたいクスリやってて、厚化粧で、「現実感がない」ってぼやいてる。その現実感のなさは、実は宇宙人に支配されていたからだ、という一応の結末はあるにしても、彼女にとっては、SFだろうがなんだろうが、関係なかったように思う。森さんはいかがですか。

森　私は、実はこれまで短編を立ち読みしたことがあった程度で、ちゃんと読んだのは、このSFセミナー出演が決まってからです（笑）。リアルタイムでは、GSやらが出てくるのについていけなくて、読まずにいるうちに絶版になってしまったんです。SF作家だとは認識していましたが、今回読んでみて、そうでないものがあるほうに驚きました。

大森　当時も、SF作家として厚遇されていたわけじゃないけど、ただ晩年まで、SF作家として評価されることは、彼女にとって居心地がよかったんじゃないかとは思います。僕にとっては、どこかジェイムズ・ティプトリー・ジュニアを彷彿とさせるんですよ。SFを書くことが遊び場だったり、逃げ場だったりした存在として。

たとえば、『契約』という作品。これは、現実と折り合いをつけることのできない人、遠い星に住む宇宙人の生まれ変わりだと信じている頭のおかしな人の話ですね。純文だと、すごく悲惨な設定ですが、SFだとちゃんと「お迎え」が来てくれる（笑）。つまり、それが愛なの。ティプトリーには『ビームしておくれ、ふるさとへ』という、それとまったく同じ構造の話がありますし、スタージョンの『孤独の円盤』もそれと近い。SFなら、現実のほうを改変して、救済を用意することができるから、読んでいて辛くない。

高橋　『鈴木いづみコレクション』は「明かるい」編、「暗い」編にわかれていて、文章がちがう。僕は「暗い」編が好きです。文章が、なんだか翻訳調というか不自然なところがあって。それも、下手な翻訳。なぜかわからないけれど、ひとりひとりの人物のセリフに実感が全然ない。鈴木いづみは、こういうことがやりたかったんじゃないかな。

森　暗い編にも、明るい話がけっこうありますよね。いちばん好きなのは『夜のピクニック』でした。笑っちゃいました。地球おたくの宇宙人が、地球人の家族ごっこに興じているという（笑）。

大森　鈴木いづみの短編のなかでは、もっともジャンルSFに近い作品ですね。

高橋　世界全部が引用でできてるというか。何千年という地球文化をぜんぶコピーしている世界を描いている。しかも同時にコピーしてるから、優先関係までもごちゃまぜという世界。

大森　ポール・アンダースンとゴードン・R・ディクスンの合作で『地球人のお荷物』っていう、子熊みたいな宇宙人がいっしょうけんめい地球人の真似をする、かわいらしいユーモアSF小説があって、それにも似てるんだけど、鈴木いづみの場合はかわいくならない。笑いながら読めるんだけど、はっと、自分たちが何者かに気づかされる瞬間——ピクニックの日がやってくるという……。自分たちの知っている狭い現実世界の向こうには、未知の荒野が広がっているかもしれないという、不穏な予兆が描かれている。

笙野頼子と鈴木いづみ

高橋　同じような話はいろいろ書いているよね。やっぱり書き割りの感じがある。舞台の中だけの世界。その狭い舞台を鈴木いづみは何で埋めるかというと、ゴールデン・カップスとか、ジュリーとか、現実世界の俗物なんだよね。でも、七〇年代のものでも、いまも共通するものいっぱいありますね。いかりや長介とか。

大森　高橋さんは、鈴木いづみと二歳違いですが、同世代感覚というのはありますか。

高橋　まったくない（笑）。ふつうの同世代の男性作家がそういうものを扱うと、センチメンタルになっちゃうんだけど、鈴木いづみが書いているものを読むと、たとえばローリング・ストーンズにしても、サティスファクションにしても、僕が聞いていたものと、別の音楽に思えてくるような不思議な感覚がある。

森　私は八〇年代のことはよく覚えています。中学生のとき、ちょうどたのきんトリオがすごく流行ったんですけど、嫌で嫌で仕方なくて。今回じっくり読んでみたら、鈴木いづみが田原俊彦やら近藤真彦やらのことをやたら書いてるので、『スニーカーぶる〜す』とか、下手な歌が何度も頭をよぎって、その点はウンザリでした（笑）。

大森　鈴木いづみのように、「あんまりひどくて気持ちいい」とはならなかったと（笑）。

森　でも、それがおもしろかった。彼女が田原俊彦や近藤真彦のこと、さんざん下手だと言いつつ、でもおもしろがってほめているのを読むと、私が見ていたものとはぜんぜん違うものに思えて。そんな魅力があったのか、気がつかなかったよー、という感じがありましたね。

高橋　でも本当は、好きじゃなかったんじゃないかな。普通は、好きなものに感情的に固着するでしょ、これが自分の原点だ、みたいな。でも、鈴木いづみは、おもしろがりながらも、次の瞬間には忘れている感じ。

大森　エッセイなんか読んでても、ずっと好きでGS集めていたわけじゃないんですよ。なぜか急に、しかも八〇年代になってから、「私はGSオタクになろう」って、自分で決めている。そういうとこ、ありますね。森さん、ほかに好きな作品は？

森　『歩く人』も好きでした。なんかつげ義春の『ねじ式』みたいだって思いました、わけのわからなさが。代表作ではないですけど。

高橋　僕は断然『夜のピクニック』。でもこれはあまりにできすぎた傑作という感じ。でも作家らしさが出るのって、かえって欠点が出ている作品だと思う。たとえば『ペパーミント・ラブ・ストーリィ』とか。これは、少年と一回り年上の女の人の恋愛話ですね。最初八歳と二十歳で、最後は四十八と六十歳。でも何も起きない話。そもそも、なんでSFって感じだけどさ、こういう男女関係＝いわゆる女性性をテーマにした作品を、SFで書きたかったのかなって。『女と女の世の中』もそう。そういえば鈴木いづみって、SFだと、ベッドシーンがないね。

大森　当時、「SFマガジン」の強い倫理規定が働いたか（笑）。そういえば、ネットで笙野頼子の『水晶内制度』は、『女と女の世の中』のリメイクだって発言があって、ああ、なるほどと思いました。

高橋　そうそう、僕もそう思った。まさか笙野頼子と鈴木いづみが同じ軸にいるとは！　ふつうは、正反対に見えますよね。ふたりは、女性性を正反対から書こうとしたんだ。

早すぎた八〇年代作家

大森　ちなみに、純文学における鈴木いづみの女流作家としての、いわゆる文学史的な位置づけは？

高橋　ない。文学史をひもといたとき、鈴木いづみのページはないね。だって、あの人ＳＦでしょって。

大森　最初は「小説現代」でデビューして、「文學界」新人賞の最終候補になったわけだから、いわゆる普通小説の人だったはずなんですけどね。そのうち、派手な化粧をして、テレビにも出はじめて……。

高橋　当時、許されなかったね。派手な格好してるってだけで、純文学じゃない（笑）。山田詠美以降ですね、それが認められるようになったのは。鈴木いづみは早かったんだね。鈴木いづみを、ＳＦだとか純文だとか冠をつけずにひとことで呼ぶとしたら、「早すぎた八〇年代作家」。七〇年代の重苦しさから、解放されて八〇年代に台頭してきた田中康夫とか、村上春樹や村上龍、僕とか山田詠美のエッセンスって、じつはすでに鈴木いづみが七〇年代に書いていたようなものなんだよね、ある意味で。でも、純文の読み手や書き手たちは、鈴木いづみを知らなかったから。もし、鈴木いづみがこのスタイルで、八〇年代にデビューしていたら、すごい影響を与えたと思う。どの時代にも風俗小説はあるけど、こういうものはなかった。村上龍が『限りなく透明に近いブルー』でデビューしたのが七六年だから、鈴木いづみとは実際重なっているんだよね。村上春樹とも重なっているし、僕とか山田詠美とか、ぜんぶに近い。そして、その要素をすべて持っていた。七〇年代に、八〇年代を先取りしていた。

森　私生活で、性的に逸脱した女性作家というイメージで、注目されたのかと思ってました。山田詠美のはしりとして。でも、「早い」っていうのは、新鮮な解釈です。

高橋　じつは、そんなに性的に逸脱してるわけじゃないと僕は思いますけどね。

大森　私生活はともかく、ピンク女優として何本か映画に出て、そのあと天井桟敷でアングラ系の活動をしてたり、荒木経惟にヌード写真を撮られたり……と、傍目に見ると、派手は派手ですね。ヌード写真が残ってるSF作家は彼女ぐらいでしょう。そういうイロモノ的な扱いはあったんじゃないですか。「翔んでるポルノ女優が小説を書いて、文学賞の候補に！」みたいな。実際、深夜番組の『11PM』に出て、カバーガールをやって、その縁でSF作家の眉村卓と知り合って、SF読みなよって言われて、それがSF作家・鈴木いづみ誕生のきっかけ。つまり『11PM』がなければ、SF作家・鈴木いづみは存在しなかった。

岡崎京子の描いたボリス・ヴィアンの世界＝鈴木いづみ

高橋　あともうひとつ、みんなも共感すると思うけど、岡崎京子にも似ている。『セカンド・コレクション』第二巻で彼女も解説を書いてるけど、出てくる少女像とか、岡崎京子にそっくりですね。いわゆる資本主義的なガジェットを全身にまとっている感じや、スピード感や、そのスピードのあまり、現実と激突して、ある種、悲劇的な結末を迎えるというところとか。なんでそう思ったかというと、岡崎京子がボリス・ヴィアンの『うたかたの日々』を漫画化しているけど、これがいい。ボリス・ヴィアンと岡崎京子って、すごく親和性がある。岡崎京子が描いたボリス・ヴィアンの世界が、そのまま鈴木いづみなんだ。この三者をからめると、すごく似ている。ヴィアンの小説も、ある面からみると完璧なSFでしょう。わざわざ、無駄な機械を登場させたり、登場人物を、感情が一方通行の半分ロボットのように描いてみたり。そうしたキャラクターの立て方とか、全体の透明感も。

大森　岡崎京子は同感です。ヴィアンは考えたこともなかったけど。

森　私は、萩尾望都にも似てるって思いました。

高橋　鈴木いづみのいいところでもあり、欠点というか悲劇なのは、何にでも似てしまうところ。もちろん彼女が何かに似せているとか、誰かのマネをしているわけじゃないけど。鈴木いづみにはちゃんと固有の文体があって、自分の興味にしたがってSFを書いたり、音楽を聴いたり、普通小説やエッセイを書いたりしてるんだけど、それがたまたま、その時代の先端にぶつかって、その空気に合ってしまう。だから、村上龍や笙野頼子にも似ちゃう。ヴィアンにも、岡崎京子にも。

大森 今日、べつの企画で桜庭一樹さんのことを話していたんですが、彼女の『砂糖菓子の弾丸は撃ちぬけない』とか『推定少女』といった作品を読んでいると、鈴木いづみを思い出すんです。桜庭さんは、ライトノベルの枠組で純文学的な題材を書いていますが、おそらく、彼女の作品が持つ衝撃力は、鈴木いづみのそれと非常に近い。鈴木いづみの小説も、時代を切り裂くカッティング・エッジの部分がなまることなく、いつまでも鋭さを保ちつづけている。痛々しさと、ふてぶてしさが同居したみたいな……。鈴木いづみがいまも読み継がれている理由のひとつは、そこにあると思います。

作品と作家の私生活

大森 もうひとつの理由は、私生活での阿部薫との関係。それこそボニーとクライドみたいな、ある種、神話化されたカップルなんですよね。九二年に稲葉真弓さんがふたりをモデルに『エンドレス・ワルツ』を書いて、若松孝二監督で映画化された。阿部薫は町田町蔵（現・町田康）さんが、鈴木いづみは広田玲央名（現・広田レオナ）が演じました。

高橋 町田さんはぴったりだったね。

大森 そのとき僕はすごくびっくりしたんですよ。「どうしてSF作家としての鈴木いづみの人生が描かれていないんだ」と。そこではじめて、「あれ？ もしかしたら、SFファン以外にも、鈴木いづみが好きな人っているのかも」と認識した（笑）。それまでは、私生活と作品が密接に関わっているようなSF作家って、日本にはいませんでしたから。

高橋 これはおそらく僕の誤解だと思うけど、一般の純文学作家というのは、家庭を顧みないようなひどい人間で、人生を犠牲にしてまで、文学的な魂の作品を書くタイプ。それに対してSF作家は、いい人が多くて、家庭を大切にし、大森さんのようにふっくらした感じで（笑）、私生活とは正反対のフィクションの世界を作り上げるというイメージがあったんだけど（笑）。これは、僕の思い込みでしょうか。

大森　わりとそうですね（笑）。破滅型のSF作家というのはあんまりいない。やっぱりある程度、理性の部分をのこして、たとえば印税の計算なんかがちゃんとできるタイプじゃないと、SFは書けないんじゃないか（笑）。

高橋　たとえばさ、六〇年代の日本を代表する作家でぱっと思い浮かぶのは、吉行淳之介。SFなら小松左京。やっぱり違うよね、このふたり（笑）。

大森　プロデューサーになれるかどうかの違い。

高橋　吉行淳之介は、万博を手伝ったりとか、絶対できませんね（笑）。やっぱり鈴木いづみは、SF作家としては異質だった。

大森　人生は、SF作家的ではなかったということですね。その論法で行くと、高橋さんは、まさに純文学の作家ですよね（笑）。

高橋　その話やめようよ（笑）。

大森　しかし、「文学とは何か」という重要な問題につながっているかもしれません（笑）。森さんはいかがですか？

森　私は、私生活と作品を結びつけられるのは嫌ですけどね。でも鈴木いづみを読んでいると、やっぱり特定のモデルが想定できる。それから、ヌードモデルをやっていたとか、足の小指を切ったとか、首つり自殺したとか、スキャンダラスな話題とも、作品は切り離せませんね。そういう興味から読む人もいるでしょうから。しかし、こういう読まれ方をして、はたして彼女は幸せだったのでしょうか。

大森　彼女の場合、私生活と作品の区別がない感じがします。

森　『ハートに火をつけて！』に出てくるジョエルとかジュンも、ああ、あのふたりなのね、と思ってしまう。

高橋　彼らはレギュラー出演ですね。他の作品にも、名前を変えて出てくる。いわば、鈴木いづみは書きたいことがあるタイプの作家だった。そして「稀薄な現実感」と、彼女はずっと戦っていたんだ。音楽を聴いていても何をしていても、とにかく現実感がないということをやたら書いている。もし、鈴木いづみが本を書かないでいたら、ただのおもしろい女の人で済んだんだけど。

でもある時期から、自分自身を成り立たせるために、「稀薄な現実感について書く」ことが必要になった。それがたまたまSFだったり、それ以外の小説だったりして。つまり、フィクションも現実も、区別していなかった。逆に、私小説作家のほうがこだわって、「今回は本当」とか「これは嘘」とかあるでしょう。彼女はたぶん、どっちでもよかった。

大森　エッセイもそうですね。区別がない。現実さえも、フィクションと捉えていたようなところがある。

森　一気に続けて作品を読むと、エッセイを読んだのか小説を読んだのかSFを読んだのか、ごっちゃになる感覚はありました。

二〇年たっても古びないスピード感

高橋　作品によっては、明らかなメタフィクション的な要素もあり……。でも鈴木いづみ自身は、べつに自分がどのジャンルに属しているとか、誰の影響を受けているとか、興味がなかったと思う。没後二〇年たって読み返すと、七〇年代的なものも八〇年代的なものもあるし、女性と性の問題もあるし。なんでもありですね。それはある種、鈴木いづみの天才的な資質というか、僥倖だとおもう。たとえば同じものを扱っても、普通の作家ならナツメロになるところが、鈴木いづみの感性を持って書くと、現実感がないために、すべて冷凍保存されたみたいな味わいが生まれる。

大森　瞬間が冷凍保存されている感じ。だからいつ解凍しても、いまのものとして読める。

高橋　瞬間冷凍は、異星人のしわざかも（笑）！

大森　二〇年たっても古びない。こんな作家は、SF界にはほかにいませんね。

高橋　なんの前提もなく読んで、二、三〇年前のガジェット出し放題なのに、それがSFっぽく見えてしまう。

こういう人はいなかった。ある意味先駆的な存在だけど、後継者がいない。

大森　鈴木いづみが死んだ直後、大原まり子の『処女少女マンガ家の念力』が出て、おっ、鈴木いづみの後継者になるかと思ったんですけど、でも、ある時期、鈴木いづみ的なものを書いただけで、存在までは継がなかった。

高橋　たしかに、鈴木いづみのこのスピードで走っていったら、ぜったい事故起こしますね。カーブ曲がりきれずに。大原まり子も新井素子も、最初からもっとゆっくりです。作家・鈴木いづみがのこしたものは、「ブレーキなし」ということ。それは、すごく時代的なものでしょう。いまはまぁ、別な方向でブレーキないものもたくさんあるけど、この鈴木いづみの時代的なスピード感は、やはりすごい。

大森　「速度が問題なのだ」と彼女は書いていますね。いまはそんな世の中でもないのに、鈴木いづみが読まれていることも、おもしろく感じます。

森　あと鈴木いづみは、フェミニズムに結びつけて語られることの多い作家ですが、読んでみると、フェミニズムをお勉強して身につけたわけじゃなく、おしつけがましくなく、自分のうちからわき上がってきた感じがしました。やはり天才なんだと。

高橋　僕は、今回読み返して、すごくＳＦを書きたくなりました。つまり、書く立場から読んで、「こういうの書きたいな」という魅力があった。ＳＦ以外の作品に対してはそうでもないけど。こういうやり方でＳＦを書くのは、すごくいいなって思いました。そう思わせてくれる作家なんていません。鈴木いづみのＳＦを読んだことがない人は、読んだらいい。十中八九、書きたいと思うんじゃないか。

大森　じゃあ高橋さんの次回作は、『ミヤザワケンジ・グレーテストヒッツ』に続いて、ぜひ『スズキイズミ・グレーテストヒッツ』を（笑）。

高橋　いま新しい連載（『いつかソウル・トレインに乗る日まで』）をはじめまして。当初は幻想小説の予定だったんですけど、二回目からＳ

Fになっちゃいました。ディープな銀河系、宇宙探査計画、みたいな。はじめての長篇SF小説です。えー、ぜひSF大賞を……（笑）。

大森　おお、すばらしい。ぜひ獲《と》ってください。それでは、本日はこれで終了としたいと思います。どうもありがとうございました。

◎「SFセミナー」二〇〇五年五月三日　お茶の水・全電通労働会館にて
◎文責＝文遊社編集部
◎加筆・修正＝大森望、高橋源一郎、森奈津子
謝辞＝本企画を主催された、SFセミナー実行委員会の方々に心よりお礼申し上げます（編集部）。

鈴木いづみ『恋のサイケデリック！』

大森望

速度が問題なのだ。人生の絶対量は、はじめから決まっているという気がする。細く長くか太く短くか、いずれにしても使いきってしまえば死ぬよりほかにない。どのくらいのはやさで生きるか？

――『いつだってティータイム』より

こう書きつけた五年後、彼女は死んだ。実の娘の目の前で、パンティストッキングで首を吊ったという。

彼女の名は、鈴木いづみ。

一九四九年、静岡県伊東市生まれ。県立伊東高校卒業後、伊東市役所キーパンチャーを経て上京。

浅香なおみの名で数本のポルノ映画に出演。一九七〇年、《文學界》新人賞候補となる。七三年、伝説的なアルトサックス奏者、阿部薫と結婚。一九八六年、自殺。著書に、四冊の長編小説、二冊の短編集、二冊のエッセイ集がある。

以上が鈴木いづみの略歴。ぼくの知るかぎり、自殺した女性SF作家は、彼女とジェイムズ・ティプトリー・ジュニアだけ。鈴木いづみはティプトリーの半分も長く生きていないが、その分だけ速く生きた。

ティプトリーの「ビームしておくれ、ふるさとへ」を読んだとき、鈴木いづみの「契約」を思い出して、ちょっと泣いた。

「契約」は、自分が宇宙人だと信じている女の子の話だ。宇宙の彼方にメッセージを送るため、主人公の少女は行きずりの中年男を殺害し、精神病院に入院させられる。「ビーム……」の主人公ホービーは、故郷に帰るため、空軍士官学校に入学し、宇宙飛行士養成プログラムに志願する。

ティプトリーになれなかった鈴木いづみを覚えているSFファンはすくない。いや、量的に判断するかぎり、鈴木いづみはSF作家でさえなかった。八冊の著書のうち、SFは短編集二冊『女と女の世の中』と『恋のサイケデリック!』だけ。それでも、十代の終わりから二十代前半にかけての一時期、ぼくにとって、鈴木いづみは世界でもっとも重要なSF作家だった。

ある意味で鈴木いづみは、はやすぎたサイバーパンクだった。速度が問題なのだとするなら、鈴木いづみのSFは、『ニューロマンサー』よりも『スキズマトリックス』よりもまちがいなく速かった。鈴木いづみは、〝いま〟を描く作家だった。そしてそれは、当時のSFにもっとも欠けているものだったのだ。だから、彼女の登場は、はるかな未来や銀河の彼方をさまよっていたぼくにとって、はかりしれない衝撃だった。

＊

『阿部薫覚書』という本がある。一九七八年、ブロバリン九八錠を飲んで死んだひとりの男に関する証言を集めた本だ。

日本を代表する前衛アルトサックス奏者だった阿部薫について、ぼくはなにひとつ知らない。彼女の小説にくりかえしあらわれる男性像からぼんやり想像するだけだが、生前のふたりを知る沢田恭子は、「〝ボニーとクライドのような〟あるいは〝ゼルダとフィッツジェラルドのような〟と形容されたりもした鈴木いづみと阿部薫は、これ以外は考えられないような、見事な好一対のカップルだった、と今にして思う」と、この本に寄せた文章で書いている。

処女長編『残酷メルヘン』から、遺作『ハートに火をつけて！　だれが消す』まで、鈴木いづみの長編には、つねに阿部薫を思わせる人物が登場する。彼女にとっての阿部薫が、ディックにとっての〝黒髪の少女〟とおなじ、いやそれ以上のオブセッションだったことはまちがいない。

阿部薫は鈴木いづみと同じ一九四九年生まれ。六八年ごろからプロとして演奏活動を開始。六九年、山下洋輔トリオへの参加を要請されるが、それを断って独自の活動をつづけ、「なしくずしの死」と題する伝説的なアルバムを残し、二九歳で他界。「できうる以上の過激さとスピードの極限に行き着くこと」を願い、「まだのろい。まだまだだめだ」とつぶやきつづけた（間章「なしくずしの死」への後書）阿部薫は、速度に憑かれたミュージシャンだった。そして、その阿部薫に憑かれた鈴木いづみもまた、速度に憑かれた作家だった。

「『別れたい。別れたい』と繰り返しながら、結局、いつでも、どこでも、鈴木いづみは阿部薫と一緒にいた。阿部薫には、この世界に対する強い違和感のようなものが全身から漂っていて、その傷めた魂を想う時、人を慄然とさせる負の存在感が、確かにあった。鈴木いづみは自分がとうに失ってしまった熱烈なる痛苦を病んでいる阿部薫を、どこかで焼けるように嫉妬しながら、どうしようもなく身をすり寄せていかざるを得なかったのに違いない」（見城徹「死と再生のアルト」）

鈴木いづみの普通小説を読むのは、フィリップ・ディックの普通小説を読むのに似ている。書かれている人間や、くりかえしあらわれるモチーフは、SF作品のそれと変わらない。けれど、（ぼくにとって）ディックの普通小説がそうであるように、鈴木いづみの普通小説を読み通すのはつらい。サイエンス・フィクションという素敵に人工的な容れ物は、彼女が客観的に現実とつきあうための最高の装置だったのではないか。SFを通して、鈴木いづみは現実とのあいだに接点を見つけた——そんな気がしないでもない。

鈴木いづみのSFは、その人生から想像されるような重さとは対極にある。一九世紀的な悲壮感は、彼女がもっとも憎んだものだった。なにしろ『恋のサイケデリック！』におさめられた六つの短篇は、〈明かるい編〉〈暗い編〉に分類されているくらいなのだから。

先週、亀戸行きのバスの中、イヤフォンでWINKを聞きながら、彼女の「なぜか、アップ・サイド・ダウン」を読み返した。一〇年前の小説だけれど、古さはちっとも感じなかった。BGMの「背徳のシナリオ」とぴったりフィットするのが不思議だった。一〇年たったいまも、鈴木いづみのSFには、ノスタルジーではなく、〝いま〟がある。

いつか古本屋で『恋のサイケデリック！』を見かけたら、かつてこの国に鈴木いづみという素敵なSF作家がいたことを思い出して、手にとってみてほしい。

◎「本の雑誌」一九九二年五月号より転載

愛を求めてSFの旅

三浦しをん

鈴木いづみの『ぜったい退屈』は、SF短編集だ。登場人物たちは、気だるく街をさまよい、宇宙を旅する。だれかとしゃべったり、だれかを愛そうとしたりしても、無機質なシステムに疲れきった臆病な心は、決定的にすれ違ってしまう。無味無臭、消毒されつくした真っ白な断絶が、物語のあちこちに残酷に転がされている。

鈴木いづみの描く世界では、愛はとっくに干からびた残骸だ。しかし、愛はかつてたしかにあった(もしくは、乾燥してはいるが、いまでもたしかにある)のだ。登場人物たちは、愛の痕跡を求めてさすらう。見つからないとわかっていても、なお。

作中に漂う力強い諦念と、プラスチックみたいな透明な明るさが、切実で美しい。ちなみに鈴木いづみは、エッセイ(『いづみの映画私史』等)も素晴らしい。

◎『三四郎はそれから門を出た』（ポプラ社、二〇〇六年）より一部抜粋

写真／荒木経惟

鈴木いづみLOVE

新藤風

初めて脚本らしきものを書いたのは、十代の頃。鈴木いづみさんのSF短編小説「夜のピクニック」に触発され、勢いで書いたのがきっかけだった。読んでいてふと浮かんだ映像のイメージに、ピチカート・ファイヴの「Happy Sad」のいつも不機嫌な彼といつも御機嫌でいたい彼女のイメージや当時の自分の恋愛でのあれこれが混ぜこぜになって、男女ふたりの短編密室劇「白い部屋」の脚本ができた。それを脚本家で映画監督の鈴木卓爾さん（鈴木いづみさんとは縁故関係にありません、たぶん）にお見せしたところ、このふたりの前の段階の話を書いてみたら？　と言われて書いた脚本が、劇場用初監督作品「LOVE／JUICE」となる。

高校時代、やたらめったら六、七〇年代カルチャーに傾倒していたあたしにとって鈴木いづみ作品は当時の空気を教えてくれる教科書みたいなものだった。まだ手に入る本は少なかったけど、バイブルといっても差し支えないほど、読みまくった記憶がある。大好きなGSに憧れのグルーピーの話や、現実世界と表裏一体のSF小説、どうしようもない衝動と孤独を抱える女の子小説といった側面は、あたしのツボ満載。はじめはGSや天井桟敷から鈴木いづみさんに興味を持ったものの、どっぷりとはまってしまったのは、当時の自分自身の心のうちを代弁してくれた唯一の作家だったからだと思う。

GSやガレージ、昭和歌謡などの六、七〇年代音楽を回しているイベントに行くのが生きがいで、寺山修司さんの「書を捨てよ町へ出よう」を合言葉にせっせせっせとクラブやレコード屋や古着屋などを巡り、鈴木いづみ作品に出てくるアナログ盤を探し歩いた中野、高円寺、下北。古着屋でたまたま見つけた雑誌に鈴木いづみさんのグラビアが載っていた時は小躍りして喜んだ。アラーキーさんの撮った表紙の写真を参考に、付けまつげをつけカツラを被り、メイクの練習をした。いまも実家の壁にはサイケデリックな衣装をつけたいづみさんの写真を模写した絵が飾ってある。週に一度はクラブに行かないと息ができないと本気で思っていた時代のことだ。鈴木いづみさんが実際に活躍されていた七〇年代と、九〇年代と時差はあるが、鈴木いづみ……と聞くと、あたしの青春！

と言いたくなる衝動に駆られてしまうのです。

地元感覚のある横浜や横須賀を舞台とした小説の影響でバイト先を選んだりもしたし、短編脚本だった「白い部屋」は長編脚本「繭の中」とタイトルを変え、いまでも何度となく焼き直しをして書き続けている脚本のモチーフとなっている。「転がれ！　たまこ」という引きこもりの少女が自立するまでを描いた映画を撮った半年後、監督が引きこもりとなる笑えない状況になって以来、文字を書くことが怖く、映画に……というより自分自身や社会にきちんと向き合えなかったあたしがやっと脚本を書こうとパソコンに向かい書き始めたのも「繭の中」だった。

こう書き出してみると、十代から三十代に突入した現在までいかに鈴木いづみに影響され助けられたかを思い知らされる。

何故、こんなにもあたしの中に鈴木いづみがいるのだろうか？

吐き出す場所のわからないエネルギーをもてあまし、あたしとは何か？　と自分の居場所を強烈に求めた十代の頃に出会ったからなのだろうか？

なぜか鈴木いづみの小説というと、風の中をひとりで歩いている女のイメージがまず浮かぶ。自分らしく生きたいがための選択。それがひとりで歩く姿を思い浮かべさせるのだろうか。客観的に見れば尻軽としかいえない若い女の子が次から次へと男の子を渡り歩く姿は、「自由に歩いて愛して」（PYG）のように、たくましく生きる姿に見えたし、女の子が孤独と衝動を抱え迷いながらも懸命に生きるその姿に勇気をもらった。本当は誰かひとりの人と愛し愛され生きていきたいという強い欲求と自分自身を殺さず自分らしく生きたいという欲求のなかで懸命に戦っているように見えたのだ。カラフルな色彩が色鮮やかに描かれていようともどこまでも透明な空気を脳裏に描いた。

阿部薫さんとの逸話には憧れと恐怖を感じた。後に二十代の頃、あまりに好き過ぎて相手を刺し殺しそうになったとき、あの時感じた恐怖は自分の中にあるコントロールのきかない衝動に対する不安だったのだと改めて実感した（枕は死にましたが相手は生きています）。

きっと女性なら誰でも持っている内に秘めた情熱や焦燥や欲望や疑問が真摯に、なのに軽やかに描かれている。当時は若い女性の気持ち特有のものが描かれているように感じたが、いま改めて読み返すと年齢なんか関係ない、ただ女であることについて描かれているように感じる。が、あえて言うならば、特に若い女の子に共通する存在の不安とか、女でしかない自分の性に対する不安、どう生きていったらいいのかわからない不安といったもてあますばかりの不安と戸惑い。誰かに愛されたくて不安で、常に孤独を感じてしまう心を吹き飛ばしたいと、極端に弾けて楽しいことを求め続ける。いつか白馬にのった王子様……じゃないけど、誰かと結婚して子供を作る、それが女の子の幸せだと洗脳されているから、誰にも愛されない自分は欠陥だと感じてしまう。誰かと幸せな時でも不幸せになる未来の妄想に怯えてしまうのは、誰にでも経験があるのではないだろうか？　そして、どこかに行ってしまいたいという衝動と、どこにも行けないという抑圧。そんな誰もが迷う時をあっさりと書いてみて、それでいいんだと言ってくれているような気がするのだ。

引きこもりになる前、あるプロデューサーの方から、なにか原作物をやってみないか？　と打診されたことがあり、その時、鈴木いづみさんでやってみたいと話していたことがあった。動き出す前にあたしが引きこもりとなったりなんだりでそのままになっているが、いつか機会があれば……と、ここで意思表明してみたりして。すいません、不義理しながら図々しいですね。

でも、やるなら何がいいかな。ＧＳ小説ではなく、ＳＦ小説がやりたい。短編小説をチョイスしたとしてもオムニバスではなく長編でがっつりやりたい。

「女と女の世の中」を膨らませて長編映画にしたら、原作の良さが削がれてしまうかしら？　とか、「繭の中」もやりたいけど基になった「夜のピクニック」をチープな古いＳＦ映画みたいに撮ったらかえって新鮮なんじゃないかしら？　とか、生殖能力がほとんどなくなった世界の若者の話、あれも面白いかも、でも、あれもいいし、これもやりたい……。一本なんて選べない！

ああ、考えているだけで涎が出るよ。でも実際一番魅力を感じているのは鈴木いづみさん本人の生きざまだったりする。

「エンドレス・ワルツ」（若松孝二監督）は、やられたー！　と思った。まだ映画が撮れるかどうかもわからぬ身だったけど、先にやられたという気分ですご――っく悔しかった。前売り券を買いながらも結局映画館では観れなかった。なんだよー！　町田町蔵（現・町田康）に広田玲央奈（現・広田レオナ）って‼　完璧なキャスティングに文句のつけようもないじゃないかっ！

　のちにレンタルで観て、やっぱり、やられた――っ！　と思った。やられっぱなしだった。写真だけで実際の鈴木いづみさんが生きていた時代に実像を見ていないからか、映画の中にいるのは役者じゃなくて、本人が生きて存在しているように見えた。映画だって頭の片隅では認識しているのにどっぷりふたりの世界にはまった。疲れた。観終わって虚脱した。数年前にレオナさんにお話を聞いたら、撮影中、鈴木いづみが憑依していたとおっしゃったのだ。神だ仏だと特に信じていないあたしも妙に納得。ほんと神がかってたもの！　あのおふたりがご存命だったら……怖くて会えないな、と正直思いました。ちっぽけなあたしなんて吹き飛ばされてしまう。存在が強烈過ぎる！

　阿部薫さんの音を初めて耳にしたのは、カセットテープだった。ラベルも「阿部薫ＬＩＶＥ」としか表記されておらず、これがいつ何処で演奏されたのか、何の曲なのか、誰とのセッションなのかも、アナログ盤からのダビングなのか、生演奏を録音したものなのかもわからない擦り切れたカセットテープ。もうＣＤも出ている時代だ。初めてその音を聞いた時、泣いているのか怒っているのかわからないけど、なんか遠くで聞こえる犬の遠吠えのような切実さを感じた。魂って本当に存在するんだと思った。こんなふたりが一緒にいたのか⁉　と改めて驚愕した。強烈な才能を持った一人ひとりの天才が出会って結ばれたのか……うぅ映画みたい！

あ――やっぱりこのふたりの映画が撮りたいな。憧れちゃう。天才を描くには実力が足りないかもしれないが、いつか機会があるなら、鈴木いづみさんの才能にきちんと向き合ってみたい。

それに、「繭の中」も撮りたい。結構本人気に入った本になっているので、どんな内容なのかここで書きたくて書きたくてたまらないが、まだ映画化を諦めていないのでやめておこう。いつか劇場で、これね！　と思ってもらえる日が来るといいな。

鈴木いづみとル＝グウィンの描いたジェンダー

ダグラス・ラナム　訳／野川政美

鈴木いづみは、『女と女の世の中』（一九七七）および『契約』（一九七八）という作品に、ファンタジーやSFの要素を採り入れることで、ジェンダーに対する一般的な見方や態度に対して疑問を投げかけている。ふたつの作品はいずれも、日本社会のジェンダーに対する行動の向かうべき新たな方向を示しているといえるだろう。鈴木いづみが提起したこの重要な問題は、アーシュラ・K・ル＝グウィンが、それより数年前に発表した独創的かつ革新的なSF小説『闇の左手（原題：*THE LEFT HAND OF DARKNESS*, 1969.）』（小尾芙佐訳、ハヤカワ文庫、一九七八）で、すでに投じた問題でもあった。だが鈴木いづみの場合は、個人と社会との関係の捉え方がル＝グウィンとは根本から異なり、またその関係によってもたらされる未来への希望と絶望という、相反する感情をも描き出している。

ル＝グウィンも鈴木いづみも、個人が自己と他者とを識別するとき、いかにジェンダーがその根底にあるか、また、自己と他者との性別を理解する際、いかに社会的通念や体制側の思惑に影響され、あるいはこれと衝突するかに焦点をあてている。『闇の左手』では、惑星テラ（地球）から来た語り手が、ジェンダーに対する通念に縛られるあまり、惑星ゲセンで遭遇した新種の中性の異種族（彼らの肉体と行動原理は、性的なものであれ、また非性的なものであっても、テラの人間の考える性とは異なる）を理解できないということが、作品の大部分を占めている。同様に、鈴木いづみの『女と女の世の中』では、男性が排除され、女性のみによって築かれる社会において、人物の行動や思考のあらゆる局面にジェンダーの問題が見え隠れする。『契約』でもまた、男女がともに社会に受け入れられる行為の核心にはジェンダーがあることを、意識的に扱っている。

これら三つの作品に共通するのは、社会におけるジェンダーの役割が、社会によって構築されたものとしていることだ。『闇の左手』の語り手であるゲンリー・アイは、ジェンダーのない社会を築くゲセン人（彼らは遺伝学的な実験によって両性具有となった）に、どんな価値観や個性が存在するかを知り、母国テラにおけるジェンダーの見方に疑問を抱くようになる。テラは一九六〇年代のアメリカ社会に酷似したものとして描かれるが、そのため、ゲンリーの遭遇する体験の数々は、同時代の読者に対し、彼らの社会生活におけるジェンダーの役割を問いかけることになった。

鈴木いづみの作品もまた、読者に同様の疑問を喚起している。我々は社会的に構築されたジェンダーの役割から免れることはできないのか、また、それぞれの個人のアイデンティティの核には、逃れようのないジェンダーがあるのか……。

ル＝グウィンの小説と、鈴木いづみのふたつの短篇小説はともに、社会に受け入れられているジェンダーの役割の埒外にこそ、自らのアイデンティティを見いだす人物たちの物語である。そして、彼らがどのようにして、社会に確実に浸透し、理解され、そして受け入れられるのかどうかという深刻な問題を投じているのだ。

『闇の左手』には、老荘思想の影響がみられ、ゆっくりとではあるが、いつの日か、あらゆる事象や個人を肯定し、相互理解を促すよう変貌していく社会を描いている。ただし、そうした相互理解に言及しつつも、『闇の左手』は、社会がそれを完遂する能力についてはついに懐疑的なままだ。

テラの語り手は、自分の同志として、彼と性質の極めて似たひとりのゲセン人を選ぶ。ふたりはともに政治意識が高く、両種族全体にとって大義名分があろうと思われる行動をつねにとろうとする。この異星人は、自分の生まれた惑星の考え方を代表する人物として描かれる。しかしながら、読者は小説を読み進むうちに、ほとんどのゲセン人たちは政治意識が低く、むしろひっそりと平穏な生活を営んでいることを知る。残念なことに、語り手の語る大部分は、政治的・社会的な領域の人々の行動に焦点が置かれ、ゲセン人の私的・性的生活の状況にあまり触れられていないので、これらの違いがどのように政治に影響を及ぼし、また人々が社会をどのように理解しているかをじゅうぶんにうかがい知ることができない。

これに対し鈴木いづみの作品では、支配的イデオロギーのもとで個人というものがどう葬り去られるか、さまざまな事例が示されている――たとえば『女と女の世の中』であれば、男という生き物が隔離されている方法についてだ。隔離された男たちは、社会的に認知されない個人であり、この小説のなかでは、動物園の動物に比せられる。男は人類を逸脱した血統、すなわち〝非人類〟であると女たちは教えられてきた。男たちは、女のための社会の一部を担うことが許されない。彼らと少しでも接触すれば、社会を破壊するおそれがあるのだ。しかし主人公ユーコとその母親は、男と接触（性交渉）をもってしまう。そのため、『女と女の世の中』における社会は、平和と秩序を守るという名のもとに、ふたりのとった行動を厳しく罰することになる。ユーコの母親は、有無を言わせず、秘密裏に、そして永久的に投獄される。『契約』においても、支配的イデオロギーから外れれば、どのように社会規制によって抹殺されるか、また誰にも信じてもらえず、生き延びることもほとんど不可能に近く、さらには狂気のレッテルさえ貼られてしまうことを強調している。

『契約』の主人公・暁子が、異星人であるという自分のアイデンティティをこっそり佐知子に打ち明ける場面があるが、佐知子は、自分の夫と暁子の両方からひそかに異性人の救世主について同じような話を聞いていたため、暁子の話に何らかの真実を感じとっている唯一の人物のようにみえる。だが暁子が真実を語っているのか、それとも狂気の果ての幻想なのかは、読者の判断に委ねられる。自分が地球の人間社会とはまったく無縁の別の惑星の一員であるという暁子の確信は、社会に認められない個人の妄想として扱われる。それは共通の背景をもたない異星人の社会を理解し、受け入れることが困難であるということを暗示しているようだ。暁子は、周囲の社会とのつながりを完全に断ち切り、社会は自分を理解できないと主張する。『闇の左手』のテラ人ゲンリーもまた、惑星ゲセンの思いもよらぬ独特の性行動を理解するのに非常に苦労する。テラ人たちは、この問題を克服し、異星人を自分たちの理解し得る範囲内に引き寄せようとするかのように、テラとゲセンというふたつの独立した惑星に、生物学的な共通性と、文化的根源の類似性を仮説として立てようとする。

ル＝グウィンと鈴木いづみの物語がともに描き出すのは、社会的領域ではなく個人的領域である。それは、少数派や社会に容認されない個人の物語であり、その個人の生き方が理解され、受け入れられる場所のほうである。両者はいずれも、社会の主導思想やイデオロギーを克服するためには、一時的に社会的領域から離れることが必要であるとしている。テラ人ゲンリーとゲセン人エストラーベンは、ふたりきりで何週間も氷原で過ごしてはじめて、お互いを理解するようになるが、ゲンリーは社会を離れ、個人的な交流を経てようやく、ジェンダーがどれほど自分の目を曇らせていたかに気づくのだ。

『女と女の世の中』では、ユーコは少年との性交渉という禁じられた体験と、同じようにタブーとされている祖母との秘密の会話を通して、自分自身を、自分のいる社会を、自分の母親のことを、つまり社会によって抹消された自らの本質やアイデンティティにかかわる真実を知る。『闇の左手』では、むしろ社会規範のほうが、個人の周辺で起こる出来事に順応するように変化し、それまで容認されなかった異星人たちを認め、受け入れ、社会に組み込むようになることを示唆するが、鈴木いづみの物語では、社会は頑なに、どんな変化をも拒むという絶望を暗示する。

どのように社会が変化していくか、ふたりの作家はその過程を異にする。『闇の左手』の語り手は、衝突を避けることを示唆し、すべてを包み込むように調和させる変化を強調する。ゲンリーはエストラーベンとふたりだけで何週間も過ごしたあと、両惑星の橋渡しをする混種的人格へと変貌するが、これは美しき未来の共存への出発点だ。これに対し、『契約』『女と女の世の中』は、革命的・暴力的な変化が必須であることを匂わせる。鈴木いづみの物語は、疎外された個人を、暗い希望と孤独な絶望の世界に置き去りにしてしまう。

鈴木いづみの本棚。　写真／荒木経惟

希望と絶望のあいだのどこに座標軸を置くかが、ふたりの作家の物語を色分けする。『闇の左手』における希望は、ル＝グウィンが〝強制されることのない秩序、権力ではなく習慣による規約を重んじる女性の原理〟（ル＝グウィン『世界の果てでダンス（原題：*DANCING AT THE EDGE OF THE WORLD*, 1989.）』篠目清美訳、白水社、一九九一年）に基づいた、平和と秩序ある世界を求める願望に起因しているようだ。鈴木いづみは、あたかもこの前提に挑みかかるかのように、既存の社会問題を浮き立たせる実験的な遊び場を設定している。鈴木いづみは、日本社会における作者の周りの人々の態度や信念、行動と戯れているようだ。『女と女の世の中』は、七〇年代の日本のフェミニストたちの多くの夢や不満を、極端に具現する女社会を描き出す。当初は牧歌的に見える社会が、じつはファッショであることが暴かれ、個人ひとりひとりの代償をもって平和と秩序を保つことの必要性が明らかになってゆく。

また興味深いのは、両作家が揃って現代社会の競争性と進歩に批判的であることだ。惑星ゲセンには文明の進歩がなく、女の国（『女と女の世の中』）のイデオロギーは、進歩そのものを非難している。しかし、鈴木いづみの物語を通して漂う絶望感は、『女と女の世の中』の女性たちがル＝グウィンの理想のひとつである〝搾取の不在〟をどのように打開するかに起因するようにみえる。ゲセン人たちは〝自分たちの世界を略奪しない〟一方で、『女と女の世の中』の女たちは、その平和と秩序を維持するために、男たちを搾取する。

この希望と絶望の対比は、おそらく哲学の違いによるものだ。老荘思想に則る『闇の左手』では、すべての個人と社会とを受け入れ、それらを組み込むべく変化する均質な全体像に焦点が置かれる。この精神に従い、テラを含む惑星連合エクーメンとゲセンはともに変化し、後者が前者に加盟するだろうことが仄めかされる。さらに、この小説には、ル＝グウィンがこの哲学を、キリスト教をはじめとしたあらゆる宗教に拡大・適用することを匂わす説明も多い。

他方、鈴木いづみの作品は、理想の哲学ではなく、作家のいる現実世界の事象から引き出された考えや事柄を具現化しているようだ。その物語からは、総体的な哲学を導き出すことは容易ではない。鈴木いづみはそのようなものを表現する意図はなかっただろう。『女と女の世の中』の、平和と秩序ある国に住むユーコの物語は、『闇の左手』のエクーメンのような平和連合が、真に全個人を取りこむことができるかという概念に挑んでいるかのようだ。ル＝グウィンの物語における平和と秩序は、すべてをあるがままに受け入れることから生まれるが、鈴木いづみにおける平和と秩序は、社会に受け入れられない者たちの権利を制限し、管理するためのものとして用いられる。ル＝グウィンの視点で重要なのは、ふたつの世界が内部変化して、この新たな統一を達成すべきものとする点である。しかし鈴木いづみは、この統一が個人のアイデンティティを破壊することになると示唆する。

希望と絶望という極端な方向性の違いは、作家の属する国の女性たちの期待の違いにも起因すると思われる。『闇の左手』は、六〇年代後半のアメリカ女性たちの、男女平等の上に築かれる明るい未来への希望を反映しているのではないか。同様に、『契約』『女と女の世の中』は、七〇年代の日本社会で、女性たちが探し求める役割の少なさに苦難を味わい、失望したことを反映しているのではないか。鈴木いづみの文章にゆきわたる絶望の感覚は、彼女の属す社会では、その変革が望めないことを明らかにするからだろう。

『契約』の語りは、内的な変化の可能性に疑問を呈しているように思える。読者は、個人が自身のジェンダーを確立するため、社会的に確定したジェンダー規範と決別する能力があるかどうかをよくよく考えさせられることになる。『契約』の暁子の物語は、決して社会が認めない人々がいることを断言する。さらに、この葛藤は社会制度の一部に過ぎず、すべてが解決されることはないかのようだ。

最後になるが、問題は、社会が変化し、より多くの個人を従わせ、つねに特定の個人を排除するということではない。ル＝グウィンも鈴木いづみも、その作品の中で、個人という存在の本質を明らかにするための重要な源として社会を扱っている。社会は個人を排除することはできないが、いちど社会と離れることで生まれた私的領域が、その個人のアイデンティティの意識と、それぞれの希望や絶望の感情を決定するのだ。

◎アーシュラ・クローバー・ル＝グウィン（Ursula Kroeber Le Guin、一九二九年〜）は、アメリカ・カリフォルニア州出身の作家、フェミニスト。SF、ファンタジー、エッセイ、評論など多方面で活躍する。SF界の女王と評され、「西の善き魔女」とあだ名されることもある。代表作『ゲド戦記』シリーズは、トールキン『指輪物語』、ルイス『ナルニア国ものがたり』と並び戦後三大ファンタジーのひとつに数えられる。父親は文化人類学者のアルフレッド・L・クローバー。母親は、夫が研究でかかわったアメリカ最後の生粋のネイティヴ・アメリカン「イシ」の伝記を執筆したシオドーラ・クラコー・ブラウン。ほかに『闇の左手』、『所有せざる人々』、村上春樹訳で好評を博した『空とび猫』など著書多数（編集部）。

〝浅香なおみ〟のころ

一九六九年八月、鈴木いずみ（本名）はキーパンチャーとして勤務していた地元の伊東市役所を退職、まもなく上京し、モデルやホステスをしながらピンク映画界に入った。芸名〝浅香なおみ〟（一部、香川エミ名義での仕事もある）。火石プロに約四ヵ月間所属し、『処女の戯れ』（一九七〇）で主演デビューを果たす。ヌードモデルおよびピンク女優としての活動期間はおもに七〇年頃に集中し、その後もいくつかの映画作品に出演、たびたび雑誌にも登場したが、同年、『声のない日々』が第三〇回「文學界」新人賞候補に選出されると、鈴木いづみ（筆名）に名をあらため、作家業に転じた。

当初は、小説家に転身したピンク女優として話題をあつめ、七〇年秋には「ピンク映画と純文学、映像と活字にまたがる自己表現の努力」を評価され、テレビ番組『11PM』が主宰する「イレブン学賞」を受賞するなどしている。

鈴木いづみ名義での女優活動は、「天井桟敷」公演をはじめ、和田嘉訓監督『銭ゲバ』（一九七〇、近代放映）、寺山修司監督『書を捨てよ町へ出よう』（一九七一、ＡＴＧ・人力飛行機舎）などがある。

「成人映画」No.50（1970年3月発行）より

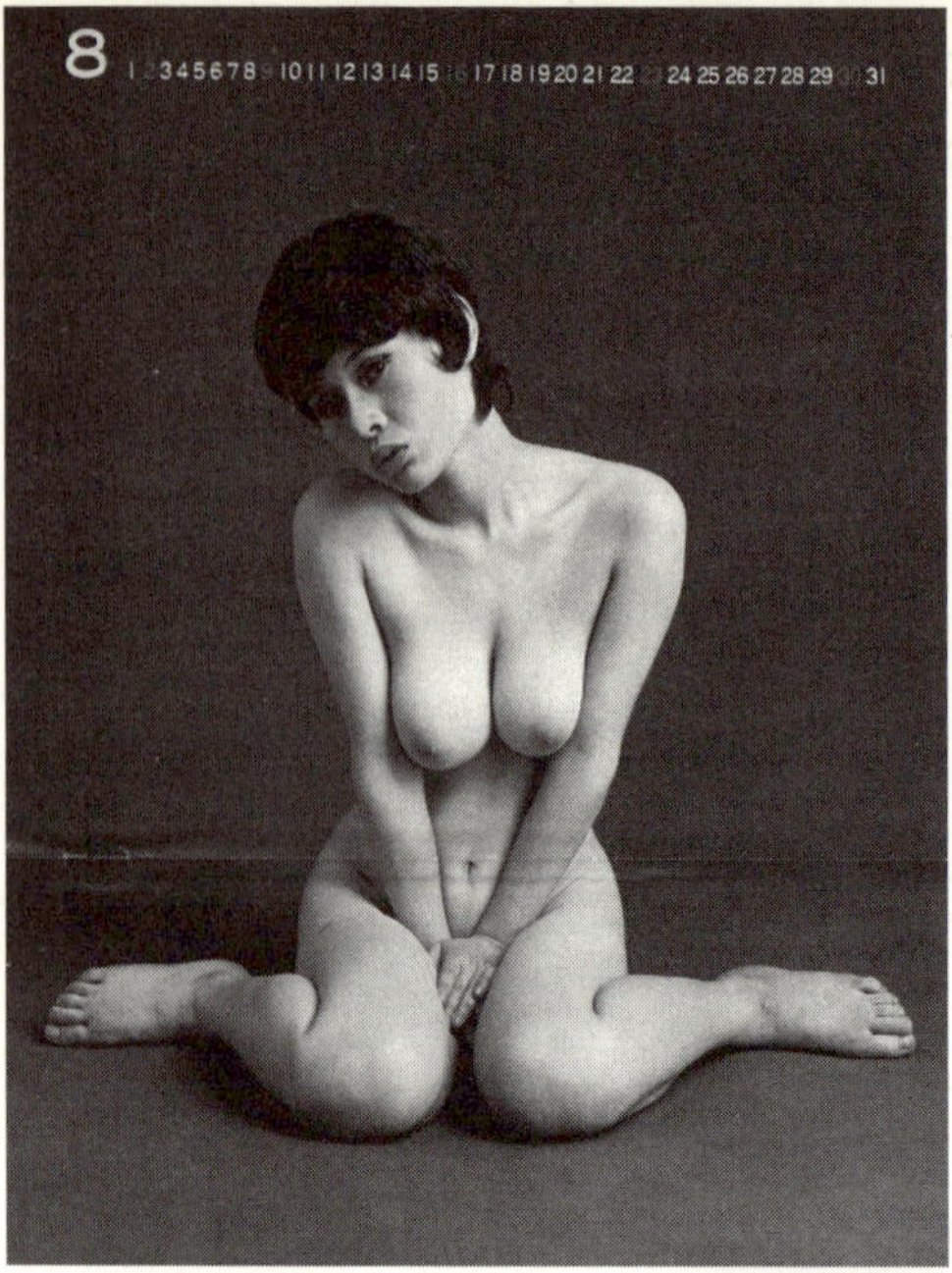

「別冊アサヒ芸能」1970年8月号より。
写真／中田俊之

日本科学研究所編纂
『性愛百科宝典』清風書房

「キューティ画報」1970年3月号より。このピンナップでの芸名は香川エミ。写真／尾崎孝雄

「成人映画」No.50（1970年3月発行）、
No.53（1970年6月発行）表紙

「成人映画」

現代工房より、1965年に創刊された成人映画情報誌。編集兼発行人は、川島のぶ子。73年に廃刊となるまで93号を数えた。毎月1日発行、定価100円、発行部数2万部、B6判、50ページ。全国のピンク映画上映館売店のみで販売されたが、多いところでは一館あたり1500部を売り上げたという。ピンク映画のみならず、国内外の映画のお色気シーンの紹介や、特写ヌード、撮影ルポ、作品評、封切り情報など内容は多岐にわたり、グラビア多数掲載。

浅香なおみは、いくつか表紙を飾るほか、出演作品の紹介やピンナップ掲載などの特集記事も組まれた。作家に転身したのちは、ピンク女優時代の思い出を綴った「特別手記」や、連載「体験的告白論」などの執筆の場ともした。

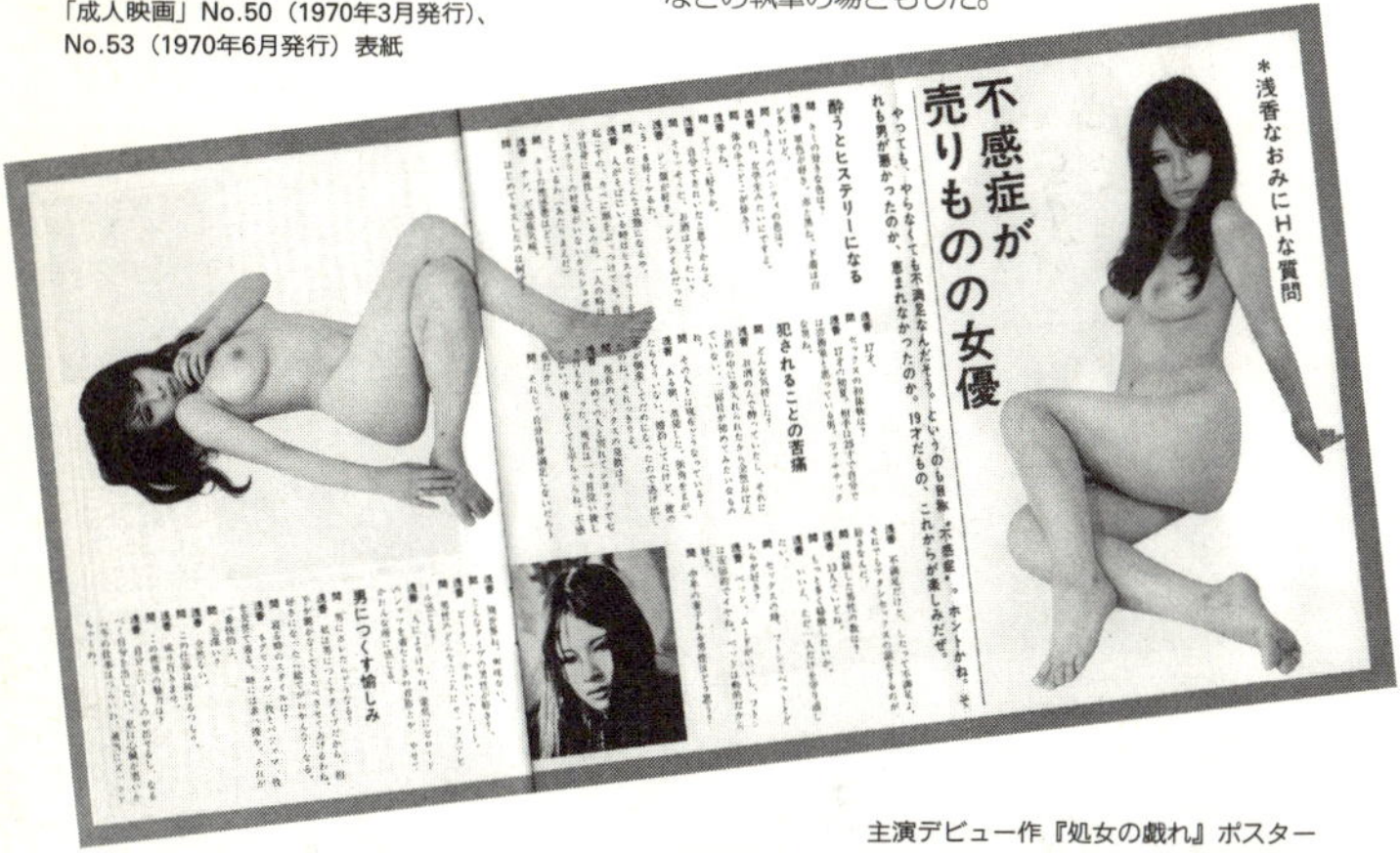

「成人映画」No.51（1970年4月発行）より

主演作『絶妙の女』ポスター

主演デビュー作『処女の戯れ』ポスター

浅香なおみフィルモグラフィ

『現代性犯罪絶叫篇・理由なき暴行』（一九七〇年一月公開、若松プロ）
◎監督／若松孝二　◎出演／東城瑛、浅香なおみ、中村容子ほか

『処女の戯れ』（一九七〇年一月公開、ミリオン・フィルム）
◎監督／新藤孝衛　◎出演／浅香なおみ、神原明彦　※主演デビュー作

『陶酔の世界』（一九七〇年二月公開、国映）
◎監督／梅沢薫　◎出演／香取環、武藤周作、浅香なおみ、瀬川ルミ

『性暴力を斬る!!・売春暴行白書』（一九七〇年三月公開、葵映画）
◎監督／渡辺護　◎出演／青山リマ、大月麗子、浅香なおみ、吉田純、堺勝朗

『絶妙の女』（一九七〇年三月公開、関東ムービー）
◎監督／新藤孝衛　◎出演／浅香なおみ、川村冬子、加賀美リリ、国分二郎

『情炎女護ヶ島』（一九七〇年五月公開、関東ムービー）
◎監督／沢賢介　◎出演／浅香なおみ、乱孝寿、堺勝朗、三重街竜、岸恵理子

『好色透明道路・女体なで斬り』（一九七〇年七月公開、関東ムービー）
◎監督／沢賢介　◎出演／浅香なおみ、大月麗子、堺勝朗

『めざめ』（一九七〇年、ミリオン・フィルム）
◎未確認

『女医の性徴期』（一九七〇年、東京興映）
◎監督／山本晋也　◎出演／浅香なおみ、堺勝朗、松島みゆき、吉田純

『はめ絵遊び』（一九七〇年、東京興映）
◎監督／志賀隆　◎撮影／笹野修一　出演／国分二郎、島たけし、文章二、小島マリ、川島ナミ、小柳リカ、浅香なおみ

◎参考文献＝「成人映画」、村井実著・山根貞男構成『はだかの夢年代記　ぼくのピンク映画史』（大和書房）、『キネマ旬報ベスト・テン全集1970-1979』（キネマ旬報社）、『鈴木いづみコレクション8』（文遊社）年譜
◎資料協力＝佐々木暁
◎ピンク映画は、当時、低予算で大量の本数が制作され、題名すら記憶されることのないまま消え去った作品も多い。現在の状況ではデータ不足を否めず、その詳細を確認する資料はきわめて少ない。右のフィルモグラフィは、前記の参考文献を資料とした（編集部）。

『処女の戯れ』スチール写真

「成人映画」特別手記

鈴木いづみ

苦痛な生活——その意欲なき芸術のために

演技することが私には苦痛だった。いわゆるピンク映画といわれるワク内での演技が、である。本当に私の望む映画あるいは舞台＝（総じて前衛と呼ばれるものになるだろうが）であったら、反応はちがっていたかもしれない。その点では、天井桟敷の寺山修司氏が芝居に出ろ出ろというし、劇団員も勧めた。だが私のひもで「イエス」を作・演出した一つ年上の男が、必死になって、私の天井桟敷出演をおさえた。私が出演中に突然、「こんな芝居なによ。あんたたちアングラなんていってるけど、女のひもか親のすねかじりで、ちっとも家出なんかしてないじゃないの」ぐらいいうとでも思っていたのだ。

ピンク映画に限らず、商業映画はみんなそうだが、本質的な演技には迫っていないのではないかと思う。自分の演技力のなさを棚にあげてるけど。

結局、私は私自身でしかありえない、ということにおちついた。無理に他の女になろうとしたってむだである。私流に映画の中の女を理解し（こんなバカをやれるかっていう感じがしたときもあったが）変形するよりほかになかった。

「倦怠感があるね」と誰かが評した。ほめられているのかけなされてるのか、よくはわからない。倦怠感もモニカ・ヴィッティーまでいけばリッパだが、中途半端なのはだめである。しかし、すべてに対してかったるいのは私の地であるから自然にそれがにじみ出ちゃうらしい。

倦怠女優――その虚名は疲れすぎの〝地〟

最初の二本の主演映画はその点で私自身がかなり出ていたと思う。私は疲れていたので映画の中の女も疲れていた。そのころの私は愛なんて信じられなかったので、彼女もたやすく愛してたやすく別れた。歩きたくないのに歩き、しかたなく眠り、いやいや生きているようだった。

実際、撮影中、私はいやでたまらなかった。台本を読んで、こんなに気どった自意識過剰の三十男なんか、地球が三角になっても好きになんかなるものか、と思った。「愛している」という箇所が、十ヵ月所以上出てきた。気ちがいみたいに叫びつづけるか、皮肉をこめて嘲笑的に言うのならまだよかったが、本気になってしかも何回もそういうのは、吐気をもよおさせた。

私がなぜ映画に出ていたのか、とふしぎに思う人がいる。本当はモデルの仕事の方が多かった。短時間の撮影で、二、三万のギャランティが稼げるからだ。アパートで寝ころがってるよりは仕事をした方がよかった。そういう時、映画に出た。

台本はくだらないし、芸術性などはさらになく、プロレスラーのごとき男優と共演しなければならなかったので、私は高校の生徒総会なんかよりもっといやだった。

それでも事務所が出ろというし、出ないうちから映画はいやだともいえなかった。そうしなければほかのモデルの仕事がもらえないだろうと思った。私は社長夫婦に一番かわいがられているいい子ちゃんだったので、いわれたとおりにした。ヒマだと事務所でお茶くみをやらせられるくらいが落ち、という一番確かな理由によって。

情事を演技する——それも食うための仕事

ラブシーンでは本当に感じるか、などというのは部外者からの質問である。実際に現場にいれば、そんなことは訊けないはずだ。

とにかく眠い。ある作品のときなんかは、四時間眠れればうれしがったもんだ。スタッフにしても同様である。木に登ったカメラマンが、枝の上でカメラを持ったまま眠ってしまった、なんてことも現実にある。

私にとって大部分の映画はやっていて面白くないものだった。だから、見ればよけいつまらないだろうと思う。

たとえば、私はつまらない曲芸などを見ていると、その人間がみそ汁つきカニコロッケをお昼に食べるためには、そうやって稼ぐ必要があるんだな、と思ってしまう。すると、少しもおもしろくなくなってくるのだ。これはおそろしいことだった。映画を見ても、そのまわりの照明係やカメラマンのようすが容易に想像できる。この女優は休み時間にみんなど花札をやるだろう、などと思う。

そういう想像力はときとして私を楽しませるが、だいたいは見るもの聞くものをつまらなくさせる。完全なる虚構はかえって、重々しい現実を感じさせてしまうのだ。

最近の前衛劇はこのことを重視している。役者と観客がそろって任意のアパートのドアをたたいて、その中から出てくる現実の人間と話をし、それがそのまま芝居になるということは、だから非常に大切なことのように思えてくるのだ。

◎初出＝「成人映画」第五六号（一九七〇年二月発行）

阿部薫

――誰よりも速くなりたい

絶対零度に向けての疾走——阿部薫小論

副島輝人

(一) 生き様——激しい直線

一九七〇年を核とする前後の数年間は、激しく、荒々しい時代だった。それは世界が価値観の転換期にあり、さまざまな分野で新しい思想や技術の発展が起こって、社会状況が波立っていた時だった。例えば、一九六七年に初の心臓移植が行われ、六九年にはアポロ十一号で人類が初めて月の大地を跳んだ。そして先進諸国では人種差別撤廃闘争やステューデント・パワーの嵐が吹き荒れていた。だから、保守と革新の軋みの音が大きかった。

そうした時代現象に背を押されるように、また呼応するように、新しい前衛表現が一斉にわき起こった。日本でも、土方巽が創造した舞踏、寺山修司や唐十郎の前衛演劇、大島渚等の日本ヌーヴェル・ヴァーグ映画運動、音楽では武満徹のコンポジション『ノヴェンバー・ステップス』(六七年）と並んで、日本のフリージャズ運動が始まる。強烈な個性を持った人々の登場だった。時代は屹立した個性を育み、その個性がさらに次の時代の扉を押し開ける。

始まったばかりの日本フリージャズは、新宿にニュージャズ・ホールという唯一の演奏拠点を持ち、私がその場をプロデュースしていた。富樫雅彦、高柳昌行、佐藤允彦といった、志の高い錚々たるミュージシャン七、八人が入れ替わり立ち替わりライヴ演奏を行っていたのだが、私はこの前衛的な音楽創造が発展するためには、さらに新しい個性が必要だと考えて、超個性的な若いミュージシャンを探していた。そして出会ったのが、阿部薫だった。

阿部薫は、こうした時代の申し子のような激しい前衛者だった。六八年に十九才で初ライヴ、七八年に二九才で世を去るまで激しい直線のようにフリージャズの一本道を駆け抜けた、七〇年代を代表するミュージシャンだった。

プライドが高く、向っ気が強く、しかし仁義と優しさも持ち合わせていて、小柄な体躯だった。現代文学に詳しく、フーコー、バタイユ、アルトー、セリーヌ等を論じた。晩年は睡眠薬を常習し、約束をしばしばすっぽかしたが、真っ向ストレートな性格だった。そして、演奏の切れ味は凄まじいものがあった。

沖至と豊住芳三郎から異口同音に、独得のフリー・スタイルでアルト・サックスを吹く男がいることを聞いた。六九年秋、渋谷の『天井桟敷館』のイヴェントに沖至が招かれて出演した時、見知らぬ若い男が一升瓶を持ってきて沖の前に置いて「一緒に演奏させてくれませんか」と一礼したという。卓越した個性的演奏だったと、沖は言った。私はその男のことが気に懸かっていた。七〇年二月末、川崎のジャズ・スポット『オレオ』で阿部が演奏するというので、私は出かけていった。

初めて聴く阿部のアルト・サックスの音は鮮烈だった。鋭利な刃物が次々に客の脳髄に向って飛んでくるような演奏なのだ。私の聴覚は灼熱した。だが突然、阿部は演奏を止めて怒鳴った。

「うるせえな、てめえッ。黙って聴けッ」

前から三、四列目の若いカップルが、さっきからベチャクチャとしゃべり合っていたのだ。男が何か言い返すのを、

「聴かないいんなら、帰れ」

と睨みつけて、再び吹き始めた阿部。音そのものに面構えが映えていた。私はワンステージが終ったインターミッションの時に、阿部にニュージャズ・ホール出演を誘った。

「やります」と彼は頷いた。

ニュージャズ・ホールに週一回出演するようになって、彼の演奏を聴きに来る客はたちまち増え

ていった。鋭く特異な音色と凄まじい疾走感は、破壊力をさえ感じさせた。最初はソロが多かったが、やがて次々とフリージャズ系のミュージシャンと共演し始めた。いや、共演というより、挑戦といったニュアンスが強かった。コラボレーションや対話など一切なく、ただ俺についてくるかと、すごいスピードで吹きまくるのだ。いわば、音による闘争の趣きがあった。共演のステージが終ったあと、豊住芳三郎が「お前、太鼓はだれでもいいんじゃないのか」と言うと、阿部は黙ったままニターと笑ったものだ。

ニュージャズ・ホール以外のライヴ・スポットにも出かけていって、他流試合や道場破りを繰り返した。池袋の『ジャズ・ベッド』では山崎弘（ds）と、渋谷の『ステーション70』では高柳昌行と。高柳と阿部の最初の出会いは伝説的だ。休憩時間なしの数時間、激烈な音と音のぶつかり合いが続いたという。

「阿部の顔がだんだん紫色になって、それでもあいつは吹きまくっていたな。俺も終った時には、さすがに座り込んじまったよ」

と高柳から聞いたことがある。激しいミュージシャンが好きな高柳は嬉しそうだった。

山下洋輔は、クラブ・ピットインの演奏に、阿部を数回ゲストとして招いたが、やがて声をかけることを止めた。当時の山下のマネージャーは

「山下トリオは皆んなでやろうとしてるんですが、阿部さんはいつも自分だけで走るんですよ」と眉をしかめて語った。

近藤等則は、阿部の死後だったが、私に言った。

「要するに、阿部の演奏というのは、どこまで自分のエゴを拡大できるかということなのね」

ニュージャズ・ホールで、高木・豊住デュオに阿部が客演したことがある。これがまたもの凄いステージとなった。阿部のアルト・サックスが、デュオのサウンドを攻めて攻め抜いた。これでエンディングという音をテナー・サックスで高木が決めて、終ったかと思った瞬間、阿部がまた挑戦的に吹きかかる。仕方なく高木も受けて音を出す。そんなことが十分も続いて、やっと演奏が終了して、高木は嫌なことこの上ない顔をして楽器を片付けながら「あれじゃ、音楽にならない」と眩いていた。阿部の方はといえば、眼をギラギラさせて「高木さんには隙がある」と私に言う。

倣岸にも見える一匹狼だった。ジャズ雑誌のインタビューで日本のジャズについて問われ、「仮に日本にジャズがあったとして、俺には何の関係もない」と答え、日本は駄目だからアメリカに行くと言い出した。しかし、一向に行く気配がない。どうしたのだと聞くと「アメリカなど行っても、学ぶことは何もない」と言い放つのだった。

普段でも阿部の意識は、彼の演奏のように日常的世界から飛んでいたようだ。しばらく姿を見せないことがあった後、人に聞かれると「ヨーロッパを巡っていた」とか「アルゼンチンに行って戦争に参加していた」と答える。それを冗談とも思えないクールな真面目さで云うのだ。天才的な芸術家に時折見られる意識の浮遊感としか言いようがないものだった。幡ヶ谷のジャズ・スポット『騒《がや》』に、少女のメイクをしてランドセルを背負い、ニコリともしないで現われたのは有名な話だ。その一方で、豊住の幼い子供に洋服を贈ってくれた優しさに感激した、と豊住は言っている。映画監督若松孝二も「阿部は、時間の遅れやすっぽかしが多い男だとスタッフ全員が心配したけれど、俺の仕事には一分も遅れることはなかった」と語った。

劇団『駒場』の主宰者芥正彦とは、気位の高さと向っ気の強さが一致したのか、親友として付き合っていた。芥が『悲劇・天皇ヒロヒト』という芝居を上演し、阿部は音楽を演奏していたが、右翼が暴れ込んできて揉めた。その時、およそ腕力的なことに程遠い体躯の阿部が、最後まで芥の傍らで仁王立ちしていたという。

死の前年、ニューヨークでラディカルな前衛的なドラミングを演奏していた黒人ミュージシャンのミルフォード・グレイヴスが来日して、何人かの日本人ミュージシャンと共演した。その時の阿部とミルフォードの闘争は凄かったと、豊住は言う。

二人の間には、音楽性や性格的なことだけでなく、何か決定的に合わないものがあったようだ。

互いに相容れなかった。世界最強のミュージシャンというミルフォードのキャッチフレーズと、それに反発した阿部の挑戦的姿勢が音を立ててぶつかったというのが真相だろう。

豊住の話では、福島県の平で二人が共演した時、それは一緒に音楽をやるというようなものではなかったという。阿部はミルフォードのドラムセットの真ん前に向い合って立ち、ミルフォードを睨みつけながら凄絶なまでに吹き続けた。ミルフォードも激昂して、激しいドラミングで阿部の演奏を潰そうとする。音楽による陰惨な死闘だったと、同じドラマーである豊住の眼は見、耳は聴いた。

ステージが終った後、阿部は「ミルフォードは途中で止めたんだから、奴の負けだ」と言った。ミルフォードは、次の日からのスケジュールでは、阿部は外せと言ったという。

一匹狼であったから、自分のグループを作ることはなかった。しかし、実に多くのミュージシャンと共演した。吉沢元治を始め、小杉武久（vl）、庄田次郎（tp）、梅津和時（リード）、それにロックの灰野敬二（g）まで。井上敬三（リード）は言う。

「阿部ちゃんと一緒にやったの、あれは楽しかった。終ったらニッコリして、俺がこうやれば井上さんはああやる。で、俺が向きを変えてやると、井上さん斜めにやってくる、と手振りをつけて言うんですわ」

灰野も、阿部は最良のライバルと語り、若松孝二監督の阿部の半伝記的映画『エンドレス・ワルツ』に自ら望んで出演した。

しかし、阿部は寂しがり屋でもあった。人情家の中村達也は

「ローカルでのライヴが終って、終電に時間がないと阿部と二人で駅まで駆けていって、それじゃまたと別れてから、ふと見ると阿部がまだ一緒に横を走ってるんですよ。阿部ちゃん違うよ、君の乗るのは向うだよと言うと去っていったけど、きっとあれは寂しかったんだろうね」

と、今でもその後姿を思い出すという。

晩年は、私のところにしばしば長電話をかけてきた。それが大体午前二時頃にベルが鳴るのだ。話の内容が、音で人を殺す方法など奇妙なこと言い出すから興味を引かれて、つい話し込んでいると窓の外が明るくなっていることもあった。夫人の鈴木いづみが徹夜で小説を執筆している時など、寂しさをまぎらすために電話してくるのが感じられたものだった。

その故だけではなかったろうが、彼は睡眠薬の常習者となっていた。何度か入院したこともあった。ミュージシャンは、その日その日に裸の心でステージに立つ。特にフリージャズをやる人たちは、白紙に何か創造的なことを、多数の見知らぬ観客の前で描いて見せるような作業をするのだ。それも、昨日より今日の方が、今日より明日には、さらに違って上昇していなければならない。ゼ

ロから表現への回路を辿るには、創造の方向に向けて意識から、精神から、何かを絞り出すのだ。これは想像を越える自分自身へのプレッシャーである。頭脳を解放するものを必要とする人もいる。アルコールよりもクールに酔える薬に、つい手が延びる。習慣になっていく。

不幸なことは、睡眠薬は七〇年代初めまでは、誰でもが薬局で自由に買えるものだった。それが、厚生省の方針が変り、医師のカルテがないと買えなくなった。だからといって、なかなか止められない。頭痛薬等の類似品に手を出す者もいた。

阿部の場合は、それが文字通りの命取りになった。百錠入りの瓶が、一夜で二錠しか残ってなかったという。薬の効果が利けば利くほど利き目が分らなくなるのは、アルコールの酔いと同様である。ハイ・スピードで走り続けていた直線の軌跡は、一九七八年九月九日、十九時三五分に停止した。胃に孔があいていた。川崎のマンションの階段を、最後の一年半デュオの伴侶だった豊住が、阿部の遺体を背負って上った。

阿部自身が語ったり書きつけたりしたものから、二、三選び出してみる。

——七四年八月十六日の軍楽隊のコンサートについてですけど、軍楽隊を組織した目的みたいなものは何ですか。

阿部　それは人間の敵というか、生命の敵に突撃する為に創ったんです。生きるという事が、かなりコントロールされているし、感受性なんかも本当は自分のものを持っていても、他から持ってこられた感受性である場合が非常に多いんじゃないかと思うんです。それは目に見えないものなんだけれども、やっぱりある種の生きて行く上での敵というものがあると思うし、それに向って突っ込んでいくみたいな事で、僕は創ったんです。別に政治的意図なんていうのはありません。（中略）

――演奏している時は、どんな感じなんですか。

阿部　どんな感じって……音を出すという事に徹している。よく愛だの平和だの言うけど、僕の場合は、それがない訳ね。憎悪の感ていうのが、ものすごくあって、それがあればある程、僕は良い音が出せると思うし。（月刊『音楽』誌七四年八月号）

「アンケートの「私の主張」または「現在考えていること」に答えて」

「判断の停止をもたらす音。消えない音。あらゆるイメージからすりぬける音。死と誕生の両方からくる音。死ぬ音。そこにある音。永遠の禁断症状の音。私有できない音。発狂する音。宇宙にあふれる音。音の音……。」（『スイングジャーナル』誌七〇年四月号）

（二）創造――絶対零度に向けての音楽

阿部が死のほぼ一ヶ月前に、豊住とのデュオで行ったライヴが、『オーバーハング・パーティ』（アルム・ウラノイア・レーベル）というタイトルでアルバムとなっている。そのライナー・ノートを依頼されて、私は阿部薫小論と彼への追悼を兼ねたつもりで書いたのだが、以下に引用したい。彼の死の翌年に書いたものである。

阿部薫は、一九七〇年初頭、突如現われた彗星であった。それは太陽に逆って天空を突き進み、十年と経たないうちに忽ち我々の視界から消えていった。しかし、この彗星の通過する背後には、常に暗黒の空間が顕示された。それは、この彗星の凄まじいスピード故であった。

阿部の生きざまを一言で言うなら、激しい直線なのである。彼の生涯――殊にミュージシャン生活が、そう永いものではなかったにせよ、この直線はどの部分を切断してみても、ほとんど等質で密度の濃い断面を見せる。それは、彼がフリージャズ界に登場した当初から、表現者として或る種完結した世界を持っていたということだ。後は、その世界を内に抱いたまま、どれほど遠くにどれほど速く進めるかの問題だ。だから、阿部は生き急いでいた。生き急ぐことから、あの激しさが表れたのだった。そして、生き急ぐということは、死に急ぐことでもあった。

多くのミュージシャンたちが、先輩や仲間内との共演によって、自己の技術、スタイル、個性を形成していくのに較べ、阿部は異なる軌跡を持っていた。彼はアルト・サックスの奏法と理論を、ほとんど独学でものにしたと語っている。このことは、幼少時の孤独な性格や環境にもよるのだろうが、技術の習得への関心以上に、内部に秘められていた思想表出の希求が優先していたのではあるまいか。そうでなければ、弱冠二十歳にして新宿『ニュージャズ・ホール』に登場した時に、あれほどの密度の濃い演奏と強烈な個性を表出するとは思われない。密度の濃さは重量と比例する。突然現れた二十歳の若者が、圧倒的な重量感とスピードを持っていたのは、驚くべきことだった。そして、それは彼の最後の演奏まで、いささかも損なわれることなく、一貫して続いた。

阿部の登場は、タナトスの彗星の出現であった。彼の演奏を聴いた多くの人たちが、彼の音楽の内に、〈死〉のイリュージョンを視せられたという。確かに阿部は、通常僕たちが、生きていることを大前提として思考するカテゴリーを超えた処を、創造空間として見詰めていた。ちょうど、大気圏外の宇宙空間を想う時、忽ち暗黒と死が脳裏をよぎる様に、阿部の音楽は生の構築の埒外にあった。

彼の演奏は、いくら激しく吹いていても弾いていても、熱気が充満するということはなかった。むしろ、吹きまくり弾き進めば、その分だけ冷えていき、荒涼の野が広がっていく様にも見えた。或いは、冥府からの呼びかけの様にも聴えたものだった。しかし、それはまた、魅惑に満ちた凍原でもあった。猥雑な〈生〉の意識に拘束されない、純粋に透明な美しさなのであった。絶対零度の摂氏マイナス二七三度に向けての疾走。

実際、阿部自身も死の概念に憑かれている様な処があった。幼い頃、大病で死に瀕したことがあったというが、それ以来、死の海面スレスレの飛翔を続ける様な意識を持って生きていたのだろうか。いや、それだからこそ、最高の純度を求める思想と表現を、死ぬまで持続していたのだろう。この軌跡の純粋さをベースに、思考する意志の高さを歌い続けたのだった。

だが、阿部は死そのものを表現しようとしていた訳ではない。また、死に向って跳躍しようとも思っていなかったはずだ。死を超えた、死のもう一つ先にある何ものかを想定して、或る時は死の観念を媒介にそれを幻視しようとはしていただろう。更に言えば、この極北の高みを見詰めて演奏していたということは、死を手元に引き寄せることだった。それは、死を日常化し、その中で生きることである。

こうした阿部の表現者としての感性と行為が、演奏する場を共有した聴衆に、共通根としての死のイリュージョンを幻視させる結果となった。阿部はまた、意識の中で聴衆と刺し違いを果たそうともしたのだ。彼は、それほど聴く者を信じてもいたのである。大脳の僅かな隙間にズイッと白刃を刺し込まれて、聴衆は死という言葉で言う以外ない純白の世界を視たのだった。

阿部自身としては、死の内に、緑に濡れた大地を視ていたのではなかったろうか。

――七八年九月九日、阿部の小柄な身体の上に、急に死が舞い降りたのだった。薬品による事故死だった。

このアルバムは、彼の死の一ヶ月前に録音されたライヴである。共演している豊住芳三郎とは、阿部が七〇年フリージャズの世界に姿を現した時以来の交友があった。いや、豊住はそれ以前から、阿部の鮮烈な才能と強力な個性に注目した数少ないミュージシャンの一人であった。二人の演奏上の出会いは、七〇年初め、豊住がメンバーの一人だったニュー・ディレクションに阿部が客演した時に始まり、以後、阿部、豊住、高木元輝のトリオ等幾つものグループを経ている。しかし、二人が完全なデュオの形をとり出したのは七七年頃からで、それは阿部の死まで約一年半にわたって続いた。

このデュオのサウンドの特徴は、陰影のくっきり表れた時空間の中に抽象的な線の軌跡が走り回っているような精神性に富んだものだった。それは、二人のミュージシャンが、本質的には共通する透徹した鋭さを持っていたが、各演奏毎に互いにその位置とベクトルを変化させながら斬り結び合ったからに他ならない。このことは、デュオの創造性の貌《かお》を一層高く険しいものにした。豊住の切れ味ある空間性豊かなドラミングと、阿部の明晰で一音の深さを計測していく演奏とは、氷河のクレバスの青さが青空に対応する様に、緊密な連繋ある音楽空間を創出している。

阿部は、本アルバムに聴かれる通り、アルト・サックスの他に、バスクラ、ギター、ハーモニカ、ピアノ、更にひと頃はソプラノ・サックス、エレクトリック・ギター、尺八にクラリネットのリードをつけたものまで、多彩な楽器を駆使していた。バスクラでは挑戦的な呟きと押し殺した暴力性を交叉させて激しい流れを表出した。豊住の思い切りのいいドラムが、その流れをうねらせる。阿部が最も欲しがっていたリズムを、豊住は自然に提供してやっている。それに較べて、B面のギターの演奏は、徹底した凝視の姿勢である。自らの精神の古井戸を覗き込む様な演奏だ。「一音そのものを、とことん解体してやる」と、いつだったか阿部が云っていたのを想い出す。これは阿部の時間論だ、と云うことも出来るだろう。阿部の時間は、闇の中を走る。そして、ハーモニカという楽器を、これほど冷酷に吹けるとは——彼方しか見ていない眼だ。瞳の中には、感性が逆さ写しに宿っている。

それにしても、このアルバムに於ける豊住の反応の鋭さは凄い。彼の対話形式の演奏の中でも、屈指のものだろう。ヴォキャブラリーが豊富で、精神が瞬間瞬間に爆発している様なリズムだ。彼のナイーブなイントネーションが、この対話を絵にしている。縦に長い東洋の山水画なのか。サウンドはモノクロームの色調で、無駄なものを一切省いた空間重視と、上れば上るほど遠く深くなっていく。その上に引かれる、阿部の真直で大胆な線。この二人の内的対話は、阿部のマリンバの演奏で極みに達する。

今ここで、とりわけ阿部と彼のアルト・サックスの関係について語りたい。何と云っても、アルトは阿部のメイン・インストルメントであった。そして、彼をして音による内部の思想表出という道に歩ませたのは、ほとんど彼の肉体の一部とも化していたアルト・サックスであったと、僕は思う。あの音色は、僕の耳の奥底に焼き付いたように残っている。

他に類を見ない、鋭く、抉《えぐ》る様な音色だった。一音一音が、阿部の内臓の叫びとも軋みとも思われるものだった。管から飛び出した音たちは、研ぎ澄まされた鋭利さを持って、聴く者の意識の中枢に襲いかかってきた。

音色のことのみを語っても、阿部の屹立した個性は充分に立証されるだろう。これほどまでに、音色の鮮烈さによって自己主張をなし得たサックス奏者は、極めて数少ないはずだ。あの極端に硬いリードから放たれる、恐ろしくハードな音色は、それだけで表現者の内的世界の彼方に連なる山脈の陰を浮き上らせるのだった。

いや、リードの問題だけではなかった。阿部にとって吹く時の基本とは、肉体の姿勢のことなのだった。このことは、阿部自身が次の様に語っている。

「俺がサックスを教える時は、まず楽器を持たせないで、体の使い方から教えるんだ。いろいろな音によって、体との共振を得るためには、その音に対する体の動かし方というものがある」

阿部は常に、最も純粋に音の正確さを考えていた。出す音が正確さを欠いては、内なる思想の表出など出来る訳がない。だから、音に対しては徹底的にシリアスでシビアで、最低の基本を非常に高い処に設定していた。それは、更に次の発言につながる。

「音の立上がりというものがある。それをいい加減にやっていると、メリハリが全然なくなり、何のために演奏しているのか意味がなくなってしまう」

「俺は、自分の部屋で、すごく小さな音で練習するんだ。その方が練習になるしね。サックスというものは、大きな音を出すことだけが能じゃない」

まず、その楽器の機能と特性の把握、そして音を発するための基本の正確さの最重視であった。そこから初めて、密度の高い創造への可能性が開かれるからだ。阿部の場合、そうした技術の正確さに基づき、肉体とサックスという二本の円筒が共振し合う相関関係で異質の次元を開示したのであった。肉と金属が非連続な連続体として、その振動が増殖する小宇宙が、聴覚の中にめくれ込んでくる。そこに微妙な、口腔と金属とそれを繋ぐ硬質なリードとしての植物である葦の三者関係が存在する。

だが、阿部の使っていたアルト・サックスは、今にも毀《こわ》れそうなボロボロのものだった。彼にとっては、最も使い慣れ、使い易いものだったのだろう。何年か前、演奏の最中、そのアルト・サックスが突然空中分解の様にバラバラに解体してしまったという。恐らく、阿部の肉体との共振に、耐久性の限界を越えてしまったのだろう。それを吹きまくった肉体もまた、酷使し尽されていたに違いなかった。

この様な状態の中でも、阿部の生き急ぐ様な創造へのスピードは加速し続けていた。意識が更なる高さに向って延びて行くのにひきかえ、酷使された肉体に宿る生命力は極限に喘いでいたのだ。そして、遂には耐え切れず、生命もまた解体してしまったのが、阿部の死ではなかったのか。バランスを破壊した凄まじい疾走――。

最後のD面で聴く阿部のアルト・サックスは、もう単純に演奏と呼ぶのも憚られるような壮絶な音空間だ。精神そのものが凄まじく噴出し、内臓は断末魔にもがいているのみだ。豊住がこれに付き合っての録音だったのは、奇跡的だった。豊住もまた幻視者の一人であるからだ。だが、彼は阿部と違って、自己解放の仕方を知っている男だ。豊住が繰り広げる音群の野の真中に立って、阿部の眼はまっすぐ北――極北を見ている。死の一ヶ月前。しかし、誰がこの時、阿部の死を予測し得ただろう。

この演奏で、阿部の音は何か重いものを引摺っている。いつもの様に宙を飛ぶ軽さが気持ち欠けている。それは何だったのか。或いは、彼の現実に生きる肉体の重みだったのかも知れない。（『オーバーハング・パーティ』ライナー・ノート）

◎本原稿は『日本フリージャズ史』（青土社、二〇〇二年）から一部を抜粋し、著者による加筆・修正が行われています（編集部）。

1971年6月19日、後楽園「アイスパレス」にて。　写真／南達雄

永遠に持続する緊張

町田康

　自分は一時的に阿部薫だったことがある。というのは、いまを去ること二年前の冬、「エンドレス・ワルツ」という映画で、自分は阿部薫を演じたのである。監督の若松孝二氏は、そのさらに一年前、和歌山の「熊楠」のロケ現場で小生を観て、「いずれ阿部薫を撮る際には、何だか素性が知れぬが、この餓鬼でいこう」と心に決めていたそうである。恐ろしい人である。

　って、そういえば、一九八〇年だから、没後、まだ二年しか経っていない頃、十代だった自分は、大阪のオレンジホールというところで、サックス奏者のS氏が公演をやった際、当時、自分とつるんでいた評論家のTが顔を出すというので、自分はTと会うべくリハーサル中の会場に行ったことがある。行ってみると、いままさにリハーサルが終了しました、という風情でバラバラ人が居るので、近くにいた人に、「Tは来ていないか?」と尋ねたところ、「来ていない」というので、しょうがねぇ、そのまま帰ったことがあるが、後日、人づてに聞いたところによると、そのやりとりと横で聞いていたSは、「なっなんだ、いまの阿部薫そっくりの餓鬼は！」と、たいへんに厭がったらしい。

話は前後したが、その後歳月は流れ、映画に出演することが決まって、クランクイン前に準備期間中、阿部薫が出入りしていた酒場に行った際も、マダムにも似てるといわれ、墓参の際には、お寺の住職の奥さんにまで、本人が出てきたのかと思ったといわれたのである。って、こんなことを言ってるとなんだか、スターそっくりさんの自慢話のようであるが、そうでない、自分ではちっとも似ていないと思ったし、きっと本人も、天上で「俺の方がいい男だ」と思っているであろうことは容易に推察されるのである。それに、第一、阿部薫といえば、伝説という言葉が大安売りされている昨今では、伝説という言葉を使うのがばかばかしいくらいに、その名を知られたサックス奏者であり、自分のようなものでも、早くから数あるエピソードを聴いていたし、生前を知る人もたくさんいる。ただ似てるというだけで演じられるような、簡単な人ではない。

悩んだ挙句、自分は監督に恐る恐る聞いた。「どういう風に演ればいいんでしょうか？」すると、監督はいとも簡単に、「町田くん芝居なんてする必要ないんだよ。ただ、薫になってくれればいいんだよ。」と答えたのである。

そうか。薫になればいいのか。なんだ。はは。よし、なろう。と、決意はしたものの、決意しただけでは、なかなか阿部薫にはなれない。いったいどうしたら阿部薫になれるのであろうか。って、考えた末、出た結論は、要するに、彼は音に命を懸けた人間である。彼を知り、彼になるためには、音を聴くに如くはない。音楽というものの、特性上、集中して音を聴けば、自然と魂が感応して響き合うであろう、というたいってシンプルなもので、自分は、すでに送って貰っていた関連書籍などの紙資料を傍らに押しやって、スタッフルームに電話をかけ、なんでもいいから音を送ってください、とお願いしたのである。

感応した。響き合った。阿部薫は極北にひとりで立っていた。血みどろであった。極北でひとり血みどろで立つ彼の発する音は、哄笑するがごとき音。泣き叫ぶがごとき音。呼ぶがごとき音、同時に一切を峻絶するがごときの音、ぎりぎりの、音、であった。そして、それらの音はすべて同時に存在していた。絶頂から奈落へ奈落から絶頂へすさまじい速度で疾走していた。ほんの一瞬も一箇所にとどまることはなかった。緊張が永遠に持続する音であった。自分は、スピーカーの前で動けないでいた。

そして、自分は阿部薫になり、約一カ月間、アルトサックスを持って、都内や川崎をワゴン車で移動しつつ、阿部薫の生と死をなぞった。彼がサックスの練習をしたという多摩川の河原で、小さなライヴハウスで、公園の水銀灯の明かりの下で、小樽の港で、サックスを演奏する真似をした。真似はあくまでも真似である。しかしそのとき、確かに、自分の頭蓋の中に、阿部薫の音が共振していたのである。

（この原稿を書き終えた直後、ある店に入ったところ、偶然知人を見かけたので声をかけたところ、その知人と同席していた少女は、阿部薫の娘さんであった。独特の雰囲気をもつ美少女であった。本文とは関係ないが、何となく書いておきたい気がしたので書いておく。）

◎阿部薫ＣＤ『風に吹かれて』（徳間ジャパンコミュニケーションズ、一九九七年）ライナーノーツより転載

見上げてごらん、夜の星を

大友良英

阿部薫の親戚にあたり子どものころ一緒に育った方とあるきっかけでお会いすることがあり、その頃のお話をいろいろ聞かせていただいた。実は阿部さんと坂本九は非常に近い親戚同士で、向こう三軒両隣のような地域で行き来しながらおなじように仲良く育っていたそうだ。なんとなくは知っていた話だけど、オレにしてみれば、幼少時に一番好きだった、そして今でも一番好きな歌手坂本九と、七〇年代のある時期、人生を決定するくらい大きな影響を受けた阿部薫の血がつながっていて、同じところで一緒に育ち、しかも週末になると親戚みんなで集まってステージのようなものを土間につくって歌や踊りの宴会を年中やっていて……ってのはもう驚愕の事実なわけだけど、でも、なによりオレが気になったのは、六〇年代歌謡界最大のスーパースターが誕生する様を目の前で少年阿部薫がずっと見続けていたという事のほう。反発するにしろ、無視するにしろ、精神の深いところで影響がないほうがおかしい……などと思ってしまうのだが、でも、この話は、本人が死んでしまった以上は想像の域をでないので、これ以上はなにもいえない。

*

実際にオレが阿部薫と会ったのは、数回程度。一九七七年の春から冬にかけてだったと思う。高校三年生のときだ。場所はパスタン。当時福島にあったジャズ喫茶だ。ライブのときもあったし、阿部さんがお客さんとして一人でレコードを聴いているときもあった。会話をしたのは総計でも多分三〇分に満たないんじゃないかなあ。無論、あの世の阿部さんはこのこと覚えてないと思う。彼にとってはそんな程度の出会いだったはずだ。そんな人間に好き勝手なことを書かれてしまうんだから、たまったもんじゃないだろうなあ。でも、オレにとっては、人生が変わるくらいの大きな出会いでもあったんで、そんな大きな痕跡を高校生に残してしまった責任の一端はあるってことで、これから書くこと、阿部さん、どうかご勘弁を。

そんなわけで彼のライブを見たのはきまってパスタン。その中のいくつかは当時ではめずらしかったビデオに収められていて、幸いと言っていいのかな、今では You Tube を検索すれば、その一部が見れることになっている。二一世紀になると、車くらいは空を飛ぶだろうと思っていたけど、そんなことは一向に起こらないかわりに、タイムマシーンのように、オレが高校生のときに見たライブがネット空間を浮遊している。過去にいくタイムマシーンだけは、電脳空間内の残像という形をとって、二〇世紀少年たちの予想をはるかに超えるチープさで実現したわけだ。

You Tube で見られるのは彼の姿だけだけれど、実はそこからわずか数メートル後方には、黒いレザーの椅子と、いくつもの鉢植えがあって、学生服だったかな、それともベルボトム姿だったかな、今より十五キロほど痩せていた長髪の高校生のオレが座っていて、ビデオをまわしているススムさんがいて、パスタンのママがいて、多分当時サックスを吹いていた大学生のホンダさんもいて、いつも酔っ払っていたサングラス強面のゴトウさんやら二、三人の客がいて……そんな風景が、三〇年以上も前とは思えないくらいの鮮やかさでオレの頭の中によみがえってくる。ここで生まれてはじめてトーストサンドというものを食べたんだけど、卵のはいったあのサンドイッチ、美味かったなあ。二五〇円だったかな、それとも二三〇円だったかもしれない。

「君はギターひいてるの?　どんなギター?　もしよかったら貸してくれる。ライブで弾きたいんだ」
「このアルバムはいいよ。ハン・ベニンクってオランダのドラマーがすごいんだ」
「ギターありがとう、またね」

今となっては阿部さんとかわした会話で覚えているのはたったこれだけ。多分オレはものすごく緊張していて、返事くらいしかしてないと思う。よく言われているような奇行も、つっぱった感じも全然なくて、福島にいるときは、本当におだやかな静かな感じだった。ただその独特の佇まいと目線から生れる空気感は強烈で、それがガキだったオレにはひたすらかっこよく見えた。いまだにその感じをどう表現していいかわからない。でも、これとそっくりな印象を与えてくれる人を二人だけ知っている。ヤマタカEYEと飴屋法水だ。それぞれのキャラは全然似てないけど、かもしだす空気感や静かな印象、そして目のかんじがそっくりなのだ。

何度か書いていることだけど、実は当時は阿部さんの演奏が全然わからなかった。山下洋輔トリオの痛快なフリージャズやエレクトリック・マイルスは大好きだったけど、阿部さんにしろ、デレク・ベイリーにしろ、高柳昌行にしろ、なんだか全然わからなかった。そのわからなさたるや想像を絶した。大好きとか言える感じではなかった。そのくらいわからないくせに、なぜかライブには何度も何度も足を運び、ジャズ喫茶では「なしくずしの死」やベイリーの「ギターソロ」をリクエストしていた。当時すでに入手困難だった「解体的交感」は、どうにかして聴きたいアルバムのナンバーワンだった。なんでそんなことになったのか、自分でもよくわからない。わからなさを前にするのが好きだったのだろうか。

その中でも一番わからなかったのは阿部さんのギターソロだった。当時オレがもっていたヤマハのフルアコギターとパスタンにあった大きめのヤマハのギターアンプを使ってやったソロ。それは、ただただひたすら爆音でフィードバックするだけのソロだったのだ。この世で一番かっこいいギターソロはジミヘンの演奏するアメリカ国歌だと当時思ってた高校生のオレでも、わけがわからなかった。だって、ただなにもせずにグワ～～～ってかんじでフィードバックしてるだけなんだもの。人生で初めて聴いたノイズのライブはあのギターだったのかも。この演奏は、ビデオに残ってないと思うけど、今聴いたらどんな感じだったのかな。オレが今やってるフィードバックのギターソロのほうが絶対いいと思うけど、そんなの比べるべくもない。ってか、そんなことを思うこと自体へんだね。恥ずかしい。

「ギターありがとう、またね」

パスタンの前の歩道でライブが終わった後にたたずむ彼が、ギターを肩からかけて自転車で家路に向かうオレに向かってかけてくれた言葉。これが最後の阿部さんの記憶。

オレの記憶の中で彼は、去っていくオレに遠くで手を振ってたんだけど、しかもオレは満天の星空を見ながら幸せな気持ちで自転車を漕いでいることになってるんだけど、これは完全に捏造された記憶だと思う。だって自転車にのりながらいつまでも彼の姿を見られたわけがないし、星空のことなんか覚えているとも思えない。だから、ここに書いたことも、そんな程度の記憶が生んだ物語なのかもしれない。でも、そんな程度の物語でも、人の人生は変わる。

その後東京に出て、今に至るわけだけど、自分自身の気持ちとしては、阿部さんを追いかけるというようなことは一切してこなかったと思っている。思っているんだけど、常に、阿部薫の音楽がなんであったのかというクエスチョンマークは消えず、You Tube にアップされるずっと前から、あのときのライブの映像をことあるごとに見せてもらい、未発表の音源が出ればチェックし……って、これ充分追いかけてるか。これじゃ普通にファンだ（苦笑）。だって、聴くと、かっこいい……って無条件に思ってしまうんだもの。でも、むしろ、ああいうやり方ではない方法で、自分にはなにができるのかってことを考えていたように思う。

なにが嫌だって、阿部薫にしても高柳昌行にしても、特に死後、彼等を神格化するような雰囲気があって、その雰囲気には、彼等の音楽を批評の俎上に上げることを拒むようなバイアスがかかっていて、そういうなんだか宗教みたいなものを感じるたびに、そういうもんじゃないんだけどなあ……と、ココロの中で思っていて、でもそれは言葉で反発することではなく、自分自身の音楽活動の中に、そういう気持ちは反映させればいいのだ……なんて思っていた。ところが最近は、もうちょっと違う考え方もしていて、もしかしたら受け取り側のそういった問題だけじゃなくて、最初から彼等の音楽の中に、そういうベクトルが潜んでいるのかな、とも思えるようになり……。それは批判ってことではなく、そういうことも含め、もうちょっと彼等の音楽がなんであったのかを別の角度から考えようかなという気になってきてる。さらに白状してしまうなら、そういう神格化に反発を感じていた……と言っているオレ自身にも、そうしたことの責任の一端があったんだって自覚を最近はしていて、要は、いつも自分に跳ね返ってくる話でもあるわけで、で、それは、やっぱり言葉ではなく、自分の活動そのものにまずは反映させるべき……そう思うのです。

で、ここまで書いて思ったんだけど、坂本九と阿部薫が宴会をよくする親戚たちにかこまれて育ったって話、よくよく考えると、やっぱり、とてもおもしろい話なのかもしれない。かくいうオレも、幼少のころは、横浜の下町にあった母の実家の宴会に毎週末行っていて、そこで坂本九やクレージーキャッツのとりこになったわけだけど、そんな話は、もうどっかに書いたかな。オレの話はともかく、あのころ坂本九や阿部薫はなにを歌ったり踊ったりしてたのかな。どんな音楽が好きだったんだろ。一緒にドーナッツ盤とかを聴いていたのだろうか。でもって、それから数年後に、なんであの演奏にあの若さで至ったのだろうか。そこにはどんな飛躍があったのかな。いけない、いけない。また頭の中がグルグルまわりだしてしまった。本人じゃなきゃわからないこと考えてもしかたないいか。やめやめ、今日はこのくらいにしておこう。

いま阿部薫を聴く希望

原雅明

　ニュージーランドの音楽ジャーナリストであるニック・ケインは、『アカシアの雨がやむとき』のレビュー（Opprobrium 誌）でこう記している。

「彼のテクニックの把握と驚異的な不協和音の操作は、アンソニー・ブラクストンと同水準にある。阿部は情熱的に演奏するが、その猛烈な演奏は、ブラクストンのクールな超然さと厳格な概念論のまさに正反対の極みで起こっていることだ。別のふさわしい基準としては、アルバート・アイラーと、アイラーのアルトの生き写しであるチャールズ・タイラーも挙げられる。阿部はアルトを専門にしていたが（他にバスクラリネットもメインで使い、さらにアルトクラリネット、ソプラニーノ、ハーモニカ、ギター、ピアノも時折使ったが）、彼の破滅を招いた長い旅は、アイラーのような持久力の感覚と、アイラーが特化させた核にある強情で明確な感情的カタルシスを明らかにする」

世界的な音楽データベースサイトであるオールミュージックで、阿部薫の項のバイオグラフィーを担当する、自身もインプロヴァイザーであるギタリストのユージン・チャドボーンはこう記している。

「歴史的に、他の楽器も演奏して称賛されるサクソフォーン奏者のケースはわずかしかないので、この問題について批評的に転向するようなことがなされても重要な発展であると考える。他の日本の音楽研究者たちは、後期の阿部の作品とさまざまな楽器の使用を称賛したが、彼らとて、アルト・サックスでの仕事と同等には見なしていないようだ。一つだけ確かなことは、日本の音楽シーンがどんなにノイジーなものになっていったとしても、そこには、まだ同じくらい良いプロデュースされていない別のリード・プレーヤーがいるということだ。阿部のソロのセットが彼の創造的なフォームのピークであると言われたが、彼はアメリカのフリー・ジャズ・ドラマーのマスターであるミルフォード・グレイヴスと、イギリスのフリー・インプロヴィゼーションの父であるデレク・ベイリーと、それぞれレコーディングする機会を得てきたのだ。阿部は、非常にパワフルな演奏で、これらの二つの完全に異なった文脈それぞれに貢献している」

海外のリスナーが阿部薫をどう聴くのか、僕自身は充分な情報を得てはいないので、正確にここで指摘することはできないが、断片的に得られる情報から見えてくるのは、チャドボーンが冷静に書き記しているように、フリー・ジャズとフリー・インプロヴィゼーションという似て非なる「二つの完全に異なった文脈」に深く関与して、結果的にこの二つの狭間にある領域を照らし出しているということだ。

フリー・ジャズはシリアスでも、ある種のヒップな要素を孕み、いまではジャズのみならず過去の音源をディグするマニアをくすぐる音楽として受け止められている。もっと卑近な話をするならば、マッドリブがサン・ラーなどを単なるサンプリングのネタとしてだけではなく、象徴的な存在として引用をしてからは、ネタで使えそうなドラム・ブレイクがなかろうが、フリー・ジャズ的なものは、現在のスピリチャル・ジャズのような括りで再び演奏されたり、ビジュアル・イメージが積極的に引用されたりもしている。一方、フリー・インプロヴィゼーションのシリアスさと同質なものは、現在の一部のエレクトロニック・ミュージックに見て取ることができる。それゆえに、フリー・ジャズ/フリー・インプロヴィゼーションの線引きは、現在の音楽シーンにおいても形を変えて機能しており、それは、音楽の境界というものについて改めて我々に考えさせもする。阿部薫のシリアスさは、いまもこの境界を行ったり来たりしていて、聴く者に、その相対的な評価を強いてもいる。つまり、フリー・ジャズとして聴いても、フリー・インプロヴィゼーションとして聴い

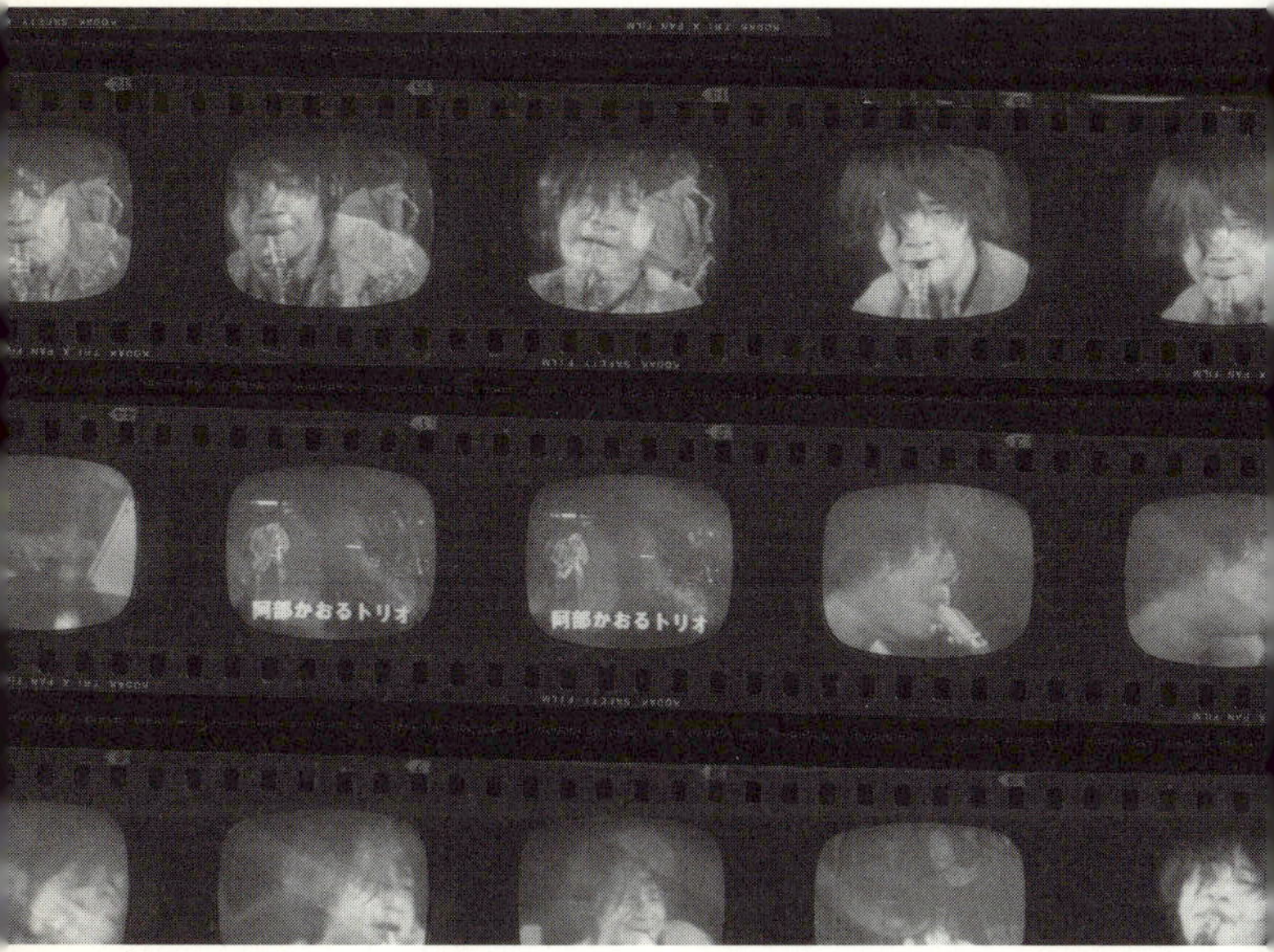

1971年、関西テレビ『ナイトup』に、阿部かおるトリオで出演。　写真／南達雄

ても、了解できない何かが残る阿部薫の音楽そのものをどう聴くのかという問題が。

そして、もう一つ、阿部薫の音楽の在り方が現在の我々に考えさせることは、海外との距離感である。フリー・ジャズ／フリー・インプロヴィゼーションのフィールドに限らず、日本のミュージシャンが海外の舞台へと乗り込んでいくこと、あるいはその録音作品が受け入れられていくことは、いつの時代も困難を極める。音楽という共通言語を土台にしていても、演奏そのものへの理解からビジネス的な事柄の認識まで含めた音楽のさまざまな側面において、大きな齟齬が横たわってもいる。阿部薫の時代（と敢えて大雑把にここでは区切る）と、現在を比較してみると、阿部薫の時代の方が、そうした齟齬が少なかったのではないか。それが現在を生きている自分が実感することである。こんなことを書くと、インターネットでこれだけ情報を共有できていて、阿部薫の音楽が海外の熱心なブロガーによっても語られるような時代なのに何ともおかしな話に思われることだろう。いや、阿部薫についての情報や同時期の日本のフリー・ジャズについての知識の伝播ということでは、現在の方が圧倒的に行き渡っているのは自明のことだ。しかし、例えば阿部薫がケンカ腰でミルフォード・グレイヴスと対峙したような光景が、いまとなっては重要なことを物語っているのではなかろうか。

ジャズの時も、ロックの時も、そしてヒップホップの時もそうであったように、新しい音楽のモードをドメスティックな音楽シーンの中にどう落として込んでいくのかという翻訳と、そこからの自己批評（これはジャズか否か、ロックか否か、ヒップホップか否か等々）を経て成熟させていくプロセスが、もはやあまり必要とされていないのが現在だ。洋楽を聴かない若者が増えたと言われるが、それはドメスティックな音楽で充足できる環境が整ってしまっているからだ。一方で、海外の音楽の参照はより巧妙になり、日本人の趣向に合わせた調整がピンポイントでなされている現実がある（これはメガヒットの業界の話ではなくて、阿部薫の時代からあまり変わらない規模のアンダーグラウンドな音楽の世界の話である）。その結果、何が起きているのかというと、日本から海外へと広がっていく音楽の減少である。もう一〇年は優に過ぎている昔のことだが、一時期のジャパニーズ・ノイズやテクノの輸出がピークであって、それ以降は、海外からの注目も、もっぱら日本のGSや、それこそ阿部薫の時代のレアなジャズなど、過去の発掘に焦点は移行した。

アンソニー・ブラクストンの対極にあり、アルバート・アイラーと重ね合わせるという、日本人にも分かりやすい比較で語られる阿部薫。そして、異なった文脈への貢献を語られる阿部薫。西欧人から見た阿部薫の音楽に対する整然とした理解は、音楽史的に正しくあり、日本における文学的な批評よりポジティヴでもあるのだが、しかし同時に物足りなくもある。それは阿部薫のモノローグの表現の行方が語られていないからだ。その表現は、そもそもフリー・ジャズとフリー・インプロヴィゼーションの相克などあっさりと超えて、その後、ジャズそのものの中にではなく、孤独に作られた日本のノイズ・ミュージックやエレクトロニック・ミュージック、あるいは徹底して生々しくならざるを得なかった弾き語りやバンド演奏の一部に表出してきたように思う。そして、それらの表現から浮き彫りにされてくるものは、さらに踏み込まざるをえなかった「異なった文脈」、つまりドメスティックなシーンでの居心地の悪さと海外のシーンとの乖離において相克している唸りである。阿部薫の音には、いまもそうやってケンカ腰で対峙させるものがあるのだということを、新しい作り手たちは少なからず直観的に感じていることだろう。そこにいま阿部薫を聴く希望もある。

誰が阿部薫を必要としたのか？

平井玄

音楽は、どこか「亡霊」的である。

自分が生まれる何十年も前に演奏された音が、何千キロも離れた場所からふいに飛んでくる。そして想像もつかない時代の「空気」をぶち撒けると、一瞬にして消える。恨みを遺して逝った連中とは限らない。ファンキーな奴、機智に富んだ魂、気さくでお調子者の霊が叫ぶ。ダンスする幽霊だっているだろう。過去の再現ばかりではない。たった今ここで身を振り絞って演奏する人は、まるで音に精気を吹き込んでいるように見える。彼の時間がそこに注ぎ込まれる。「聴くこと」は、こうして甦った「亡霊たち」と語り合う体験に近いのである。この体験は、おぞましい地獄へ墜ちる黒い穴にもなれば、広く清々しい世界への窓にもなる。

阿部薫に「夭折」という言葉は似合わない。

ただ、私より三歳ほど年上の、アルトサックスを吹くことに誰よりも取り憑かれた男が一人いただけである。「夭折伝説」とは人を生きたまま埋める「棺桶」である。たしかに阿部薫の影も形も、もはやない。しかし彼の気道を通ってサックスから噴き出す息の音は、今もここで聴こえているのである。その狂おしい気息の中で彼はまだ生きている。この息づかいを封じ込めて、さらに太い釘を打ちつけてしまう必要がどこにあるというのか。

新宿と初台で、たぶん一〇回ほどは対面するように聴いた。私と同様に小柄で、私と同じくらい恥ずかしがり屋で無愛想な奴、という印象が残っている。やっぱり同じようにとんでもない理屈屋だったんだろうな、実は。六〇年代の終わりから七〇年代にかけて、こういう面倒な自我を抱えた人間たちはかなりの数いたと思う。深夜、新宿の路地裏で暗がりに石を投げれば当たるくらいに。ずっと彼に近い人たちを間に何人か挟んだところで、そういう捩じれた共感を抱いていたのは確かである。だが最初は十八歳と二一歳、次に会った時には二四歳と二七歳では、素直に語り合えるはずもない。ぎこちない一言か二言が交わされただけだ。

私はまた別のものに取り憑かれていた。だから彼のマニアではない。追っかけでもなかった。空しく日米安保条約が自動延長された直後の一九七〇年六月二八日に、家のすぐ側の新宿厚生年金会館で行われたコンサート「解体的交感」にも行っていない。その年の秋、ニュージャズ・ホールで聴いたのが最初だと思う。

　明治通りと甲州街道が交わる新宿四丁目交差点の脇にある都立新宿高校に、当時私は通っていた。六九年に校舎は一度御苑沿いの渋谷区側（現在の髙島屋前）に移転し、四〇年後の現在はまた元の場所に戻っている。全共闘の闘いは、戦争を生き延びた旧制中学の遺跡のような建物から面白みのまったくない箱型の新校舎に移った六九年の秋、十数人がいきなり校長室に突入して始まった。煮詰まった一年がもう過ぎている。一学年上の坂本龍一や塩崎恭久たちは三月に卒業していた。主力部隊である私たちが三年になったこの年、とりわけ「七〇年安保」が手応えもなく去った六月以降、引き延ばされた高校闘争はまるで「塩をかけられたナメクジ」のように融解しようとしていたのである。

　この気配の中で、あれほど溌剌としていた仲間たちは、皆それぞれ秘かに受験に向かって遁走するか、あるいは不発弾のような心を抱えて非妥協的な党派に近づいていた。私もある「武装闘争派」に覚束ない足どりで顔を出したが、何も満たされることはない。自分の口から出る言葉が、自分自身の欲望をどうしようもなく裏切る毎日。これが耐え難かった。「俺たちがやりたかったのは、こんなことじゃない」。空気が薄くてたまらない。卒業も大学進学も放り出して一向にかまわないが、これが身に堪える。このままでは乾涸びた言葉が体を内側から蚕食してしまうだろう。それをどうすることもできない。

洞窟の中へ

阿部薫を最初に聴いたのはこの頃である。

この時「瞬間の小さな王」を聴いたのだ、と今にして思う。

実のところ、この頃の私はもうジャズにも我慢がならなかった。——奇妙な言い方に聞こえるだろう。「実のところ」？「ジャズにも」？「我慢がならない」？「実のところ」というのは、この当時の自分たちほどジャズの現場に密接した若い活動家たちはいなかったからである。

ピットイン・ティールームに最初に顔を出した六八年の夏は、まだ高校一年でほとんどがようやくデモ初体験の頃だ。だから、新宿通りを旗竿片手にアーミージャケット、スポーツ用じゃないヘルメットの詰まったアメラグのザックを担いでデモ帰りにジャズ喫茶にやってくる大学生たちには、小生意気な「活動家未満のガキども」にすぎなかったと思う。紫煙の吹き溜まる隅の薄暗い席で、ノートを広げて授業の予習に勤しむ姿を白い眼で見られた記憶がある。

しかしすぐさま、大学をドロップアウトして山下洋輔トリオのマネージャーになった同窓の先輩に会う。そして、その裏にあったジャズクラブのチーフを知り、ジャズマンたちの顔と名前を覚えるようになった。一年後の六九年には、仲間たちのうち四人がティールームのアルバイトを務めている。気が向くとデモくらいは付き合うクラスメートの一人は、ライヴで人気のギタリスト増尾好秋のボーヤになっていた。そしてこの頃には、赤や黒のメットを被らない者は一人もいなくなっていたのである。ジャズクラブと、ティールーム、ニュージャズ・ホール、ピットインの三つの店が木造モルタル二階建ての一つ屋根の下、裏口同士で繋がる「ジャズの洞窟」が紀伊國屋本店の並びにある。私たちはここを根城とする小ネズミたちだったのである。

四〇年という時間が経って思うのは、しかし皆それぞれに違うジャズを聴いていたんだな、ということである。私の体には、例えば次のような言葉たちが取り憑いていた。

「どんな感情を持つことでも、感情を持つことは、常に、絶対的に正しい。ジャズが我々に呼び覚ますものは、感情を持つことの猛々しさとすさまじさである」（平岡正明『ジャズ宣言』より）。

「歌に対する穏やかな心を捨てないかぎり、日本に歌が生まれる可能性はない」（谷川雁「日本の歌」より、『戦闘への招待』所収）。

悪魔主義めいた趣向に向かうローリング・ストーンズやアメリカを口汚く罵るフランク・ザッパが受け入れられていくそのスピードに、高校一年の私はもう何かしら疎ましいものを感じていたと思う。なんかおかしいぜ？　俺たちはとてつもなく柔らかな掌に包み込まれようとしているんじゃないのか？

これをぶち破りたい。平岡正明のマニフェストはこの「感情」に火を点けたのである。その言葉は、白くてフワフワした巨大なマシュマロのような掌を溶かす「情動」の形を発明しようとしていた。そして東京都心の路上でアジテートする平岡の背には、遠く筑豊の坑道から谷川雁の声が残響している。「歌に対する穏やかな心を捨てろ」と。阿蘇山の裾野、敗北した炭鉱ストに静まり返った抗口で、急速にサラリーマン化する坑夫たちの背骨が溶けていくその後ろ姿を谷川は見ていたのである。テレビに見とれ、スーツを着て車に乗った炭坑夫たち。この融解した体から、マシュマロを灼く情動の焔《ほのお》をどうやって造り出すのか？　私がジャズから聴きたかったのはこの「焔」だった。

フリーのピークは六〇年代中頃、ストーンズの変貌やザッパの登場は後半である。それなのに逆行して、私にとってはロックの後に「フリージャズ」が来る。中学生にとってフリーはアンダーグラウンドだったからだ。後で知ったことだが、こういう逆行は全世界で生じたことらしい。

だから流星のように去っていったエリック・ドルフィーの「馬のいななき」のようなバスクラリ

1971年4月14日、渋谷「プルチネラ」にて。　写真／南達雄

ネットが水先案内人であり、アルバート・アイラーの下水溝から溢れる泥水のようなテナーサックスこそ「ジャズ」そのものである。彼らが「異端」と言われる意味がよく分からなかった。新宿のどこの店でもかかっていた一途なコルトレーンの音や、その崇拝者たちの禁欲的な生真面目さが鬱陶しくてたまらない。私は喉が渇ききっていた。もっと濁った音が欲しい。アイラーから始まる、そんなジャズが浴びるほど欲しかったのである。

瞬間の小さな王

そして私は、ニュージャズ・ホールやティールームで阿部薫をほとんど一人で聴くようになる。さらに、後ろから押されるように高校と大学を去り、新宿二丁目の路地裏に曖昧なまま帰った七〇年代中頃、酒精と家業の毎日に倦むと思い出したように初台の「騒《がや》」に聴きに行った。数は多くない。だが、なぜか足を運ぶのはこの小柄なアルトだったのである。かつての仲間たちは「ジャズの歴史」をはるかに丁寧に辿り直しながら、それを「批判的教養」の一部としていったようである。そうやって企業社会のコースへそっと静かに帰っていく。

「ジャズの洞窟」に巣食った小ネズミたちの日々はこうして終わる。彼らには「焔」も「汚水」も必要なかったのだろう。だが、その教養の中軸にいたはずのマイルス・デイヴィスがフリーと見紛うばかりの濁流に呑み込まれていったのは、まさに七〇年代のこの時点である。その果ての一九七六年に、「東夷」という小さな店を新宿御苑の傍らで私たちは始めた。阿部薫や土取利行、間章、竹田賢一、坂本龍一といった人たちに、集団疎開やEEUも出演している。鈴木いづみと別れたという噂を聞き、その後その阿部と付き合っていた女性も含めたディープなジャズ狂たちと夜ごと路地を呑んだくれていたある夜、東夷のドアを開けると肩から腕を吊った彼が立っていたことがある。もちろん演奏にやって来たのだが、その夜阿部薫は片腕で訥々とアルトサックスを吹いた。「革マルにテロられた」という話に根拠はない。

山下洋輔トリオを聴くことは、あたかも豪壮な建築が燃え上がる姿に拍手喝采を送ることに似ている。火事と喧嘩が嫌いでもない江戸人の末裔だったが、否応なく見物人の一人にされてしまう。他のユニットは、どれも即興と構築の境い目で何らかの「外」を追求していたが、聴く者の耳はどうしても内側を向いてしまう。そんな時、彼のアルトから絞り出される声に、思いの外の「歌」を聴いたのである。

平岡の言う「猛々しさとすさまじさ」をそれほど感じたわけではない。どうにかして「歌に対する穏やかな心」を身を捩って振り切ろうとしている。そして、ジャズの尻尾にこびり付いた生温かい人間主義を断ち切ろうとした果てに、ほんの微かな「歌」めいたものが聴こえてくる。それを聴き取ろうとして飽きもせず彼の目の前に座っていたのではないか、と今は思う。アイラーのそれは、輝く汚物やひしゃげた金の指輪、さらにもぎ取られ腐りかけた腕さえ流れてくる下水道のような声である。そういう糞尿に塗《まみ》れた「豊かさ」は阿部薫にはない。その貧しさも含めて自分自身の声を不協和に重ねる。そこに小さな焔が揺らめいていた。

「瞬間の王は死んだ」と言って自ら詩を捨てたのは、谷川雁である。それでも阿部薫は「瞬間の小さな王」になろうとする。ただし、すぐにギロチンに掛けられてしまう小柄な王様に。少なくとも私は、そういう阿部薫を必要としていたのである。

鈴木いづみ×阿部薫——愛しあって生きるなんて、おそろしいことだ

忘れられっこないもんネ——「騒《がや》」にいた鈴木いづみと阿部薫

騒恵美子

月日が経つのは早いものだと、この頃つくづく思う。

潜り抜けて来た私の過去が、脱皮して脱ぎ捨てた皮のように長々と列をなしている。

二度とその時間に帰る事は出来ないけれど、強烈な印象を持つ過去の記憶は忘れられることを拒み、存在を主張する。

これだけ長く生きて来たのだから、色々な人に出逢い、させてもらった面白い体験は沢山あるけれど、その中でもあの二人の存在の強烈さは別格だった。

トタットタッと不思議な音をさせ、膝で反動をつけるようにしてちょっぴり内股で子供っぽく歩く姿と、甲高く甘ったれた、それでいてブッキラボウな「あんた、あたしのこと、忘れられるわけないじゃん」と言う、彼女の声が聞こえるような気がする。

あの二人と書いたけれど、それが鈴木いづみと阿部薫だ。まず最初に出逢ったのは阿部薫のほうだった。

当時私は渋谷区初台という場所で、騒という名のライブハウスとは名ばかりの小さな空間をやっていた。今になって考えてみれば、音楽業界とは全く無縁で、何の基礎知識も持たない人間が、偶然出逢ったフリー・ジャズと呼ばれるジャンルの演奏に魅きつけられ、自分が聴きたい一心で店を始め、気がついてみたら渦中にいたというわけだった。客観的な第三者の目からみれば、恐らく一人よがりで偏った価値観に凝り固まった妙な店だったに違いない。

後になって考えてみても、人づきあいの苦手なこの私が客商売をやるなんて無茶にもほどがある。しかしありがたいことに、皆演奏場所を探していたらしく、こちらからお願いに出向かなくても演奏家がやらせて欲しいと来てくれて、人が人を呼ぶというか次々に紹介してくれたので、自分だけの交遊関係では絶対無理だと思うほど、幅広く素晴らしい才能に巡り逢うことができた。

阿部薫とも、そうやって出逢った。

竹田賢一に教えられた番号に電話をした私は「電話で話しても何も見えないし、この空間であなたが音を出したいと思うか思わないか、気が向いたときに一度来てみたらどうかナ」と言った。何しろ電話で始めて話す人間同士が、お互いに喋るのが苦手とあっては、無言の部分が多くて会話にならないのだから、そう言うしかなかった。

「ウン、わかった……」。熱のないボソボソとした口調で彼は答えた。

いずれそのうちに来るかもしれないが、まだこの段階では来るか来ないか分からない、演《や》りたけりゃ来るだろうサと思ったのだ。しかし驚いたことに一時間もしないうちに現われた。——そうか、意外に近いところに住んでいるんだナ……それにしてもよほど音を出したいのかナ、こんなにすぐ来るとは思わなかったヨ、と内心私はあわてていた。

いや、正直に言えばドアを開けてモソッと入って来た男を見た私は、初めて見る顔だナと思いながら、おざなりに「イラッシャイマセ」と仕事の手を休めもせずに言ったのだ。

一瞬、お互いに値踏みをしあったと表現するのが近い間があった。

クタクタのTシャツにスリムのジーンズ、踵を踏み潰したスニーカーを履いた、小柄で気の弱そうな青年だった。

顔色は今まで私が見たことのない不思議な色だったが、とても大きな独特の形をしたオデコだった。集中力があり、創造力豊かで記憶力の良さそうな人相をしているナと思い、学生にしてはちょっと年を喰いすぎているし金はなさそうだけど、何をしている男なのだろうと考えながら見ていた。

それにしても、なぜこの男は客席に行かずいつまでも私の前に突っ立っているんだヨ、と思ったそのときだった。

「ウーッとサ、あのさァ……、電話もらった、ア、阿部なんだけど……」と小さな声でボソボソと言うではないか。

——エッ、阿部薫だって⁉　これが？——信じられなかった。皆から聞かされイメージしていた男とはまるで違う。音と皆の話を総合して創り出した人物像は、自分の表現のためなら他人の犠牲など気にもかけない自己中心的で猛禽類のような鋭い目つきの、肉の削げたやまあらしのようにとんがって他人を寄せつけない男だった。しかるに目の前にいる男はといえば、余分な肉はついていないが、滑らかに一枚、皮下脂肪の膜が包んでいるように骨を感じさせず、ギスギスとんがったところはまるでなかった。むしろ自分の間の悪さと要領の悪さに苛立ち、心の中で不満をくすぶらせながらも同時になんだか恥ずかし気で、透明人間になって消え入りたいと思っている少年のようでもあった。これは演奏していないときの阿部の印象として、その後もいつでもそんな風に私には見えていた。

演奏予定を入れ雑誌にスケジュールを発表すると、一体これは何だと驚きあきれるくらいの大騒ぎに巻き込まれ、こんなはずじゃなかったのにまいったナと店を始めたことを後悔するほどだった。

しかしこれくらいでボヤクのは考えが甘すぎた。

第一回目の演奏当日、開店前から店の前に人が並び始め、近所の迷惑にならないように早めに開けるほど大勢の客が集まったが、その中に一人——阿部のファンにはあんなのもいるのかヨ、それにしても凄いな——と驚いて見てしまう女がいた。その女が鈴木いづみだと名乗り、阿部薫の女房だと声高らかに告げたとき、私の頭の中には無数のハテナマークが飛びかい、咄嗟には意味が理解できなかった。彼女の口調には自分が何者なのか知っていて当然だと言わんばかりのトゲがあった。

もちろん私だって演奏家にそれぞれの私生活があることくらい知っている。親もいれば女房子供もいるだろう。金持もいれば貧乏人もいる。

しかし音はそんな事には一切関係なく独立した音として存在する。そして私にとっての演奏家とは、今そこで良い音を出してくれさえすればそれでいい。相手の私生活に踏み込む気はないし同時に自分の生活に踏み込まれることも好まない。だが彼女はそんな次元を超えた強烈な存在感を持ち、こちらがバリヤーを張ることをゆるさず、おかげで私は消耗してヘトヘトになった。

というわけでいづみの第一印象は決して良いものではなかった。おまけに演奏の翌日から二人揃って店にい続けたのだから、勘弁してくれ、これから先ずっとこんな暮らしが続いたら身が保たないヨ、というのが本音だった。ところが時間が経ち顔をあわせる機会が増えれば増えるほど、第一印象とは違う別のいづみの顔が見えてくる。

激しい言動の裏側に傷つきやすく繊細な女らしさがチラチラとのぞく。

エッ？　そんな事を気にしているの⁉　と思わず顔を見てしまうのだ。

ある日、勢い良くドアを開けて顔を見せるといきなり叫んだ。

「ネエ、あたしは男にだらしがないから娘は薫の子供じゃないなんて言う人がいるんだヨ」

憤懣やる方ないという顔をしている。

「あたしはそんなにだらしない女じゃないんだよォ。結婚してたあいだは浮気なんかしたことないんだからァ。それに顔を見てもらえばわかるけど、薫が一人で産みましたと言っても通用するくらいソックリなんだからァ」

写真を突きつけて、ネェ見てネェ見てを連発する。そんなに突きつけられたら逆に見えやしない。ゆっくり見せろと文句を言う。

「ネ！　そっくりでしょ‼　あたしは男顔だけど薫は女顔でかわいいんだヨ、その薫に似て娘はとってもかわいい顔してるんだァ」

それから延々といかに娘がきれいか、自分に似なくてかわいくてよかったと思うかと……本当にトロケそうな顔をして言うのだ。

「ネッ、間違いなく娘は薫の子だってことをあんたは認めるでしょ？　認めてよネ！」

「そんなこと、疑ったこともなく当たり前だと思っているサ、馬鹿な奴には勝手に言わせておけばいいサ。わかる人にはわかるヨ」

誰に言われたのか知らないが、かなりショックを受けて傷ついているらしい。例えばそれを私が言ったのなら写真を見せて間違いを訂正しろと言うのは筋が通る。だがそれを言ったのは私ではない。言った本人に間違いを認めさせてあやまらせればいいと私は思う。しかしそれでは駄目だと言うのだ。

「あんたが認めてくれれば、他のみんなも認めてくれるんだから。あんたが認めてくれなくちゃ駄目なんだよォ。ネッ、お願いだから薫の子だって認めてヨ」

なぜ私が認めることが重要だといづみが考えるのか、理由はサッパリわからない。だが、「誰が何と言おうと間違いなくその子は阿部薫の子だと認めるヨ」と私は言った。

「これで安心だ、誰が何と言っても、もう気にしない」と彼女はホッとした顔で言った。

そのときいづみが傷ついた理由は自分の貞節を疑われたことだったのかも知れないと私は感じた。喧伝されているいづみのイメージとは違い、かなり古風な日本女性の性の意識に縛られているように見えたのだ。

失ったことを悔やみ、それを歎いている自分に苛立っているかと思えば、開き直ってそんなことは問題にするほど重要ではないと、自分を騙すことに夢中になっているような……過激な言動の裏側でズタズタに傷ついた自分をもてあましていて、その痛みを誰かにわかって欲しいと助けを求めて、もがいているように感じるのだ。

「あたしは不感症なんだヨ。ネェあんたも不感症でしょ？」と聞かれたことがあった。

「そんなこと、声を大にして人様に聞かせることじゃないだろうが、接した相手だけが知っていればいいことサ」

「そんなの答になってないじゃない、本当はどうなのサ」。納得がいかないという顔で詰め寄られた私は答えた。

「不感症だってよく口にするけど、それはあなたの免罪符なの？　なんだかあなたの話を聞いていると、感じさえしなければ罪の意識を持たなくていいと言ってるみたいだけどサ」

意表をつかれたような、エッ⁉　という顔をして、いづみは私を見つめている。

「世の中で男にとって性感はメンタルなものだと言われてるでしょ。でも、私はそれは違うと思ってるのネ。むしろ女の方がメンタルな部分は大きいと思っているのヨ」

いづみはまだ表情も変えず見つめ続けている。仕方がないので私は先を続ける。

「セックスは二人の共同作業でする探険旅行みたいなものだと思うの。新しい宇宙をみつける旅、みつけるのに成功したときがエクスタシー」。それでもまだ彼女は黙っている。

「没頭してみつける努力をしてはじめて行きつくと思うの。それなのにあなたのように薄目をあけて観察することに意識が向いてたら、体験できるわけがない、せっかくの時間をもったいない」

まるで呼吸を止めていたことを急に思い出したかのように、フウーッと息をはき小さな声でポツリといづみは言った。

「薫はセックスが強くてやさしくて上手だったんだヨ、あたし薫にだけは感じたんだよネ」

それから急に現実に戻ったような表情になり大きな声で言った。

「世の中の男たちはみんな馬鹿で、ギャーギャー感じたふりをしてやると、自分は凄いんだってうぬぼれるんだヨ。馬鹿みたい!!」

これはあくまで私のとらえ方にすぎないと断った上で言わせてもらうが、彼女はなぜか性に罪悪感を持って向き合っているかのようで、贖罪のために自虐行為を繰り返しているような姿は見ていて痛々しかった。

「フリーセックスは強い女じゃなきゃできないんだネ。あたしのように弱い女は傷つくだけだから、しちゃいけないんだヨ」

ある日、彼女のつぶやいた一言が本音のような気がする。

戸籍の上では離婚していたから、正式には二人は夫婦ではなかったけれど、それでも一緒に暮らし続けた。

子供はいづみの実家に預けてあったから二人だけの生活だった。現実問題として二人の生活態度では子供を育てるのは不可能だったと思う。時間の感覚をなくし夜中じゅう電話をしまくったり、何十時間もねむり続けたり、当然の事として食事の時間も不規則だったに違いないのだから、子供をいづみの親元に預けたことは正解だったと思う。

しかしいづみはだからといって子供のことを気に掛けていなかったわけではない。

むしろ細やかな母親らしい気遣いをしているのを知って驚いたことがある。

あるとき、私の弟に子供がいることが話題になった。何歳になるのかと聞いた彼女は次の日風呂敷包みを持って現われた。中身は子供服だった。子供はすぐ大きくなって着られなくなるのだから洗い替えに古い物でも役に立つからと、娘の古着だけど使ってくれと言った。

キチッと洗濯して手入れがしてあり大きさもピッタリだった。その上それは既製品のままではなく、彼女の手によって決して器用とは言えないけれど、愛情のこもった可愛らしい刺繍やアップリケが施されていた。

意外だと言う私に、母親だからそれくらいするのが当り前だと言い、その一手間かけることが大切なのだと……。なるほどと感心したものだ。

二人が一緒に暮らしていたからといってつねに仲良くしていたわけではなく、派手な喧嘩をしたことは周知の事実ではあるけれど、いつも元の鞘《さや》におさまり結局別れることはなかったし、本当は別れる気なんかなかったのかもしれない。

阿部の演奏予定日にいづみの電話が入った。

「ネェ、今日、薫がやる日でしょ？　そっちに来たら電話するように言ってよネ」

「随分早い時間だけどもう出たの？　何か忘れ物でもしたの？」

違うと機嫌の悪い声で答え、三日ばかり帰って来ない、また例の馬鹿女のところにでも行っているに違いない。言いたいことがあるから必ず電話するように伝えてくれと言う。

正直なところ、ヤレヤレこれは大変だと思う。

しかし一応、姿を現わした阿部にいづみから電話のあったことだけは伝える。顔を顰《しか》めて、ウッ、と面倒臭そうに手をヒラつかせて放っておけと意思表示する。ところがまるで見ていたかのようなタイミングでいづみから電話が入る。面白いことにベルが鳴った瞬間からいづみだとわかっていたように阿部が受話器をとり話し始める。いや、話すというより一方的に捲《まく》し立てるいづみの声を聞いているだけで、合間にウッとかアーとかうなっているのだ。その挙句に「ウルサイッ、ダマレ!!」と叫んでガシャンと力まかせに受話器を置く。すぐにまたかかって来る。トル・キル・カカル・トル・キル・カカル、何回繰り返しただろう。電話が壊れるヨと思うほどだ。

演奏のあいだは邪魔になるからと受話器をはずしておく。すると電話局の警告音が鳴り受話器がはずれているから直してくれと注意される。いづみが故障調べに連絡をするのだ。仕方がないから受話器をはずしたまま、下の公衆電話に行き、いづみに電話を入れる。

彼女は阿部からの電話だと思いいきなり凄い見幕でわめき始める。やれやれこれじゃ男もたまらないナ、口じゃかなわないから手を挙げるしかなくなるんだろうナ……と思いながら彼女の言葉の洪水をせき止めて、いま演奏中だから受話器をはずしてあるけれど、休憩に入ったら阿部からかけさせるからそれまで待ってくれと伝える。

「あの馬鹿女、一緒なんでしょ⁉」

一緒じゃないヨ、一人で現われたヨと言うと、本当かと念を押しそして「フーン」と言い、あんたは嘘つかないから本当だと信じると言ってから、必ずかけさせてネ、待ってるからネ、と……。

休憩に入ると今度は阿部がかける、いづみが切る。先程の逆バージョンが始まる。機械的に動作を繰り返しているだけでまるで会話になっていない。その度に阿部が十円玉を要求するので面倒になって鍵を差し込み勝手にかけてもらう。

他の客が電話を使おうとするとギョロリとにらんだ阿部にどけとおどかされるので困った顔で私に助けを求めるが、どうすることもできず、下の公衆電話を使ってくれと……。

それにしても阿部が口にする言葉といえば「ウルサイッ！　ダマレッ!!」か「ウーッ」と、うなるだけだ。面白いと言えなくもないがこれではラチがあかない。この調子で一晩中やられたら電話代はかさむしこちらの身が持たない。次の演奏が始まったときついに私は行動を起こし、下の公衆電話からいづみに電話して言ったのだ。

「あのサ、阿部君も引っ込みがつかなくて困り果ててるんだからサ。そろそろ矛をおさめてゆるしてやんなさいヨ。今からこっちに向かえば演奏が終る頃には着くんだから迎えに来てやってヨ、きっと待ってると思うヨ、男の面子があるから自分から頭が下げられないんだから、黙って迎えに来れば喜んで帰るに決まってるんだからサ」

「でもさァ、悪いのはあいつなんだよォ。それなのに、なんであたしが迎えに行かなくちゃならないのさァ」

「ダッテもデモもなし！　他の誰よりもあなたが阿部君のこと理解してるんでしょうが？　だった

ら阿部君が今して欲しいことは何なのか一番わかってるでしょ、黙ってゆるすことができるあなたの勝ちだと私は思うヨ。笑ってゆるしてやんなさいヨ、待ってるからネ」

演奏後、何回電話しても出ないいづみに不安そうな顔をしている阿部の前に、ドアを開けて顔を出した彼女を見たときの反応を、私は忘れることができない。

ニマーッと笑って「ウン」とうれしそうに頷いたあのかわいらしい顔を見れば、いくらいづみが腹を立てていてもゆるさないわけにはいかないだろうと納得してしまう。

夫婦喧嘩は犬も喰わないとは、まさしくこのことだと笑うしかない。

挨拶もそこそこに照れもせず、ベタベタとからみあいもつれあうようにして帰って行く姿を唖然として眺めながら、まったくもういい加減にしてくれと言うことしかできない。

たくさんあるエピソードの中でも、想い出すとつい顔がほころんでしまう二人の姿なのだ。なぜか私の記憶の中の二人はどれを想い出してみても愛敬があってかわいらしく、その上、そんなに真面目に真剣に向き合ったら疲れるだろうと心配になるくらい正直で、嘘をつかない存在なのだ。

二人がいなくなってから随分と長い時間が過ぎた。

遠い昔の出来事のはずなのに、不思議だけれどつい昨日のことのように鮮明な二人の姿がそこにあり、「あんた、あたしたちのこと、忘れられるわけないじゃん」と言って顔を見合わせながら笑っているような気がする。

本当に面白く貴重な体験をさせてもらっていたのだなァと改めて思う。あんな体験は滅多にできるもんじゃない。楽しくって、忘れろと言われても忘れられっこないもんネ。

あなたたちに感謝してるヨ。ありがとうネ。

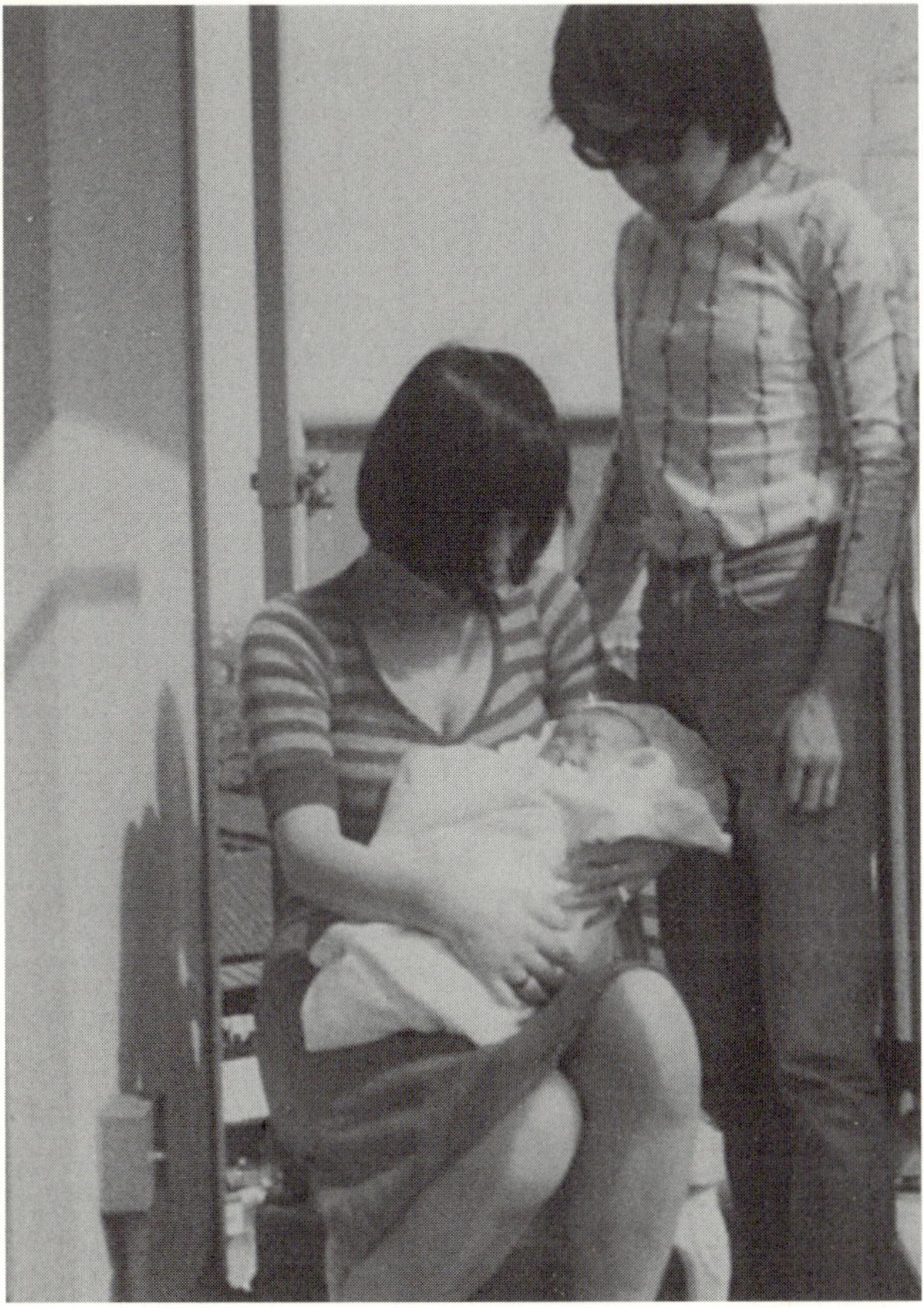

阿部薫、鈴木いづみ、長女あづさ。1976年。

二つの彗星、その軌跡を辿る——鈴木いづみと阿部薫

本城美音子

今年は、阿部薫・鈴木いづみ両名の生誕六〇年に当たるという。二人が生きていれば還暦という事だ。だが、私はどうしても還暦の二人というのを想像する事ができない。私が彼等を知った時、彼等は既に死んでいたからだ。

私は一九七六年の生まれなので、生前の二人を知らない。だが、資料なら少しは持っている。かつて、雑誌に二人の特集記事を書いた事があるからだ。一九九七年の事である。

その頃、私はある雑誌で原稿を書いていた。私は二〇歳で、そこが私をフリーライターとして雇ってくれた最初の雑誌だった。「BURST」という。キャッチコピーは「本邦初のタトゥー&ストリートマガジン」といったが、要するに若者向けのサブカル系情報誌だ。発行部数は多くなかった。

鈴木いづみと阿部薫の特集は、私が「ＢＵＲＳＴ」に持ち込んだ最初の企画だった。『鈴木いづみコレクション』が刊行され始めた頃で、高校生の時に読んだ鈴木いづみの強烈な印象を思い出し、特集を考えたのだ。企画書の書き方が分からなかったので、いきなり仮原稿を送り付けるという乱暴な手段を取った。編集長は鈴木いづみも阿部薫も知らなかったが、「面白そうだ」と言い、企画は通った。今思うと、考えられない話である。私が編集者なら、企画書も書けないライターに一〇ページも与えるような無茶は絶対にしないので、あの編集長は物凄く勇気があったのだと思う。

企画を通すに際して、編集長が私に命じた事は一つだけだった。「二人」を特集する、という事である。私は自分が好きだった鈴木いづみだけで企画を考えていたのだが、編集長は「二人」にこだわった。「カップル」「男女」である事が重要だ、と言ったのである。私は資料を洗い直し、取材相手を検討した。私が選んだのは、阿部が出演していたジャズ・スポットのオーナーだった騒恵美子、二人を描いた映画監督の若松孝二、ジャズ評論家の副島輝人、いづみを担当していた編集者の末井昭の四人である。私は彼等に電話を掛け、インタビューを申し込んだ。

もう一度、当時の資料と取材ノートを見直してみる。

阿部薫は一九六八年、十九歳のときに川崎のジャズ・スポットでデビューした。この頃の阿部が行動を共にしていたのは「劇団駒場」を率いていた芥正彦で、芥の即興劇でアルトサックスを六時間も吹き続けた事もあった。天井桟敷館でのジャズ・シンポジウムにも参加し、そこで出会った沖至や豊住芳三郎の紹介で、副島輝人が開いていた「ニュージャズ・ホール」に出演するようになる。

「ニュージャズ・ホール」に出演していた当時の阿部について、副島が興味深い話をしている。初出演時、川崎から来た無名の新人・阿部薫の客は、わずか七〜八人に過ぎなかった。しかし、噂は口コミで広がり、三週間で客は四倍になったという。だが、阿部自身が客の数を気にしていたかと言えば、そうでもなかったようだ。七〇年に共演した山崎弘が、阿部の言葉を伝えている。

「客はいなくてもいいんだ。こういう音をわかる客はいないんだ。俺は椅子に向かって吹くんだ。それで、その椅子がふっ飛んでしまうような音を出したい」

ただひたすらに音を追及する事を宣言したとも取れる言葉である。時はまさに、学園紛争・安保闘争の時代であった。学生と機動隊が路上で衝突し、投石と催涙弾が街に溢れた時代である。ジャズ・スポットの客も大人しい観客ではなかっただろうと想像できるが、それは阿部も同じだった。

この頃の阿部のエピソードを辿ると、常人離れしたエネルギーを感じさせる激しいものが多い。ジャズ評論家の間章らが語っている、ギタリストの高柳昌行と共に四時間半も演奏し続けて口から血を流した、とか、川原で練習をしていたら異常者だと思われて通報された、といったものである。

だが、彼の評判は良いものばかりではない。共演者の吉沢元治は、阿部を「約束ごとにルーズなやつ」と評し、急に「今日、ソロで演《や》って」と言われた話をしている。会場に現れなかったり、来たはいいが酔っ払っていて吹けなかったりした事もあるらしい。その一方で、副島輝人は、阿部が「ニュージャズ・ホール」に出演していた当時、無断でステージを休んだ事はない、と断言している。一時間程度の遅刻はザラにあった、だが、すっぽかしは一度もない、と。

この種の差異は、阿部にまつわる証言の中に頻繁に見受けられる。阿部薫という人物は、ある人にとってはどうしようもなく身勝手でルーズな男であり、別のある人にとっては几帳面で音に真剣な音楽家なのだ。私がインタビューした際、副島輝人は言った。「あいつはあいつで一所懸命考えて、真実に生きてて、その結果が中くらいの迷惑になった」と。

阿部は純粋に生きている男だった、と副島は語った。阿部の行動は、社会通念から見ればデタラメに見えるが、それは決していい加減な考えに基づくものではなくて、阿部が自分にとっての「真実」に真剣に向き合った結果だったのだ、と。

私は当人を知らないので、阿部がかけたという「中くらいの迷惑」が許容の範囲か否か判断する事はできないが、彼と共演したミュージシャンの中には、その特異な行動について語る人が何人かいる。後期のソロのイメージが強いが、阿部と共演したミュージシャンは多いのだ。前述の高柳昌行や吉沢元治をはじめ、山下洋輔（トリオに参加要請したものの、断られたという。しかし、後に山下洋輔トリオに乱入した阿部の姿を立松和平が書き留めている）、近藤等則、土取利行、豊住芳三郎らのジャズメン、さらには坂本龍一や灰野敬二といったジャンルの異なるミュージシャンとも共演している。こうした共演者が語る阿部のエピソードを読む限りでは、なるべくしてソロになった人、という気がする。

鈴木いづみはというと、一九七〇年に女優「浅香なおみ」としてピンク映画デビュー、同じ年に「文學界」の新人賞候補となり、作家業に転じた。女優として「天井桟敷」に参加していた事もあり、演劇界の知人は多かったようだ。竹永茂生や萩原朔美、東由多加といった面々である。「天井桟敷」を主宰していた寺山修司にも評価されていたようだ。

寺山に関しては、竹永茂生が興味深いエピソードを書き残している。「声のない日々」が新人賞候補となった時、いづみは職業欄にポルノ女優と書くと入選を逃すのではないかと不安がったという。悩んだ末に竹永と一緒に寺山に相談すると、寺山は即答した。

「そりゃあぜったいポルノ女優でしょう。マスコミが面白がるこれに勝る職業が何か他にある？」

そして、その通りになった。インタビューや対談では元ポルノ女優である事が話題となり、雑誌はこぞって「小説を書くピンク女優」といった見出しを立てた。デビュー当時のいづみ作品は純文学に該当するものだったが、扱いは純文学の女流作家ではなかった。飽くまでも「小説を書くピンク女優」だったのだ。この見方は、実際に女優だった期間の短さを考えると、不当なまでに長く続いた。

鈴木いづみは、インタビューや対談で「元ピンク女優」という冠を付けられても、サービス精神を発揮して饒舌に話をしている。だが、後に阿部薫が出演していたジャズ・スポットに妻として同行していたいづみには、こんなエピソードがある。客の一人が「映画を見ました、あなたのファンでした」と言ったところ、いづみはキッとなって胸を突き出し、「あたしは作家よ！」と言い放ったのだという。フリーライターの高橋由美子が語った逸話にも、いづみが自分の容姿にコンプレックスを抱いていた事をうかがわせるものがあるし、「元女優」というのは当人にとっては決して喜ばしい冠ではなかったようだ。寺山言うところの「マスコミが面白がる職業」は、話題性という面ではプラスに、評価という点ではマイナスに作用した、といえるかもしれない。

そんないづみを作家として評価していた数少ない一人が五木寛之で、彼は自ら矢崎泰久や見城徹といった編集者にいづみを紹介している。しかし、その尽力は必ずしも実らなかった。「話の特集」の編集長だった矢崎泰久は、いづみは「なにしろ気まぐれ」だった、と述懐している。エッセイを書くと言うので予定していると小説を寄越す、今後は小説を届けると言うがこれは来ず、放っておくと「催促してくれないのね」と電話が来る。さらに、窓から自分が見えるはずだと言い、確認できずにいると「望遠鏡を届けます」。そして、望遠鏡は送ってきても原稿は来ない。常にそんな調子だったという。

一方の見城徹は、いづみの事を、淡々と喋る人だった、と語っている。話の内容の濃さにそぐわず、興奮する事なく醒めた調子で喋った、と。作家の田中小実昌もまた、小声で静かに話したというづみの様子を描き、「鈴木いづみはぼくなんかの仲間だとおもっていた」と書いている。

関係者の言葉を読むと、いづみもまた、人によって評判が分かれる人物である。鈴木いづみは、ある人にとっては傍若無人で破天荒な女であり、別のある人にとっては思慮深く遠慮がちな人であり、才能ある作家として語られている。末井昭はいづみを「感情の起伏が激しい人」と評しているが、常に攻撃的だったり傍若無人だったりする訳ではなく、時と場合、相手によって応対が異なったようだ。

そんな阿部薫と鈴木いづみが出会い、婚約したのは一九七三年だった。共通の知人だった芥正彦によると、芥の留守宅にいづみが電話してきて、そこにいた阿部が電話を取ったのが二人の出会いだという。それから二人は同居、いづみの足指を切断した「指切り事件」、長女の誕生、離婚とその後も続く共同生活、という人生を歩んでゆく事になる。

七三年以降も阿部の活動は続いた。家庭を持って大人しくなるという事もなかったらしく、当時出演していた明田川荘之の「アケタの店」では、ピアノの消音機を壊したり鍵盤を折ったりしている。また、演奏中に発作を起こして救急車で運ばれ、公演はそのまま中断、という事もあったらしい。

いづみの方も、眉村卓の紹介で「SFマガジン」で執筆を始めるなど、作家業を続けていた。堀晃や川又千秋といった作家仲間、編集者の末井昭や見城徹などと交流を持ち、彼等のところに頻繁に電話を掛けてきたという。話題は多岐に渡り、彼女が好んでいたグループ・サウンズの話や、同居していた阿部薫に関する愚痴、身近な知人の悪口などを長時間話したらしい。

二人が結婚した事で、共通の知人も増えた。二人は行動を共にする事が多かったようで、見城徹や五木寛之、萩原朔美などは打ち合わせに同行してきた阿部の姿について書いている。また、阿部が最後の頃に出演していた「騒《がや》」にもいづみが来る事が多かったそうだ。

見城徹らがいづみに同行していた阿部を「口数の少ない男」と語る一方で、いづみは阿部の愚痴を言い回っている。ロックやGSのLPを阿部に全部叩き割られた、喧嘩で歯を折られた、といった事を堀晃や灰野敬二らに語っていたという。また一方で、五木寛之は、前歯の折れた痛々しい顔で阿部の事を「あの人は天才ですから」と語ったいづみの姿を書き残しており、イベントプロデューサーの長尾達夫は、阿部をよろしく、と頭を下げたいづみの姿を語っている。時にはべったりと寄り添い、時には一一〇番通報されるほどの激しい喧嘩をしながら、阿部が死ぬまで二人は一緒に暮らしていた。

短い人生の晩年に至るまで、阿部の評判はあまり良くなかったようだ。阿部が死ぬ前に二年ほど出演していた「騒」の騒恵美子は、雑誌に演奏予定を発表すると、「本当に出演するのか」という問い合わせから「やめた方がいい」という忠告まで、様々な電話が掛かってきたと語っている。

だが、悪い評判ばかりではない。崔洋一に教えられて聞きにいったという映画監督の若松孝二は、阿部に映画音楽と出演を依頼した。周囲からは止めたほうがいいと忠告されたが、阿部はきちんと仕事をしたという。また、井上敬三は共演後に優しくアドバイスをくれた阿部の姿を伝えているし、同じく共演者の山崎弘は阿部を「強烈な男」と評しつつ、普段は「照れ屋」だった、とも言っている。もしかしたら、須藤力が語った「わがままなガキ」というのが、阿部の素顔に近いのかもしれない。

資料を読み返すと、阿部の無茶苦茶な行動を挙げる人が多い一方で、愛情を持って彼を語る人の多さに気付く。間章の元にいた須藤力は、阿部のためなら金を出そうというシンパが沢山いた、と語っている。浅川マキも「みんな阿部薫さんにやさしかった」と語り、他人のサックスを借りたまま返さなかった阿部の姿を伝えている。阿部が楽器を質屋に入れるような生活をしながら演奏活動を続けられたのは、これらの人々が支えたからに違いない。

そして、一九七八年、阿部はクスリの飲みすぎで死んだ。いづみから「薫の様子がおかしい」という電話を受けた騒恵美子は、「救急車！」と叫び、搬送先の病院まで付き合った。死後、若松プロ主宰で追悼パーティーが行われた。発起人の一人だったジャズ評論家の小野好恵によると、参加したジャズメンは山下洋輔と吉沢元治のみだったという。

阿部の死後も、鈴木いづみは執筆を続けた。SFのほか、末井昭が編集していた雑誌「ウイークエンド・スーパー」に連載を持って多くのエッセイを書き、様々な人達と交流を深めた。

阿部薫の関係者のほとんどが共演者や店のオーナーといった音楽業界の人であるのに対し、鈴木いづみと面識があった人は幅広い。デビュー当時から交流のあった演劇関係者、編集者や作家など仕事関係の人達、いづみが関心を寄せていた近田春夫や加部正義、巻上公一、最後の頃に付き合っていた田口トモロヲといったミュージシャンがそれだ。

いづみの交友関係が多彩である理由の一つは、その仕事だろう。「ウイークエンド・スーパー」

などの雑誌で、いづみはさまざまな人と対談をしている。主だった人物だけでも、作家の佐藤愛子や、心理学者の岸田秀、芸能人ではビートたけしに所ジョージ、さらには「伝説のオカマ」東郷健などが挙げられる。また、大瀧詠一やエディ藩、坂本龍一といったミュージシャンとも話をしている。

いづみはGSやポップス、和製ロックが好きだった。『恋のサイケデリック！』の献辞には近田春夫の名を上げ、小説には加部正義をモデルにした人物やキャロルを思わせるロックバンドを登場させている。周囲の人を作品に登場させるのは彼女のよく使う手法で、好悪の評は分かれたようだ。

だが、いづみの関係者もまた、その特異な言動と共に、愛情を持って彼女を語っている。何度か口説かれたという巻上公一はいづみを「おおらかな面と明るい面を持っていた」と評し、ファーストフード店で明け方まで語り合ったという田口トモロヲは「彼女はさびしがり屋だった」と書いている。作家仲間だった中島梓は、酔って服を脱ぐ姿を「悪質な酔っ払い」、突然の電話を「いかにも迷惑」と評しつつ、その「しょうもないやさぐれ女」にもう一度会えたら、と死を悼んでいる。

迷惑とされる電話にしても同じで、居留守を使ったと言う編集者がいる一方で、騒恵美子はいづみを「電話を掛け直す事ができない人」と語った。電話を掛けた相手に「今は駄目」と断られると、自分から掛け直す事ができず、電話の前に座り込んでいつまでもコールバックを待っている人だったそうだ。派手な化粧の下から、色白で肌が綺麗だったという素顔が垣間見えるような話である。

ともあれ、周囲にさまざまなものを振り撒きながら、鈴木いづみは阿部の死から七年半を生きた。阿部の死後に何度も電話を受けた見城徹は、いづみは毎晩のように「さみしい」と言っていた、と書いている。見城はいづみに、阿部薫について書くべきだ、と告げたという。「いつか、書けると思います」といづみは答えた。騒恵美子もまた、「阿部薫について書けるのは私だけだ」と言っていたいづみの姿を伝えている。

そして一九八六年、鈴木いづみはストッキングで首を吊って死んだ。阿部の事は、書いたといえば書いた。死の前年に発行された『ハートに火をつけて！　だれが消す』は、自伝的長編小説と呼ばれる。彼女がそれまでくり返し描き続けてきたエピソードや人物の集大成でもあり、いづみ自身を思わせる女性の一人称で、その青春や阿部を連想させる男との出会いと死別、その後を描いたものだからだ。もしかしたら、これをもっていづみは作家としての人生に幕を引いたのかもしれない。

今、手元の取材ノートを見返すと、日付は一九九七年の三月から五月となっている。当時の私はマイクロカセットに録音したテープを手書きで起こすというアナログな方法をとっており、長時間に及んだ取材のすべてが汚い字で書き残してある。それを読むと、取材に応じてくれた四人の寛大さがよく分かる。突然やってきた無名の若手ライターに、彼等は真摯に向き合ってくれたのだ。

副島輝人は私に、阿部の音の凄さや、それをうかがわせるエピソードを語ってくれた。また、公演に遅れるという連絡を欠かさなかった阿部を語り、「相当迷惑だけど、俺なんかは阿部が好きだったから、可愛げがあるなって思うわけ」と笑った。

若松孝二は「映画よりも現実の二人の方が凄まじかった」と言った。阿部については「死のうと思って死んだって気が、どうしてもしない」と言い、阿部が死んでからも、あの二人はずっと会話を続けていたのではないか、と語った。

末井昭はいづみの面倒を見ていた時の話をしてくれた。「歯が痛くて書けない」と言ういづみを歯医者に連れて行ったり、長電話の世間話に付き合ったりした時の話だ。「死んでもいいみたいな事は言ってたけど、死ぬとは思わなかった」とも語っていた。

騒恵美子は、阿部のライブに来たいづみを妻だと知らなかった、という話をしてくれた。いづみは後々まで「この人は私からライブのお金とろうとしたんだよ」と笑ったという。また、晩年のいづみを語った言葉は、今も忘れられない。がらんとした空っぽの部屋に住んでいたいづみは、騒に「もういいよね」と言ったのだそうだ。「もういいよね。よく頑張ったね、って阿部が言うのよ。……もういいよね？」と。

そして、二人を知っている人達は、異口同音に語った。あんなカップルは他にいない、あの二人はあれしかない唯一無二の組み合わせだったのだ、と。

これらの一つ一つを、私は今も憶えている。もう一〇年以上前の事だ。取材の間に私は二〇歳から二一歳になり、それでも彼等とは圧倒的な年齢差があった。二一歳の私は、七〇年代を知らなかった。「お前みたいな小娘に何が分かる」と言われても反論できない世代だ。

あの時、私を駆り立てたものは、開き直りだったのだと思う。リアルタイムじゃない？ それが何だ。私がガキなのは私のせいじゃない、と私は思った。そんな事を堂々と言える事こそがガキの証しなのだが、当時の私は本物のガキだったので、それに気付きもしなかったのだ。そして、その勢いのままに原稿を書いた。

その頃、私は「ＢＵＲＳＴ」の最年少ライターで、読者に近い世代として個人的である事を求められていた。客観的なルポルタージュではなく、私個人の感情を織り込んだ原稿が求められていたのだ。それは自分を裸にする事であり、作業には痛みを伴ったが、さほど目覚しい成果は上げられなかったと思う。読者から「死んだやつの事なんてどうでもいい」といった手紙が何通か来たのを憶えている。

その後も私はライターを続け、いづみについて書く機会も二度あった。一度は『鈴木いづみコレクション7』の解説であり、もう一度はいづみ写真集を紹介した「BURST」の特集記事だ。どちらの時も私は個人的な書き手に戻り、鈴木いづみと向き合った。その度にいつも、最初にいづみの本を読んだ時の事を思い出した。あの時受けた衝撃を、もっと読みたいという飢餓感を、きらめいて見えた世界への憧れを思い出した。結局、あの一冊の本が私をここまで連れてきたのだと思う。

私は確かに、リアルタイムの二人を知らない。だが、自分は幸運だった、と思う。高校生であの本に出会えた事が、二〇歳でその足跡を辿った事が幸運だった。今になると分かるのだが、私はあの時、輝いて流れた二つの彗星を追いかけていたのだ。私は失われたものを追い、夜空に残る軌跡を辿って、掴めないと知りながら速く駆けようとした。必死で、夢中で。それはきっと幸運だったのだ、と私は思う。情熱を傾けられた事が、その対象に出会えた事が幸運だったのだ。私は今もそう信じている。

誌面の向こうから投げ付けられた「死んだやつの事なんてどうでもいい」という声に、私は反論をしなかった。そんな事を言われるような原稿しか書けなかった自分を恥じたからだ。しかし、同意もしなかった。どうでもよくないと思ったからだ。彼等は死んでも、作品は残っている。阿部薫を聴くがいい。鈴木いづみを読むがいい。これほどのものを、お前は「どうでもいい」と言えるのか、と。

九七年の取材で、私は皆に同じ質問をした。阿部の死から二〇年近く、いづみの死からも一〇年以上が経つが、今も彼等を憶えていますか、と。彼等は一様に憶えている、と答えた。それは勿論予想していた答えではあったが、私は信じがたい気持ちになった。それだけの時間を経過しても忘れない事がある、というのを、二〇歳の私はどうしても実感できなかった。

実際に一〇年が経った今なら分かる。あれほどの輝きを持つものが、忘れられるはずがない。二つの彗星が流れたのは後にも先にもあの時だけで、だからその輝きは今も消えないのだ。

【インタビュー】

他人の三倍くらい自由に生きたふたり

若松孝二

聞き手／平沢剛

——これまで若松さんは、山下洋輔トリオ、早川義夫、フード・ブレインなど、様々な音楽家を起用されていたわけですが、そうしたなかで阿部薫に関しては、『13人連続暴行魔』（一九七八）の音楽と出演とともに、『エンドレス・ワルツ』（一九九五）において映画化もされるわけですが、それも含めて、阿部との共同作業をどのように捉え直されるかということと、それから鈴木いづみの思い出についても少し、お話を伺えたらと思っています。

〝凄いから一回聴いたほうがいいよ〟と崔洋一が教えてくれた

——まず阿部との最初の出会いから聞かせていただけますか。

若松　俺は音楽を頼む場合、基本的にはライブを聴きに行って、その人の音を聞いてからお願いするというのがパターンなんだ。レコードやCDじゃなくて、生を聴きに行く。それで初台のライブハウスに出ているというんで、聴きに行ったら、たった三人しか客がいなかった。阿部というのは不思議な奴で、聴いてるうちに全然音がなくなる。じっとくわえてるんだけど音が出てなくて、でも俺には不思議に音が聴こえて来る

若松孝二監督『13人連続暴行魔』より

んだ。音を出さなくても、じっと客に向かって〈思い〉だけを吹いているんじゃないかという感じがあった。そして、また吹き出すみたいなね。

それが終わってから名刺を出して、こういう映画監督だけど一杯飲みに行こうかと誘って、ゴールデン街の唯尼庵に行った。ただ、その前にも偶然会ってはいたんだよ。ちょうど小雨が降ってるときに、ゴールデン街の通りで、「アカシアの雨がやむとき」が聴こえてきた。なんかいいなあ、この曲はなんて思いながら、唯尼庵に入って行ったら、かわいい顔した男の子が吹いてる。それをまたみんなが聴いてる。それで「あれ、誰」と聞いたら「阿部薫」と言われて、「ああ、こいつが阿部薫か」と、そういう意識があった。それでライブを聴こうと思ってたわけ。それで俺の映画の音楽を作ってくれないかとお願いしたんだ。俺は欲が深いから、音楽だけじゃなくてワンシーンだけでいいから映画にも出てくれとも頼んだら、それもオーケーだった。でもスタッフや阿部を知ってる奴は、現場なんか絶対来ないし、音楽を頼んだって、スタジオに来るか分からないって言うんだ。だけど俺は何故かものすごく彼を信じていたんだよ。

そしたら撮影のときも時間通りに来たし、仕事もきちんとしてくれた。それから映画の音楽録りをして、これはちょっと大変で、午後からやって徹夜になった。俺は二、三時間で終わると思ったんだよ。それが午後からやって朝までかかっちゃった。とにかくたったひとりで全部やるわけだけど、途中で寝ちゃったかと思うと、パッと起きてインストし始めたりする。だからミキサーや俺たちは、ずーっとこっち側で待機しているわけだ。阿部は、睡眠薬が入っているから風邪薬の赤いやつだけ飲むんだよ。昔の薬は、カプセルに入っていたから、それをバラバラにして赤いとこだけ飲んでる。そしてまた少しウトウトしたり、寝たまんま弾いたりしながら、朝までかかってやっと終わった。スタジオは、ダビングと両方で、音楽が終わらないとダビングができないから、こっちは二晩徹夜したようなもんだよ。次の日は、ミックスをやるからね。録音の連中は、みんな文句言ってたけど、うるさいって黙らせた。

――唯尼庵で最初に会ったのはいつごろですか。

若松　ライブに行った一年くらい前じゃないか？　たしか、崔洋一があそこでやってるぞって教えてくれた。何かで阿部と仕事していて、あいつは凄いから一回聴いたほうがいいよ、と。ピットインに殴り込みをかけたとか、そういう話はよく聞いていたけど、阿部ひとりで演奏したのは聴いたことはなかった。もっとイカつい奴だと思っていたから、まさかこんなかわいい子が、と驚いた。それがサックスを吹き始めるときの凄さっていうのか、あれこそ天才ってもんだよ。それにやっぱり上手いよ。普通の曲を吹くと本当に上手い。ただあとのは夜なんかひとりで聴いてるとこっちが滅入ってくるけどさ。

――それで低予算ながら、自由にできる環境を整えたわけですね。

若松　とりあえず好きにやってもらうことが俺の映画の音楽作りで、一回は画《え》を見せてるわけだからそれが合うか合わないかってことだよね。でも、阿部の場合は、合うも合わないもないから。でもなぜか不思議に合う。とにかく自由にやらせたから、膨大な量を録った。そこから映画の画面に合う部分を使って、余ったやつを芥正彦にあげた。それが最初にできたレコードで、あれは全部映画のために録ったから、目黒スタジオでの録音なんだよ。

――音楽だけではなく、出演を考えた契機というのは。

若松　脚本の掛川正幸に、とにかく殺したい連中のことを書けと言ったんだよ。でもどうしても殺せないやつもいる。それが阿部薫で、いつも練習している川崎の河原でサックスを吹いていて、その少年は何にも言わないで黙って聴いているというシーンだった。それ以外に出会ったやつは、邪魔だってみんな殺していく。だからその役は、どうしても阿部にやってもらいたかったんだ。

――音楽の依頼をしたとき、阿部薫は若松さんの映画は見ていたんでしょうか。

若松　いやあ、見てなかったんじゃないか。誰かよく知らないけど、意気投合したってことじゃないか。途中で全然吹かないから、みんなは文句言っていたけど、俺だけは黙って真剣に聴いてたのが、伝わったのかな？

だからみんな嫌いだって言って。俺の映画（『エンドレス・ワルツ』）にも出た灰野敬二なんか、大嫌いでしょう。いちばん嫌いだって言ってたもん。近親憎悪だよ。嫌いだけど好きなんだよね。

孤独な闘いに挑んだ男だった

――「サックスで闘い続けた男」という表現を、以前使われてますけど、足立正生さんたちが若松プロを去ってからの若松さんの七〇年代の軌跡と重なる部分もあるのではないかと。

若松　阿部薫が好きだったのは、孤独な闘いというのか、いつもひとりだからね。ひとりでサックスひとつ持って旅をする。徒党を組まないだろ？　徒党というかバンドを組んでいる連中のところに殴り込みに行くわけだからさ。それは、錚々たるメンバーで、当時はみんな気の荒い連中ばかりだから、普通だったらボコボコにされちゃうよ。でも、みんなその音に負けちゃうというのか、何にも言えないっていうのは、やっぱり阿部が凄かったからじゃないかな。あの華奢な身体でね。まあ、こういうことを言ったら阿部に失礼かもしれないけど、俺なんかに通じてるところがあった。俺は人にピンクって言われようがなんと言われようが、頑として自分の映画を撮り続けているから、どこか共通点みたいなことも考えたんだろうな。

――その後、また一緒に組めたらと考えていましたか。

若松　それからまもなく死んじゃったからね。だから俺はどうしてももっと早くこいつと出会えなかったかということを悔やんだ。ましてや、薬を飲み過ぎて死んだっていうのは、精神的な問題だろうから、もっと相談できる奴がいれば良かったんだろうな、と。そういう意味では、年が離れてるぶん、俺だったらあいつを死なせないですんだんじゃないかと思うときがある。俺との関係というのは、本当に短かったけども、もしもっと長く付き合っていたら、死な

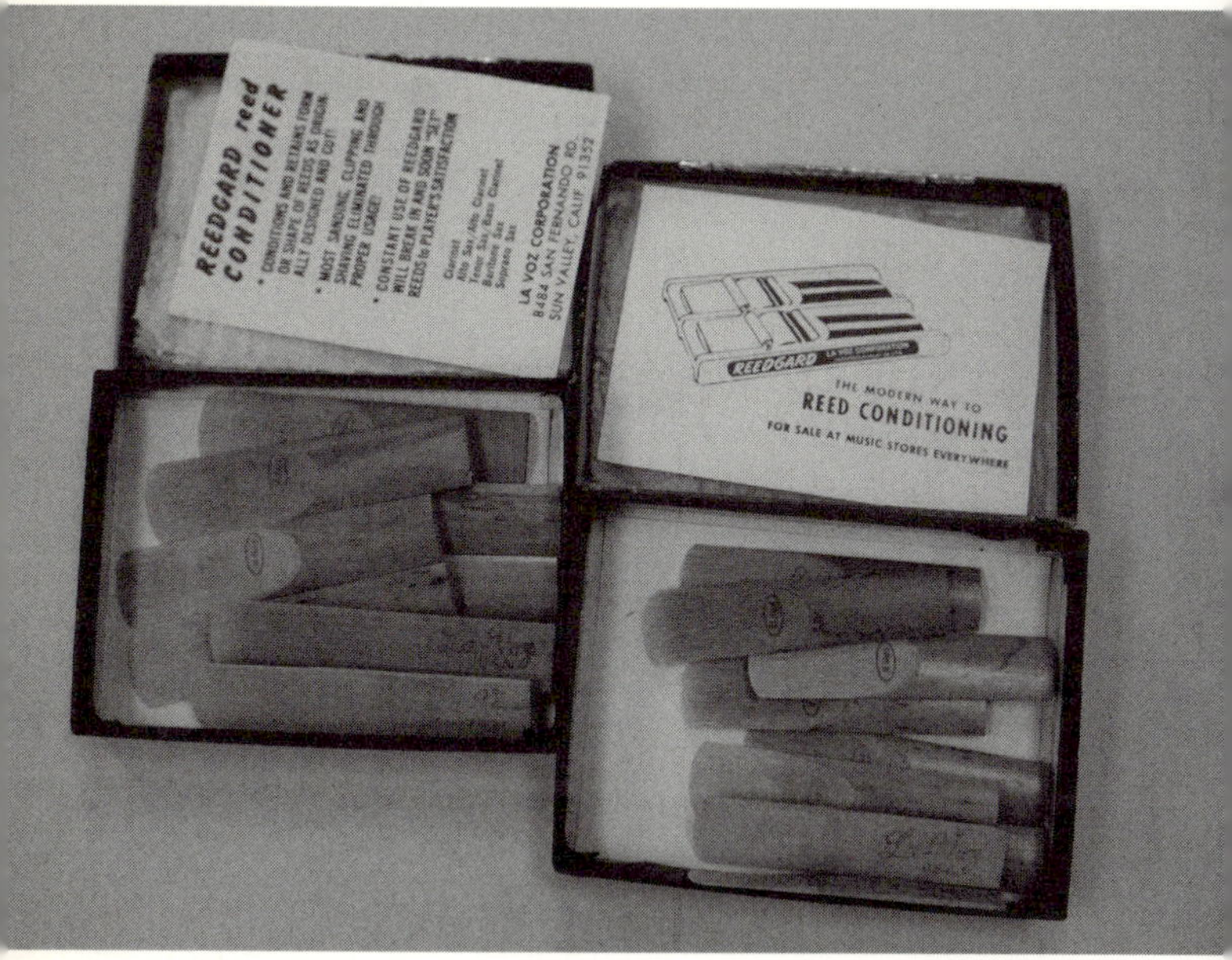

阿部薫が削って使っていたサックス用リード。　提供／騒恵美子

せないですんだんじゃないかとどっかで思っているんだよ。俺を兄貴みたいに一生懸命慕ってくれてたからね。早くに両親が離婚して、父親がいなかったというのもあったかもしれない。葬式のときに父親は来てたんだけど、おふくろに焼香もさせてもらえなかったんだよ。坂本九がおじさんだから来ていたりしたけど。阿部の墓参りも行ったんだけど、坂本本家の隣に阿部薫が眠ってる。坂本家は、ものすごく立派な名士なんで、何坪くらいあるのか大変な墓だけど、そこに並んでた。

鈴木いづみ自身が小説そのもの

――鈴木いづみとの出会いというのは。

若松　ピンク女優だった頃に、『理由なき暴行』（一九七〇）とか何本か俺の映画にも出ているんだよ。その前から知り合いで、ゴールデン街でよくたかられたけども、映画に出ないかと言ったら「若ちゃんの映画だったら」ということで出てもらった。別に役者になろうと思っていたわけじゃなくて、ちょっと裸になれば小遣い稼ぎになると思ってた程度なんだろうけど。

いつもは、大体ゴールデン街で酔っぱらってた。ああ来たな、と思ったら、もうどうやって逃げようかと思うくらいだったよ。一番、しんどかったのは阿部が死んでからだね。電話かかってきたら、三時間は切らせないで、ずっとしゃべっている。俺は事務所に寝てるから、夜中であろうがなんであろうとかけてくる。いづみも相当つらかったんじゃないのかな。

――鈴木いづみの小説を読んだことは。

若松　読まないよ。もういづみ自身が小説そのものだもの。電話では、いろいろ愚痴はこぼしてたけど、愚痴がやっぱり阿部を愛してるってことなんだよ。お互い芸術家の夫婦としてはめずらしいじゃない？　普通、どっちかが冷静なんだけど、どっちも冷静じゃないんだから。俺は、両方知ってるから思うんだけど、いづみは阿部薫の音楽の才能に嫉妬心を感じてる。阿部はいづみの文章に嫉妬を感じていたんだと思う。お互いにこいつにはかなわないと思ってたんじゃないか。

阿部薫と町田康っていうのは、同じ人物に見えてしょうがないんだ

——『エンドレス・ワルツ』映画化の経緯について教えてください。

若松 （原作者の）稲葉真弓さんが取材に来たとき、知ってるだけしゃべるけれど、俺が絶対撮るから、原作は誰にも渡さないでほしいと。そういう約束のもとに取材にのった。誰にも阿部薫を撮らせたくなかったんだな。

——映画化は、そのときに思いつかれたのですか。

若松 その前からひっかかっていて、誰からまい具合にふたりを組み合わせて書いてくれる人、構成してくれる人がいないかなと思ってるところに、本当に偶然に稲葉さんから俺の話を聞きたいと連絡が来たんだ。それで絶対に映画化しようと思った。要するに阿部の音楽が好きだったんだ。彼の音楽とかライブとかそういうのを映画にしたら面白いだろうと確信があった。だいたい鈴木いづみと一緒になってる男なんだから、人のことだけど、普通にしんどいだろうなっていうのもあるじゃない？　俺は家に行ったことがないけど、しょっちゅうケンカして、阿部のほうが顔が腫れてたりとか、話には聞くけど、実際には、どういう感じだったのかなと。メチャクチャな殴り合いして、警察まで呼ぶくらいなのに、またすぐくっついていたわけだからさ。

——九〇年代半ばに、いわゆる「運動以後」といわれる七〇年代を主題に扱ったわけですが、キャスティングはどのように行いましたか。

若松 あの時期は、松竹が金を出してるから一番予算もかけているし、俺の最高の映画だと思っている。セットを組んだのはあの映画だけだし、俺自身も気合いを入れて真剣に撮ったんだろうね。町田康のライブも聴きに行ってたんだけど、なんか不思議に阿部に似ていて。顔まで似ている。それでやっぱりこいつしかないって、町田さんを一生懸命、口説いた。ライブは、映画が決まってから初めて見に行ったんだけど、その前

に山本政志の『ロビンソンの庭』（一九八七）を見てた。それと『熊楠／KUMAGUSU』（未完成）のときに会ったことがあった。宴会の場面で白浜まで行ったら、町田さんと同じ部屋でものすごく気を使う奴だった。俺は、普段からそういうふうに観察するくせがついているから、阿部薫をやるんだったらこいつだなって思った。その頃から頭の中にあったから、ビールを一杯飲みながら、阿部の話をして、町田くんやらないかって言って、それでサックスを勉強するようになったんじゃないかな。ただ俺は、阿部薫と町田康っていうのは、同じ人物に見えてしょうがないんだ。今でも間違うくらいなんだ。

——最後に、若松さんはさまざまな人材と共同作業をしているわけですが、そのなかでも阿部薫と鈴木いづみの存在は特異ですよね。

若松　そうだな。うちも相当おかしい奴らはいたけど、ここまでのはいなかったよ。おかしいといっても、足立正生にしろ、沖島勲にしろ、秋山道男にしろ、みんな哲学的っていうか、才能もあって計算できるところがあるじゃない？　だから、あらゆるものを深刻に考えていたのは、あのふたりになるんだろうな。人の迷惑もほとんど関係ないしさ。阿部が音楽を作るにしても、普通だったらこれ以上スタジオを使ったら、時間もお金もかかるとか、大勢が自分ひとりのためにやってるなんて、そういう気なんて一切使わない。本当にそういう意味では、人の三倍くらい自由に生きたんじゃないか。その分、ふたりとも三倍以上さんざん人に迷惑もかけてんだけど、人が一〇〇歳まで生きるんだったら、ふたりともちょうど一〇〇歳ぶん生きたといえるんじゃないかな。

◎二〇〇九年三月二四日、若松プロダクションにて

それぞれの鈴木いづみ×阿部薫

あがた森魚

一九七〇年代の終わり頃、新宿のゴールデン街の外れのバーの主人に「阿部薫」の追悼盤を作りたいから歌を歌ってくれと言われた。阿部薫という存在は知っていても、彼が厳密にどういうJAZZをやっているかも知らなかったし、なぜ、僕が阿部薫への追悼の歌を歌う理由があるのかもわからない。しかし依頼主は「彼の死の悲しみを悼むことができるのは、あがたさんの歌以外にはない」と強く懇願してくる。またオレの歌を「哀歌」「悼歌」ぐらいに勘違いされているとも思ったが、僕自身より若いのに、激しくデスペレートな生き死にを歩んだ阿部薫の存在に魅かれ、依頼主に乞われるまま「アカシアの雨がやむとき」を歌った。西田佐知子の伝説的な一曲であり、阿部薫の重要なレパートリーであることも認識していたが、楽曲の魅力にひかれて大胆にも録音することになった。ジャケットには北脇昇の絵を希望した。レコーディングの折に鈴木いづみさんが来てくれて、その気づかいに恐縮した。鈴木いづみさんがそこにいると、彼らはふたりとも歳下で、まだ三〇歳にもなっていなかったのに、昭和の戦後の都会の倦怠を知りつくしたおませな双子の兄妹のような気配がしたのが不思議だった。

「アカシアの雨がやむとき　亡きAに捧げるタンゴアカシアーノ」
1979／KITA RECORD KT-0001

朝倉世界一

はるか遠い惑星の街なみに吹く風の臭いや、その街で暮らす人たちの付けている香水の匂いなどを、なぜかとても身近に感じるのです。

甘いシロップのようだったり、何かのスパイスのようだったり、ほこりっぽい部屋の空気のようだったりするのですが、どこかで嗅いだことがあるように感じられるのです。

わたしが知っている街の匂いだとか、近所で暮らしている人たちと同じ匂いです。

そしてそのうちに、その作品から感じていた匂いは、鈴木さん本人をイメージして感じている匂いと、だんだん混ざってきたりします。

池田千尋

鈴木いづみさんの小説とエッセイを読んでいる間中、白い光が差しているように私は感じていて、確かにそこには淡く白い光が満ちていたらしく、読み終わった今、全てのページが真っ白な印象なのです、不思議なことに。

そして、このところ停滞しがちだった私の心は何故だか急にざわざわとし出していて、さあもう動き出さなければならないんだぞという声が聞こえています。

さあ今動き出して、汚れるのも罵られるのも構わずに、真っ直ぐにただ真っ直ぐに、と。

鈴木いづみさんは、今もなお言葉の中に生きていて、私の背中をバンと叩いて、背筋を伸ばさせたのでした。

『ひとは、たやすく挫折など、するべきではないのだ。挫折してはいけないのだ。』

なんて厳しくて純粋な言葉。

ありがとうございました。

歌川恵子

動いているいづみさん、薫さんを見たことはないけれど、きっと、近づけないほどに真っ直ぐで激しくて格好良かったのだろうと思います。そんな純粋さに憧れつつ、私は、いつも保身が先に立ちます。全く格好良くない！　そんなコンプレックスからか私は、激しくて格好の良い人や、女性的な人に憧れ、少なからず刺激され、嫉妬し、大概感服します。二人の愛の交換・交感は、想像を絶するけれど、そんな愛をどこか欲している自分を感じるのです。

私は、ちょっと解ったような振りをして、あの時代の歌を時々カラオケでうたいます。あの時代、大人だったらなぁと時折思うのは何故かしら？　まだ私は子どもだったので、当時は無意識でしたが、今には無いどんよりと湿った感じの気だるさと、それでいて熱く激しいものがあちらこちらに漂っていたような。うたうのは、そこに在った空気感に、愛着と憧れを感じているから、かもしれません。そこにいた大人たちは、なんだかとても遠く、そして素敵なので、子どもの私はモゾモゾ・ソワソワしていました。

今の私は、その憧れになかなか近づけずとも、それでもこうして、時代を超えて、その存在に出会えることを、なんとも嬉しく思うのです。そして、大人になっても、モゾモゾ・ソワソワするのです。

大石三知子

少女は路地で小耳にはさむ世間話を糧に大人になる。「妹さん二人目は？」「それがね」とか。「あそこの家、ずっと空いてるけど」「あら、知らなかったの？」とか「決まったそうよ」「やっぱり。何だか身奇麗になったと思ってたのよ」とか。おばさんたちのひそひそ話は肝心なところはいつだって上手に隠されてるんだけど、入口の妖しさは少女の脳裏にいつまでも残る。時を経て自らがその門をくぐり、奥の深さを知る。少女にとっておばさんの話は何となく煙たいが、お姉さんの話は花の香りで蜜の味、ひらひらと舞う蝶の後をそろりそろりとついていく。昼下がりの路地裏。アパートの二階の窓際に、長電話をしているお姉さんがいる。カーテンに見え隠れする横顔をもう一度見たいと思った時、お姉さんの手鏡が鮮やかに陽光を翻した。そんな感じで。元少女はいなくなったお姉さんの小説の路地に時々迷い込み、凹んだアスファルトの水溜りを覗き込んだりするばかりである。

加部正義

鈴木いづみさんとの初めての出会いは、知り合いの女性から紹介されて、本牧一丁目のバス停の前で会いました。その日のことは、鈴木いづみさんの本の中にそのまま書いてありました。それから数年たって、コンサート会場の楽屋に鈴木いづみさんが来ました。その時は黒いコートの下に水色のレオタードを着ていました。

それからまた数年後、突然電話があり、家にいづみさんが来ました。一時間くらいレコードを聴いてから、いづみさんは帰りました。そのときの彼女の状態は、見るに見かねるものでした。今思うと、精神的にも、肉体的にも、究極のところにいたと思います。

それと、紹介してくれた女性から聞いたことですが、町にくり出すときは、いづみさんは付けぼくろをしていたそうです。

近代ナリコ

エッセイを読むと、つまらなくなる一歩手前、というほどにまともなので、これでは「まとも」な人生など歩めるはずはなかろう、というやりきれなさを感じさせるのが鈴木いづみです。「表現」というものはその主体とぴったり一致するわけではありませんが、この人はそれを純粋に夢みていたのではないだろうか、と思わせるところがあります。もっと上手くやる方法だってあったかもしれないのに。でもそうしたら鈴木いづみではなくなってしまいます。彼女の文体やことばづかいは、愛らしくて、あざとくなくて、たいへん好きなのですが、読み手のそういう感覚には無頓着だったように感じられるのです。だから愛らしくて、あざとくないのでしょうけれど。阿部薫という人については、鈴木いづみの夫だったミュージシャン、ということくらいしか知らないので、男と女のことは、そとからは決してわからない、というあたりまえのことしかいいようがありません。

今野勉

　阿部薫に会ったのは、一九七一年八月十四日から十五日にかけて、三里塚・天神峰で開かれた野外コンサート「日本幻野祭」で、である。主催者の成田空港建設反対同盟の青年行動隊が、「日本幻野祭」をレコードにしたいと、その制作をテレビマンユニオンに依頼してきた。私は音盤制作のディレクターとして現場にいた。ロックやジャズに日頃無縁の婦人行動隊などの地元農民は、コンサートが始まるや演奏に拒否反応をあらわにし、主催者の青年行動隊ともめはじめた。阿部薫の演奏が始まったとき（トリオかカルテットだった）、地元農民はフリージャズに嫌悪感をさらにあらわにし、空缶など、物をステージに投げつけたり、怒声をあげたりしはじめた。

　しかし、五分もすると、騒ぎは徐々におさまりはじめた。阿部の全力疾走の演奏に、ただならぬものを感じた聴衆は、次第に度肝を抜かれたように静まりかえった。一〇分か十五分すると、阿部の呼吸と会場の呼吸が感応しあっているかとも思えるほどになった。最後は、たしか、拍手さえ起こったと思う。

　私にとって、その出会いが最初で最後であった。四〇年近くたった今でも、あの夜の阿部薫の姿は、昨日のことのように鮮明である。

追記／高木元輝トリオの一員としてこの野外コンサートに参加した原寮の記憶によれば、阿部薫の演奏は、高木トリオに加わる形での演奏と、阿部のグループに高木トリオが加わる形の演奏と、二度あったということである。その時のレコード「幻野」は、二〇〇三年にCDとして復刻されている。

佐藤江梨子

拝啓　鈴木いづみ様

　私の本棚には鈴木いづみ様の本がありません。好きだから、何度も読んでしまうから、他の本たちがヤキモチをやくのです。

生きるスピードをあげて、生きるスピード違反に

鈴木いづみとザ・ジャガーズの面々。

ならないために。料理をエロく感じぬように。自分に子供が産まれても他人だと思わぬように。いつだってティータイムせぬように。

私には貴女の言葉が流れている。私はたまに、貴女に似ている人を見ます。まさか、本当は生きてるのではないですか？

ファン・佐藤江梨子

田原総一朗

鈴木いづみさんは、そこにいるだけで危機感に充ちていた。危なっかしかった。緊張感あふれる、彼女自体が芸術であった。ドキュメンタリー番組で、鈴木さんを取材したことがある。彼女は何の躊躇もなく裸になってくれた。だが彼女の裸は、圧倒的迫力というかオーラがあり、私はいろいろ注文をつけるつもりでいたのだが、結局何も注文がつけられなかった。すごい存在だとあらためて感じた。

近田春夫

僕は何か鈴木さんには物凄く買いかぶられていた気がする。それはそれでとても嬉しいことなんだけれど、どうしてそんなに面白がってくれたのかは未だによく分かんないです。

多分ひとつには僕がドラッグっぽい人に見えたってのがあるのかな……。サイケ好きなことを本能的に察知したのかもしれない。

ですから今になって思えば、一緒にＬＳＤでも決めてみたら良かったたな、てぇ感じはありますね。でもあの人はどっちかって言うと〝アシッド系〟と言うよりは睡眠薬、いわゆる〝スリク〟ですよね。その辺が僕とは微妙に違ってた。

一回だけ対談をしたんですが、そのときに「ぞろっぺぇ」と言うコトバを僕が知らなくて、一瞬、彼女がちょっとガッカリしたような表情をみせたことがあった。その顔を何故か今でもよく思い出すんですよね。

戸川純

※舞台『ラスト・デイト』で鈴木いづみを演じて

キャラクター的には本人を知らないので、胸元の広く開いた服で胸の谷間を強調して、ロングの髪をおろして大袈裟なつけまつげをつけて、そのみっつだけをあわせただけでした。様々な写真からはそういう上っ面しか推測できないので、そのみっつをなぞっただけです。逆にそれ以上のことを作品＝小説から推測するとかえって危険な気がして、やめておきました。私が勝手に役作りでしたことは、シャネルの五番の香水を浴びるようにつけたこと。推測ではなく、鈴木いづみにはイメージとして、一〜二日食べるものを抜かしても、また育児に追われていても、おしゃれしたいわ、と五番をつけている女性、というのがあったからです。あとグリッター系のコスメを多用しました。ギラギラのラメ入りマニキュアやギラギラのラメ入りアイシャドウなどです。これも実際本人がグリッターを多用していたなんて聞いたことも見たこともなく、七〇年代の厚化粧のイメージからです。あとは自分がこのセリフを言うなら、と鈴木いづみという人を考えずにまったくとらわれずに演《や》りました。

鈴木いづみについても阿部薫についても、それなりに資料をどさっともらいましたが、音源もその人のひととなりを必ずしも表すとは限らないと思うし、第一そのふたりを天才だなんて思う感性を私は持ち合わせていないので、役をいつもどおり普通に一生懸命努力して演じただけです。伝説の人物、という割には知る人ぞ知るという感じがするので、（私には珍しく架空でない人の役でしたが）架空の人物を演じるのと同じ感じで演じ、実在の人物を演じるプレッシャーはまったくありませんでした。

◎二人芝居『ラスト・デイト』の初演は、二〇〇〇年十二月、ウェスティンホテル淡路で開催された「淡路夢舞台創造祭」にて。のち〇六年三月〜四月、大阪「フジハラビル」、京都「ART COMPLEX」、新宿「スペース107」にて上演。作・演出／岩崎正裕、出演／戸川純、奇異保（編集部）。

日向朝子

鈴木いづみさんの小説は、SFという響きから想像したものとはちょっと違う、不思議なものだった。ずれた世界の日常感覚がすごく上手く書き出されていて、読んでいると、いつしか風変わりな設定のお話であることを忘れてしまうほどだった。その奇妙な違和感（むしろ違和感のなさ、だろうか）には、驚きと一種のこわさを感じた。強烈な装丁と、その中にあった意外なほどにクールな文体。そのギャップは、こちらの方が、言ってみればSFチックだった。読んだ後にいろいろ考えてみたけれど、SFというフィールドを選んで書いていることが、鈴木いづみという作家の面白さだと感じた。彼女の書く思考回路やテーマが、よりユニークな形を持つ。ユニーク（！）。そう、ユニークだ！　ようやく言葉が見つかった。クールでありながらエネルギーがある不思議な文体も、またユニークだった。三〇年も前に放たれた感覚ということだけれど、とても〝新しい〟気がした。

宮崎大

映画はどうやって世の中に生まれ出るかは映画を作ったことのある人しかわからない。映画は誰でも作れる。免許はいらない。だけどお金はわけわかんないくらいにかかるし、当然一人では作れない。何かどうしようもない表現衝動にかられ映画製作を志すのであれば、（自戒を込めて）映画はやめた方がいい。どこかで迷路にはまりこみ、立ち往生する。このことはあまり知られていないと思うが、映画は監督が始めるのではない。企画した者が始めるのだ。それは大抵プロデューサーという名のつく人種だ。僕もそうだ。企画したのは『ユー・メイ・ドリーム』の映画化。とにかく衝撃を受けた。「あんたの魂は、あたしとちがう材料でできてるんだね」「うん、たぶん、……とても下等な材料だとおもうよ」この時点での企画は自分の衝動以上ではない。衝動が何かに昇華？　混濁？　泥酔？　していくと映画は完成する。それは決して衝動を汚すものではない。だからやめられない。ただ映画はそれを要求する。

まさに人生じゃないか。そして僕の企画はそれに耐えられなかった。不憫な子供……。そして恐らく、鈴木いづみもそれを許さなかった（原作権がとれなかったということではありません）。ただそれだけのこと。関係各位ごめんなさい。

山中千尋

鈴木いづみの残した数々の逸話は私にとって全く必要がないものでした。写真の中の彼女は恐ろしいほどの存在感があり、当時小学生だった私はまっすぐに目を向けることが出来なかったのです。見ても聞いてもいけないような存在の彼女の文章が風通しのよい場所のような印象をもったことに驚きを覚えると同時に、その引力がとても心地よく思えました。

平らな言葉で書かれた非日常的な設定の小説を読むと空は黄色く染められ、緑色の血液をもった人間が歩いていてもかまわないような気がしましたし、デカダンスな生活描写の中でつぶやかれる人間や音楽に対する洞察は、私の定立の一つになっていきました。エッセイでの鋭利な冒頭の言葉をもって鈴木いづみから直に刃を向けられるとき、私は生の淵の先端に足を架けたような妄想にかられます。この美しい女性は振りかざしたものを自分に向けてしまうようなところがあって放っておけないのですが、誰にも何も出来ないと知らされました。彼女の残した全ての跡を反芻する機会があることに、何がしかの大きな存在を感じることを禁じ得ません。

与那原恵

街に「言葉」があった時代なのだと思う。

「鈴木いづみコレクション」のなかでも、対談がおさめられた「8」を読むたびに、そう感じる。ビートたけし、坂本龍一、田中小実昌、近田春夫、亀和田武……。彼らとの対談は、対談というより「対話」という言葉がぴったりくる。言葉がはじけ、ふくらみ、しぼむ。ふしぎな、そこにしか生まれない空気がある。

鈴木には、相手に同調しようとか、本音をひきだそうとか、そうした気配がまったくない。互いのちがいをそのままにするという姿勢は、なかなか難しい。会話はどこかに着地点をもとめてしまうものだけれど、彼女は悠然として不安定なままなのだ。ときおり、ひとつの言葉にぽんと反応する。その感じも独特だ。こわい相手ではあるけれど、こういうひとと話したら、いつまでもそのときの言葉を反芻してしまうだろう。別れたあとも。彼女がこの世からいなくなっても。ずっと。あの時代にしかない「対話」。

四方田犬彦

鈴木いづみのことはよく知りません。『忍法ボイン返し』というピンク映画に浅香なおみ名で出演していたと記憶していましたが、年譜にその名がないので、わたしの記憶違いかもしれません。お姫様が城の一室で眠っていると忍者が侵入し、畳をポンと叩く。その瞬間におフトンが自動的にはねのけられ、お姫様の胸元がバッとご開帳となる……という傑作な冒頭でした。

阿部薫は、一九七〇年代の前半に新宿のピットインで一度聴いたことがあります。いや、あれは聴いたというものではなかったな。最初にちょっと顔を出して、今日は調子が悪いとかいってすぐに演奏をやめて出ていってしまったからです。このアンケートを書くために、久しぶりに『なしくずしの死』の二枚のLPを出して聴いてみました。アンソニー・ブラックストンの『For Alto』が、楽譜のもつ残酷さ、非人間的なノイズまでを覚悟の上で受け入れて吹いているのに対し、阿部の演奏は無情に徹しきれない、優美で情緒的なものに思えました。大昔に聴いた時にはけっしてそうは思えなかったのですが……。ただ彼のそうしたスタイルを、ノスタルジックな感傷の眼のもとに思い出すことには、わたしは個人的には距離をもっていたいと考えています。阿部薫がパーカーをどう吹き違えるかということを想像してみることは、とはいえ心の慰めです。

鈴木いづみスペシャル・セレクション

【短編小説】

夜のピクニック

彼が机に向かっていると、父親がはいってきた。

「どうだ、すこしはすすんでいるか？」

父親は、紙巻きタバコをくわえて、ぼんやり立っている。

「うん……ねえ、それは、火をつけてすうもんじゃないの？」

「あっ、そうだった。うっかりして、いつもわすれちゃうんだ」

父親は、ポケットから、ライターをだした。タバコの先端を燃やして、その煙をすいこむ。

「地球人らしさをわすれちゃいけない、っていつもいってるの、おとうさんじゃない」

「そのとおりだ。すまなかった……わたしが、みんなのお手本にならなきゃいけないのだ。われわれ地球人は、いつどこにいようと、生活の形というものを忠実にまもらなければいかん。家族の役割というものを。ことに、こうやって、地球をはなれて孤立している場合は」

「そうだね。そうかもしれないね」

彼は、父親の服装を点検した。

父親は、黒のダブルのスーツに、ワイシャツも黒、ネクタイは白、というスタイルをしている。えりには赤いバラをさし、帽子をかぶり、ごつい指輪をはめていた。

「いいだろう? じつにキマッている。これは、さっき見たビデオカセットにでていたんだ。その男は、音楽にあわせて踊っていたが」

「あれは、ぼくも見たよ。だとすると、そのかっこうは、ダンス用じゃないかな?」

彼は息子として、出すぎないようにいったつもりだ。

「そんなことはない」

父親は胸をはった。「べつのビデオでは、これでクルマに乗ったり、床屋で爪をみがかせたりしていたからな。それに、周囲の者が、ていねいな態度をしていた。ということは、これこそ、父親にふさわしいかっこうではないか」

「それにしても、きのうの倍くらい、ふとったんじゃない？」

「このくらいからだが大きくないと、似あわないらしいんだ」

あまり自信がないらしく、父親は小声でいった。彼は追及するのをやめて、本をとじた。

「解読はだいぶすすんでるよ。これ、なんていうのか……おもしろいんだよ」

「つまらなくてもいいが……ほんとのことが書いてあるんだろうな。本っていうのは、どうやら……うそだけでできてるのと、うそとほんとが半々なのと、ほんとのことだけ書いてあるのとがあって、まぎらわしい」

「そうなんだよ。どうしてだろう？　わざわざ字をならべるのに、うそのことをつなげてもなんの役にもたたないのに」

ふたりはかんがえこんだ。そのへんが、いつもふしぎなのだ。ことに息子はうたがいだしていた。ビデオには真実がうつっている、と全員が信じきっていたが、あれにもうそがはいっていたら、どうしよう。

「われわれ人類ってのは、複雑なものなんだよ」

父親は、ため息をついた。気休めにしかならないが、そういうと、なんとなくカッコいいからだ。

「でも、この本は、ほんとだとおもうよ。だって、西暦がいちいち書きこまれてるもん」

「そうか！　そういうかんがえかたもあったな、おまえは頭がいいぞ。さすが、わたしの息子だ」

父親の顔が、あかるくなった。「うん、それには気がつかなかったよ。だいたい、どの時代かわからない、ってのが多いからな」

「十九世紀のアメリカなんだよ。地図にはちゃんとのってるしさ。南北戦争のことも書いてある。女が主人公なんだけどね」

「最後まで解読すれば、人類が宇宙へ進出した理由について書いてあるだろうか？」

「わかんないけど、やってみるよ。この女は、いま失恋したとこなんだよ、あと、こんなに量があるから、宇宙船にのるとこもでてくるかもしれない。だって、ふられるとだいたい、どっかへ行くだろう？」

優秀な息子は、確信をこめていった。

「そうかな」

父親は首をかしげた。

「旅にでたりするのさ。歌でも、そういうのが多いじゃないか」

「まあな」

「ぼくも失恋してみようかな」

「相手が必要らしいが……」

「妹がいるじゃないか」

「そうだな。じゃ、やってみるか？」

「そのまえに、ダンスパーティーとか、デートとかをしなくちゃならないらしいんだ」

「大がかりなのは無理だ。地球人は全部で四人だけなんだから……まさか、丘の向こうの怪物どもをよぶわけにもいかない」

「でも、あいつら、ぼくたちそっくりに変身することだって、できるじゃない？　物質再生機できれいな服、いっぱいつくって、着せたらいいのに」

「そういうことには興味がないんだ、あいつらは。文化的な生活がわかってないんだから。おとなしくてわれわれに害をおよぼしたりはしないが、しょせん種族がちがうんだ。なにをかんがえてるのか、まるでわからん。この自動都市に住んだほうがたのしいのに、あえて野蛮な暮らしをしている。もっとも、そのほうがつごうがいいのかもしれないが」

頭にカーラーをつけた母親が、ドアから首をつきだした。

「おとうさん、いってやってくださいよ」

手にミルクとオレンジをもって、バスローブを着ている。

「どうした?」

「あの子がねえ、戸棚にかくれちゃったんです」

「なんだ? またおかしなことを思いついたのか?」

「本がいけないんですよ。娘は母親を憎み、父親を愛する、とか書いてあったんですって。まったく、こまっちゃうわ」

母親は頭をふった。

「なんだ? それは?」

父親は、わけがわからない。

「心理学とかいうのでしょう？　あれは、うそばかり書いてあるんだよ」

息子はしたり顔になった。「よし、ぼくが、説得してみよう」

「わたしのほうがいいんじゃないかな？　家長として……」

「いや、でも、おとうさんは、本にはくわしくないでしょう？」

息子は立ちあがった。


「いつまで、こんなことしてるんです？　はやくでてらっしゃい！」

母親は、ドアをたたいた。

「いやーよ。あたし、反抗期なんだもん」

クッションにあごをうずめているような、くぐもった声が答えた。

「おまえの解釈は、まちがってるぞ」

彼は妹に声をかけた。

「どうして？　あたしは思春期なのよ」

「ピクニックにいく約束でしょ？　でてらっしゃい！」

母親はかん高い声をあげた。

「おかあさんは、ちょっとだまってて」

彼は母親をおしのけた。力がつよすぎたので、彼女は前へつんのめって、床にたたきつけられた。ひたいをうって、彼女はしばらくたおれていた。母親をそのままにして、彼は腕をくんだ。

「おまえ、本でエレクトラ・コンプレックスとかいうのを、読んだんだろう？」

「そうよ」

妹は戸棚のなかから答えた。

「だけどね、逆エディプス・コンプレックスってのもあるんだぜ」

「なに、それ？」

妹の声はちいさい。

「つまり、同性の親に執着する、というやつだ」

「……それじゃ、反対じゃない？」

「そうだよ。心理学ってのはね、ひとつのケースがあると、それとまるっきり対をなしてるケースがあったりするんだよ。全部が全部そうとはかぎらないけどさ」

「……そうなの？」

妹の自信はくずれさってきたらしい。

「本の研究では、ぼくがいちばんくわしいんだぜ」

返事がない。

床にたおれていた母親は、のろのろと起きあがった。しばらくひたいをこすっている。

異変はないようだ。彼女は物質再生機のほうへいった。

「それにさ、戸棚へずっとはいったままなんて、おもしろくないだろ？」

彼は戦術をかえた。

「……でも……」

「おまえは思春期だと決めてるけど、あてになんないぜ。ここは地球と公転周期がちがうんだから。くわしく計算したわけじゃないけど、ちがうらしいよ」

彼はわざとのんびりした調子をだした。

「おまえ、いくつだっけ？　ここの年齢で」

「えーと、たぶん……十七だとおもうけど」

妹はまじめに答えた。確信はないようだ。

「よくわかんないのよ。あたしがつかってるカレンダー、ときどき故障するんだもの」

「そうだよな。一週間ぐらいだったら、おぼえてるけどさ。おれはさ、人類が時間を発明したのはいつごろだったのか、ってことも研究してるんだぜ。まだはっきりしないけど、時間ってのは、わりと大事らしいんだ」

彼は椅子をひきよせてすわった。父親のまねをして、タバコをすう。灰を床におとすと、自動クリーナーが走ってきた。

「だから、あたし、こうやってるんじゃない」

戸棚のなかで身動きしながら、妹がいった。

「でもさあ、時間って、あてにならないとおもわない？　きょうの午後三時のあとに、四日まえの朝の七時がきてたりするんだよ」

母親が、首をのばして息子をみた。彼女は、物質再生機から、竹のバスケットをとりだしたところだ。「なに、いってるの？　時間はきちんとながれてるのよ。規則正しい生活をしなきゃ、いけません。はやく、戸棚からだしてやってよ。もってく物が全部そろったら、でかけるんだから。これは、前から決まってたスケジュールよ」

「わかったよ」

彼はふりむいて、眉にしわをよせた。ときには、親をうるさがってもいいのだ。ドラマでも、そういう場面がある。

「時間のはなしは、あとでしよう。おまえ、十七だっていうけど、それだと、思春期にはおそいんだよ。知ってた？」

「……じゃあ、どうすればいいの？」

妹はしぶしぶとたずねる。

「そうだなあ。ハイティーンの女の子は、やたら髪をあらうんだよ。鏡みて、いろんな服きてみて、ときどきデートしたりするんだ」

「そのほうがたのしい？」

「うん、ゼッタイたのしいとおもうよ」

「わかったわ」

内側からドアがあいた。妹はクッションをかかえて、戸棚の上の段にすわりこんでいた。身軽に床にとびおりる。

「あーあ、疲れちゃったわ。あたし、六時間も、このなかにいたのよ。おかあさん、なかなか気がつかないんだから」

彼女は両腕をあげて、のびをした。

「みんな、忙しいからさ」

彼はなぐさめた。

「あたしが、せっかく親に反抗してるのにさ」

彼女は、うってかわった明かるい声をだした。

母親は、材料を両手いっぱいにかかえて、台所へいった。

「彼女、なにしてるの？」

「お弁当をつくるのさ。それに、親のことを、彼女だなんて、あんまりいわないよ」

「たまにはいいでしょう？」

「いいけど」

そのへんは、彼にもわからない。

「あたし、したくをするわね」

妹は、物質再生機のまえに立った。ボタンをいくつか押す。

――植物性脂肪がたりません。

機械が答えた。

母親が出したマーガリンが、そばのかごにいれてあった。妹は、それをナイフでこそげとって、ほうりこんだ。ランプが明滅する。やがてかすかな音とともに、口紅が二本でてきた。

「なあ、おれの分もやってくれる?」

「いいわよ」

「じゃあね……くしと、ポマード。それとも、ディップにしようかな」

「頭の形、かえるの?」

「うん。逆立てるか、リーゼントにするか、まよってるんだ」

彼は、いままで見た青春映画のあれこれをおもいうかべた。ファッション・カードにもさまざまな様式がのっている。映画では、グラフィティ・ルックが多いようだが。

「ポマードにしよう」

「何印？」

妹がききかえした。そこまではかんがえていなかった。

「そこまで指定したほうがいいかな？」

妹は細部に凝るたちなのだ。

「ディテイルがしっかりしてないとね。様式美にこだわるなら」

「どんなのがある？　おれ、そういうことには、くわしくないんだ」

「整髪料だとねえ……ヤナギヤとか、フィオルッチとかランバンとか」

妹は得意そうに答えた。

「そんなにあるの？」

「ネッスルとか、味の素とかキューピー印とか」

「よさそうなのにしてよ」

妹は機械を操作して、ポマードをだした。ふたにキューピーの絵がついている。

「生活って、こまかいとこが大事なのよ」

「そうらしいね」

「その点、あたしはおにいちゃんより、しっかりしてるわ。女性雑誌をよんでるもん。日曜のブランチなんて、おかあさんよりくわしいのよ。女の子はフルーツとヨーグルトを食べるべきなのよ。それにチーズケーキ」

「おまえ、すっかり女の子らしくなったな」

彼は本心から感嘆した。「まえは、えーと、だいぶわすれちゃったけど、男の子だったんじゃない？」

「そうみたいね。かすかな記憶によると。おとうさんとおかあさんが、子供は男と女とひとりずつのほうが変化があっていい、って決めたのよ。着るものやヘアスタイルがちがうから、あたしとしては、けっこうたいへんなのよ。男の子だったら、おにいちゃんのまねしてればいいけど」

彼は、妹が男の子だったころのことをおもいだした。半ズボンをはいて、ふたりで追っかけっこをしたものだ。母親が、女性的なからだをしている子は、女として育てるのだ、と主張した。弟は妹になった。彼女自身としては、どっちでもよかったみたいだ。女の子のかっこうをしてしばらくたつと、妹は以前よりやわらかなからだつきになった。本人も努力しているのだ。

「おかあさん、まだかなあ」

ほかにすることがないので、彼はぶらぶらとそこいらをあるきまわった。

「身じたくしてるんじゃない？」

「でも、おそいよ」

「おにいちゃん、知らないの？　女って、出かけるまえに時間がかかるものなのよ」

「服をきがえて、髪をとかして、ちょっとお化粧するだけだろ？」

「そうだけど……」

「ほかになにするの？」

「わかんないけど……母親って、やることがいっぱいあるんじゃないかしら？」

家族というものは、それぞれが自分の役割りをしっかり演じていればいいのだ。彼は部屋にもどった。ベッドに横になって、テープをきく。そのうち、ねむくなった。

出かけるまでに、母親は二日半ばかり、かかった。

四人はバスケットや水筒をもって、家をでた。晴れた、すばらしい夜だった。

「クルマじゃないの？」

「歩いていくものらしいよ」

彼らは、高層ビルのあいだを、ゆっくりあるいていった。

この都市には、彼ら以外の住人はいないようだ。ガラスはひめやかに蒼くひかっている。

建物の内部は暗く、しずまりかえっている。どこかで、ブーンというようなかすかな音がしている。なにかのスイッチが、自動的にはいったり切れたりしているのだろう。列をなした水銀灯は、カーブに沿ってレースのように見える。

「このへんは見はらしがわるい」

父親は淡い声でいった。

「ピクニックって、景色のいいとこにいくんでしょう？　おにいちゃん？」

「野原とか丘とかへいくんだよ。大きな木のあるところへ」

「でも、街をでると、あぶないんじゃない?」

母親が気づかわしそうにふりかえった。

彼らのうち、だれひとりとして、都市の外へいった記憶はない。にもかかわらず、郊外がどんなようすかは、共通のイメージとしてもっていた。

都市は唐突にとぎれる。しだいにビルがすくなくなるのではなく、どこからか切りとってこの惑星に置かれたように。彼らとおなじく、孤立している印象がつよい。いったい、いつごろこの都会ができたのかも、彼らは知らない。地球からの入植者が街をつくり、なにかの理由で彼らは立ち去ったかほとんど死に絶えたかして、わずかに生きのこった者たちの子孫が自分たちなのだ、と父親は説明するが。

都市の外には、丘や野原がひろがり、青黒い怪物たちがいる。頭と背中に太い毛がはえた、脚のみじかい生き物だ。彼らは直立して、ドタドタと走る。前肢は太く、黒く大きな爪がはえている。怪物たちは、地球人のこの家族に無関心なようだ。

四人とも、一度も見たことがないのに、怪物の姿や習性は知っている。なぜだかわからない。怪物は木の実を常食としていて、ごくおとなしい。おとなしいんじゃなくて、怠惰なんだ、といつか父親はいっていた。昼寝しているかふざけっこしているか、どっちかなんだからな。だから、あいつらは人類じゃないのだ。人間というものは、われわれのように、きちんと生活するものなのだ。

「おとうさん、朝刊をよみました?」

母親がたずねた。

「うむ……」

父親は、おもおもしく答えた。世間なみに新聞をとらなきゃいけない、といいだしたのは彼なのだ。朝、新聞をよまない人間は、テレビの受信料をはらわないやつとおなじように、まともではない。だけどまあ、テレビにはビデオをかけるだけだから、料金はいいだろう。放送局がないんだから。しかし、新聞はいけない。新聞社がないからといってとらない、などという道にはずれたことはできない。

父親は、雑誌や古い新聞の記事をデータにして、新聞をつくった。夜寝るまえには、でたらめなボタンをおす。内容をいちいち検討すると、新鮮なおどろきがないからだ。移送機にタイマーをセットしておくと、朝の五時には、郵便受けにおちるようになる。

「なにか、ありまして?」

母親は、ききたくもないニュースをききたいふりをした。

「小麦の値段が、あがったそうだ」

「また? 今月は六回めじゃありませんか」

彼女はいいかげんなことをいった。どうせ、記事そのものがいいかげんなのだ。それでも態度さえきちんとしていればいい。

「いや、しばらくすえおきだったんだよ」

父親は気むずかしげにいった。

「わたしはかんがえたんだがね……」

前をいく息子と娘を見ながら、父親は腕をくんだ。「そろそろ家を建てようかとおもう」

「どうして? いま住んでるとこで、じゅうぶんでしょ?」

「そういうわけには、いかないのだ。あそこには、ただ住みついただけだろう? それにずいぶん年月がたってる。いつまでも便利で新しいからって、そのことにあまえてはいられない。苦労するからこそ、人間というものは成長するんだ。家を建てるのは、男子一生の仕事だからね」

「でも、どこに？」

母親はいちおうたずねてみた。バカバカしいような気もしたが、ここは調子をあわせなければならない。

「どこって……いま、適当な土地をさがしてるところだよ」

都市の外に住むなんて、かんがえられない。それに、父親は、家の建て方なんか、まるで知らないのだ。

「わたしは、決してどうでもいいような生き方はしないいつもりだよ」

とりつくろうために、父親はことばをたした。「後指をさされるようなまねだけは、したくない。人間として恥ずかしい生き方をしたら、子供たちがそれをまねするだろう。子供というのは、親のわるいとこしか見ないものだ。道にはずれたことをすこしでもすると、すぐにその……ほら、なんといったっけ？」

父親はじれったそうに手をふった。

「非行ですか？」

「そう、そう。すぐ、それに走る。どういうわけか、子供ってのは、非行したがるんだよ」

とはいうものの、具体的にどういうことをさすのか、彼にはわからなかった。新聞にのるようなことだとおもうが、その新聞は彼がつくっているのだ。

「オートバイをほしがったりするんです」

「あ、そうだ。おかあさんは、じつにいいことをいう。それなんだ。オートバイとか、クルマとか」

「でも、あの子は、両方とも持ってますよ。自分で物質再生機をつかって」

「うーむ、よくない傾向だ。あとでそれとなく注意しよう。しつけは、はじめがかんじんなのだ」

ひとかげのない道路を、彼らはあるいていった。

「どこまでいくのかな」

息子は、ポケットからくしをだして、髪をとかした。後頭部は、ダックテイルにする。髪のあわせめが、たてに一直線になるようにととのえるのだ。ふと気がついて、前髪をひとたばひたいにたらす。気がきいてるなあ、と彼はおもった。おれって、シブイじゃん!

妹は、ぞろぞろしたイヴニングドレスをきている。夜外出するからイヴニングなのだ、ということを、彼女は知っている。ディスコ・フォーマルにしようかとも迷ったが、ディスコテックへいくわけではないので、その案は却下した。いっぺんでいいから、ディスコへいきたい、と彼女はおもっている。だが、父親がゆるしてくれない。あんなとこは不良の巣なのだ、という。おかげで、彼女は、どこにあるかわからない若者たちのたまり場へいかなくてすむ。

「ねえ、街の外までいくわけではないでしょう?」

「と、おもうけどね」

彼はボタンダウンシャツのえりを、無意味にひっぱった。シャツのすそは、外へだしたほうがいいのかもしれない。

「ちかくに海があるといいのにね。シーサイド・ハイウェイって、とってもきれいなのよ」

彼女は、ビデオでみたシーンをおもいだしていった。

彼らは、劇場にかこまれた広場についた。中央に噴水がある。照明はすべて消えていた。

「あら、どうしたのかしら。いつもにぎやかなのに」

妹は、噴水のまわりの石段に腰かけた。

「夜、おそくなると、消しちゃうんだよ」

「いま、何時ごろなの？」

「さあ、わからない。それに、時計って、あてにならないんだ。この街では、場所によって、時間のすすみかたがちがうような気もするし」

彼はポケットに両手をいれた。

「夜のはやいときに出発したのにね。ちょっとしか、歩かなかったのに」

「そういわれれば、そんな気もする」

最近の彼は、生活のしかたに自信がないのだった。どうしたらいいのか、わからないときがある。ことに、一日がのびたりちぢんだりすると、とまどってしまう。目ざめのコーヒーをのんでいるうちに日が暮れると、おろおろしてしまうのだ。夜中までなにもしないで起きていると、親が叱りにくる。夜はねむるものだ、という。全然ねむくないんだよ、と彼が答えると、だったら眠っているふりをしなさい、という。そうしないと、世間体がわるい。世の中に対して、みっともないことをしてはいけない。

彼には「世間」というものが、まるっきりわからなかった。どういうことをさすのだろう？　ききかえすと、両親は「常識がない！」とどなりちらす。「おまえの年頃になったら、もうそろそろ常識が身についても、よさそうなものなのに」

彼は、自然に常識がつくのを待っていた。かなり待ったが、一向に常識はやってこなかった。

彼には悩みが多い（しかし、本には、青春には苦悩と疑問がつきものだ、と書いてある。だから、これでいいのだろうが……）。

彼は妹のそばに腰をおろした。

「ねえ、時間なんて、もともとはなかったんじゃないかな？」

妹は目をあげた。

「人間のいないとこに、時間はないとおもうんだ。必要があったから、ひとは時間という観念をつくったんだ。ものごとのならべかたの順序としてさ」

「じゃあ、歴史はどうなるの？　あたしたち、正しい歴史をさがしてるのよ。人類はいつ、どんな方法でここへやってきたかってことを。やってきてから、どんなことが起こったか、知りたくないの？」

「このごろ、なんだか、そういうことに興味がなくなってきたんだよ。どうでもいいじゃないか、って気がしてきた」

「おまえ、それは危険な思想だぞ」

ベンチに腰かけた父親が、声をかけてきた。

「いいから、だまっててよ」

彼は頭をふった。

「いや、そういうわけにはいかないさ。なんのために、われわれは、本をよんだりビデオを見たりするんだね？　先人の暮らしかたを学ぶためじゃないのかね？　正しい生き方っていうものは、この上なくはっきりしているはずなんだ。たったひとつしかないはずだ。

それにはずれたら、とんでもないことになる」

「ひとそれぞれ、好きなように生きればいいとおもうんだ、おれは」

「それは未熟なかんがえかただ。おまえの年だと、ふつうは学校へいって、無理やり勉強させられるものなんだ。それがないだけでもありがたいものなのに……いや、わたしはね、学校があればどんなに楽だろうとおもうよ。おまえ自身もね。地球には、受験勉強ってものがあったんだよ」

「知ってるよ」

「若さをぶつける対象があったら、どんなにいいだろうと、わたしはおもうよ。テストに燃える青春——いいなあ」

　父親は、大げさに両腕をひろげた。「それが若さじゃないか！　自分の力をためす。いっしょうけんめいやったという、充実感！　その美しさ！」

「おれに、元気いっぱい全力投球少年になれってわけ？」

「それこそ、真の若者だ」

「やだよ。そんなダサイの。おれ、いっしょうけんめいの思想って、よくないとおもうんだ、最近」

「わたしは、おまえのためをおもっていってるんだよ。親のいうことにまちがいはないから、ちゃんとききなさい」

「だからさあ、学校で勉強するかわりに、地球人としての歴史をつくりなさいってことでしょう？　なんでそんなに、歴史とか時間にこだわるの？」

「おまえ、不良になったのか？　わかった、非行化してるんだろう？　ぐれると、そういう、くだらないことをいうものなのだ」

「いまに後悔するよ。おとうさんのいうことをききなさい。ことわざにもあるじゃないか。『墓に寝袋は着せられず』って。あたしたちが死んでからじゃ、おそいんだよ」

母親が口をはさんだ。

「ふとんだろ？」

「どっちでもいいじゃないか。いやな子だね」

息子は口をつぐんだ。

彼には、おぼろげながら、わかっていた。両親は、この星で、地球人として生きることに、不安を感じているのだ。それをおさえつけるために、こまごまとした日常の約束ごとが必要なのだ。どういうことが地球人としてのふるまいとしてふさわしいのかわからないから、自分や子供たちに無理におしつけているのだ。先祖の歴史をひっぱりだすのも、安心したいからなのだろう。

「おにいちゃんは、わるい子になったの？　三日まえまでは、すごくいい子だったじゃない」

妹が個人的に（非難するためではなく）たずねた。

「そうなんだよ。おれ、自分でもふしぎなんだけどさ。おかあさんが、出かけるしたくをするあいだ、時間についてかんがえてたんだよ。二日半かんがえてたら、順序だった時間なんていらないんじゃないか、とおもったのさ。ただ生きてくだけならね」

「あたしは、一時間しか、かからなかったわよ。おまえ、頭がおかしいんじゃないの？」

母親が、ネッカチーフでしばった頭をふりたてた。

すると、と息子はかんがえた。時間がおかしいのは、おれひとりなんだろうか。

「まあまあ、おかあさん、それはいいすぎだよ」

父親が腕をひろげて制した。

「そうでしたね。あたしって、ほんとうに子供思いなんだから。つい夢中になって……」

母親は、口に手をあててわらった。それから一同を見まわして、明かるく元気のいい声で命令した。「さあさあ、そんなことといってないで！　とにかく、お弁当をたべましょう！」


怪物たちは身をよせあって、ねむっていた。やわらかい下草は、ベッドとして絶好なのだ。地面からは、あまいにおいがたちのぼってくる。樹木のにおいは、もっと強烈で官能的だ。彼らは、悩まずかんがえずに、ねむっていた。

ただ、二匹だけはちがっていた。

夜の中で目をあけて、ほかの生き物の自由と時間に、おもいをめぐらせていた。

地球人の家族は、だまってサンドイッチを食べはじめた。最初のひとくちをのみくだすまえに、この星の朝がやってきた。

「おや、どうしたんだろう。こんなはずはないのに」

「だから、いったじゃありませんか！　時計をわすれないでって。あたしたち、とんでもない時間に出発しちゃったんですよ、きっと」

母親はひじで父親をこづいた。

「そうかなあ、そんなはずはないんだが……」

父親は、口をあけっぱなしにした。

「はずがないって、夜が明けちゃったじゃないの！　どうするつもりなんです？」

「おかあさん、でも、ピクニックって、昼間やってもいいんでしょう？」

妹は平気で食べつづけている。

「知りませんよ、そんなこと。おとうさんが決めたんだから」

母親はぴしゃっとしたいいかたをした。

「うん……こまったなあ。『夜のピクニック』って映画があったとおもったんだが」

父親としては、立場がない。

「それは『戦場のピクニック』でしょう?」

息子は、つい口をだしてしまった。

「バカッ! なんてことをいうの! それじゃあ、戦争をしてるとこにいかなきゃならなくなるでしょ! いまどき、戦争をさがすのがどんなにたいへんか、おまえはわかっているのかい? ほら、答えられないだろう? だから、おまえのいうことは、まちがってるに決まってます!」

母親は、ヒステリックになりかかっている。

「ねえ『朝のピクニック』ってのは、ないの」

妹は家族の顔をみまわした。だれもきいたことがないようだ。

「しかたがない。中止して帰ろう」

父親は無念そうにいった。彼らは立ちあがった。

走りぬけるものがあった。それは、バスケットをうばって、劇場の入口から彼らをふりかえった。はしこそうな目をした、金髪の女の子だ。

「おい、どうしたんだ、かえしてくれ!」

父親が叫んだ。

「あのなかには、カットワークをしたナプキンがはいってるのよ。とりかえさなきゃ」

母親が悲鳴じみた声をあげた。

女の子は、バスケットを肩からさげて、走りはじめた。足がはやい。彼らは追いかけた。

「おとうさんが結婚記念日に、テーブルクロスとセットでおくってくれた、大事な品物なのよ」

母親は、わめきながら走った。

すがたが見えなくなった、とおもうと、女の子は、つぎの街角で立って待っている。

「あれは地球人じゃないぞ！　正統的な地球人は、われわれ以外には、いないはずだからな」

父親は、息を切らしている。

「オリジナルじゃない地球人っているの？　それは、どんなものなの？」

「うるさい！　くだらないことをいうんじゃない！」

「ナプキンなんて、物質再生機から出せばいいじゃない」

妹も走りながらいう。

「思い出の品なのよ！　この世にたったひとつしかないのよ！」

母親は大げさなことをいった。

走っては立ちどまり、また走る、という鬼ごっこが、すこしのあいだつづいた。

「食料ならくれてやるが、あの態度が憎らしい」

「あたしたちを、どっかへおびきよせよう、っていう魂胆よ、きっと」

だったら、走るのをやめればいいのに、両親はけんめいに走る。息子と妹は、なかばあそびながら、女の子のあとを追った。


不意に、街がとぎれた。

なだらかな丘のうえに、女の子は立っていた。

「ひとをバカにしおって！　つかまえてやるぞ」

「おとうさん、あぶないですよ」

四人は立ちどまって、丘をふりあおいだ。

大きな樹のかげから、老人があらわれて、女の子とならんだ。

「ご苦労をかけて、すまなかった。あなたがたと話をしたかったんだが、わたしたちは、どうしても都市にはいることができなかったからだ。不可能というわけじゃない。ああいう場所がきらいだから。あれは人間がつくったもので、わたしたちには、ふさわしくない……」

老人は、妙にぎくしゃくした口調で、だが、ものしずかにいった。

「それをかえしなさい！」

母親は逆上している。

「話がおわったら、かえします。わたしたちは、長いあいだ、あなたがたを見ていたんです。この目で、ではなく、心的イメージで。それはあなたがたにもできることだから、わかるとおもう」

「わたしは、きみたちなんか知らない！」

父親は、顔をまっかにさせている。

「まあ、ききなさい。わたしたちは、平和に暮らしていた。ものをつくりだしたり消費したりしなくても、みちたりていたのだ。ところが、どこにも変わり者はいるもんで、自分はなぜ生きてるんだとかどこからきたのか、ということをかんがえはじめた者たちがいる。かんがえるだけじゃなくて、不安にとりつかれてしまったんだ。彼らは、都市へいった。ほかの惑星の住民がつくって、捨てていった都市へ。そこで彼らは、時間とか歴史とかルーツとかを思い悩んで暮らすようになった……」

老人のことばは、老人くさくなかった。

「われわれのことですか！　だったら、よけいなおせわだ。われわれは、あんたらとはちがう。この街に生まれて、ここで育ったんだ」

父親は必死になっている。

「おぼえがない、というのだろう。しかし、記憶というものは、自分につごうよく配列されるものなんだ。わたしは、あなたがたにいいたいのだ。だから、ここまできてもらった。どうして、地球人――かどうかは知らないが、そんなよその者のまねをして生きるんですか。地球人のふりをしなきゃ、自由になれるのに。思い煩うこともなく、淡々と生きることができるのに」

「この野郎！」

父親のからだは、憎悪でふくれあがった。実際にそうなったのだ。彼は強烈な波動を発した。それは、きたならしい、いやな紫色をしていた。波動はその場を支配し、丘のうえの老人と女の子を直撃した。ふたりは、あっけなく倒れた。

彼らには、なにがなんだか、ちっともわからなかった。憎しみがつのると、肉体的に他人を殺すことになるとは、おもってもいなかったのだ。

「ああ、よかった、人間じゃないわよ！」

母親が、指さした。

そこには、青黒い怪物が倒れていた。

「びっくりさせるなあ！」

息子は、かるくわらった。家族の表情をうかがおうと目を走らせると、そこには、三匹の怪物がいた。

しずまりかえった丘を、風がやわらかくわたっていく。家族を演じていた怪物たちは、呆然と立ちつくしていた。いったい、なぜ、こんなふうになったのか、かんがえるゆとりもなかった。怪物たちは（自分たちは）どのようにも変身が可能なのだ、ということを、おろかしく思い出す。地球人だと信じていたから、地球人の外見をしていたのだろうか……。

風の向きが、かわった。

怪物たちは顔をみあわせることもなく、それぞればらばらに、そこを立ち去った。どこへというあてもなく、新しい不安の芽をかかえながら、ゆっくりと。

◎初出＝「奇想天外」一九八一年八月号

【短編小説】

静かな生活

海兵隊にいたんだよ。ずいぶんながいあいだ。もう、何年もまえのはなしだ。

そのまえは、少年院。もっとまえは、施設にいた。といっても、親がないわけじゃない。父親はわからないが、おふくろはよくあいにきた。ほかにきょうだいがふたりいるから、なかなかおれをひきとれない、とかいってさ。気まずい雰囲気だったよ。

だけどおれには、わかってたんだ。おふくろは、おれをこわがっていたんだよ。おれはあおじろくやせてた。おれがわらった顔をみたやつは、そんなにたくさんはいないとおもう。

十二の年に、母親にひきとられた。おれはすこしもうれしそうな顔をしなかった。実際うれしくもなかった。おふくろは、いもうとたちの父親と離婚して、多少のカネがあった。それをもとに、質屋をはじめたんだ。盗品なんかもあつかっていただろう。

おれは店からカネをちょろまかして、街をホロホロしていた。不良のグループには、はいらなかった。大きい組織だと、なんだか企業っていう感じがしたからさ。べつに商売やってなくてもね。おれは、命令されるのがきらいなんだ。

それでもダチ公はいたし、女もいた。そのうちの何人かは、ある年齢になると、バーにいりびたったり街に立ったりして、自活しはじめた。あいつらがなにして喰おうと、おれには関係ない。やつらは、ケチじゃなかった。商売がうまくいってるかぎりは、気前がよかった。おれは、そいつらとときどき寝て、ときどきカネをもらってた。それだけさ。

はじめに、クルマをぬすんだ。そんときはうちへかえしてもらった。現場から三百メートルもいかないうちに、ほかのクルマにぶつかっちゃったんだよ。

そんなことが、二回か三回あった。

酒場で友だちをまってたとき、となりの男がはなしかけてきた。いい取りひきがあるけど、やんないかっていうんだ。こいつ、おれをチンピラだとおもってるなって、腹がたった。おれが返事をしないでいると、やつはまっかになった。といっても、おこってるわけじゃないんだ。そんなふりをしただけさ。ここまでうちあけた以上は、やってくれなきゃこまる、とかなんとか。要するに、おどしなんだよ。

おれは、男をつきとばした。壁に頭をうちつけてやった。そいつの仲間がきた。店じゅう、大げんかになった。バーテンが、外でやってくれって、わめいてたよ。だけど、もう、止めようがない。椅子なんかもつかった。

あんなことであげられるなんて、おもいもよらなかった。それまでだって、けんかはしてたんだから。だけど、場所がまずかったともいえる。おれは、以前から目をつけられてたし。しょっぴかれたのは、おれひとりだった。

おれは、地面にツバ吐いたり、ぶつぶついったりしなかった。オマワリのまえで、カッコつけたってしようがない。なんだかわからないけど、猛烈にうっとおしい気分だった。憂鬱病は、あのころからはじまったんだな。おれは十五だった。運命というものを、かんがえていたんだ。ちょっと大げさすぎるかね。

町内には、おれよりずっとあくどいやつらがいた。ひと殺しまがいとか、詐欺とか売春強制とか。こどものくせに、プロ顔負けっていう連中が。おれが育ったところは、オマワリも敬遠するような地区がいくつかあった。

そういうやつはつかまらないのに不公平だとか、そんな単純なことをかんがえていたわけじゃない。

なんていうか、おれは自分の運命が、両腕をつばさのようにひろげて、ふわーっとやってきたっていう感じをうけたんだよ。向こうの景色がすけてみえるような、うすあおいきれをまとって、霧みたいに。

こいつにはかなわない、とおもった。重苦しさといっしょにね。他人の人生にくらべて、おれのはじつに独特なものなんだ。特別注文なのだ。ほかのやつらのとはちがう。へんなほこらしさもあった。だけど、ひどく気がめいっていたのも事実なんだ。

おれはいまや「静かなる男」だ。かんがえる時間は、いっぱいある。こうやってすわって、むかしのことをかんがえると、ふしぎな気がするよ。なんであのとき、もっとよくかんがえなかったんだろうって。

たぶん、オリジナルな運命ってものを自分勝手にでっちあげたとたん、自分からなにかするのが、いやになったんだろう。まえにもいったとおり、おれは命令されるのがきらいだ。いままでやってきたことを、命令によってうごかされたとは、かんがえたくない。上からいいつけられたことを、自分流に解釈してきたつもりだ。

そんなのはあまい、というかもしれない。しかし、そうでもなかったら、おれは軍隊でなにもやれなかったとおもうよ。入隊したつぎの日に脱走していただろう。

むかしっからおれには、リングにあがるまえのボクサーみたいなところがあった。自分が主役なのに、すみっこにすわってじっとしてるんだ。みんなが声をかけたり、あるいは声をかけようとしてがまんしてたりする。まわりはハラハラしてる。そんなやつらをみると、一種の腹だたしさというか、かなしみみたいなものを、感じたよ。もちろん、自分にたいしても。

おれはすわってるだけでいい。なにもしないで。やがて時間がくる。試合がはじまることが知らされる。他人が全部、おぜんだてしてくれるんだ。おれはきめられたことを、できるかぎり手際よくやる。

自分からはたらきかけたことはなかった。実際はそうでも、意識としてはなかったんだよ。無能な人間だとおもうよ。だから、こんなにはやく老年をむかえたのかもしれない。かんがえる時間はたっぷりある。もしかしたら、半分は死んでるのかもしれないけど。

「見るまえに跳べ」なんていうやつがいる。だけど、めくらめっぽうとんだら、水たまりにおっこちるのが関の山さ。みてからとばなくちゃいけない、とおもうよ。おれは、なんにもみなかった。みるのがいやだった。自分の運命みたいなものが、コトをはこぶのを傍観していただけだ。

おれはいま、とてつもなくでっかい水たまりにおちてる心境なんだ。こうなってみるとなにもかもあきらめがつく。気楽といえば気楽だ。だから、こうやってしゃべってるんだろう。

少年院では、従順だった。

感情とか気力は、できるだけつかわないようにしていた。必死になって、抑制していた。ずいぶんエネルギーが必要だった。自分の中から、何かが噴出してくると、それ以上の力でおさえつけた。それは、感情を発散させるより、苦しいことだった。そんなふうに精神力みたいなものを浪費していたんだよ。威厳をもたなきゃいけない、と信じていたからね。それだけの効果はあったようだ。「うす気味わるい」って、いわれてたからね。

頭ん中では、いろんな風景やことばのきれはしが、映画フィルムみたいにながれていた。なにひとつまとまらない。自分の中心がみつからないんだ。ゴミみたいな感情とか気分をはらいのけると、まるっきり空白なんだ。おれはイライラしはじめた。いらだちを極力おさえようとしたもんで、あのころはいつも疲れきっていた。

ある夜、脱走した。

計画なんてない。急におもいたったんだ。たいへんな労力をつかって、ヘイをのりこえた。発見されることは心配してなかった。へんな確信があったんだ。ほんとうに自分がやってることじゃない、みたいな感覚もあった。なにものかが、おれのからだをつかって、いろんなことをやらせてる、というような。一種の欠落感だろう。

まず服をかえて、カネをもたなきゃならない。おふくろのとこじゃ、もちろんまずいし、だいいちとおすぎる。強盗をやると、いずれつかまる。知ってる女を三、四人おもいだした。しょっちゅうベタベタくっついてた女は、やばい。逃げだしたことがばれたら、すぐに手配されるだろう。もう、そのころはつかまるのがこわくなっていたのかもしれない。

そのうちのひとりが、地理的にも安心だし、そいつとつきあってるってことは、二、三人しか知らない。おれは女のアパートへいった。歓迎してくれるとはおもわなかった。最後にあってから、一年以上たつんだ。女は二十三ぐらいで、バーにつとめていたとおもう。あんまりよくおもいだせない。

ノックしたけど、だれもいなかった。ドアには、カギがかかっていた。ひきかえして、となりのビルの非常階段からその二階の部屋にはいりこんだ。かんたんだったよ。ガラスを割る必要もなかった。窓にはカギがかかっていなかった。

部屋のようすは、かわっていなかった。ちいさいタンスがひとつふえただけだった。おれは冷蔵庫から、オレンジ・ジュースをだしてのんだ。毛布をめくってベッドに腰かけると、おなじみのひまわり模様のシーツにおなじみの焼けこげがみえた。まんなかだから、かくしようがない。おれがタバコをすってて、火のついたのをおっことしたんだ。そういえば、彼女の肩にやけどをこさえたのもおれだ。

はじめの心づもりでは、女にあってカネをもらって服もかってきてもらうはずだった。

かえってくるのを待とうかな、ともおもった。しかし、ひとりでかえってくるかどうかわからない。あたらしい恋人でもできてたら、そんなことはしてくれないだろう。なんせ、ながいあいだあってなかったんだから。

カネのありかをさがした。

おもったとおり、男物のシャツやズボンがわんさとでてきた。着がえさせてもらった。サングラスかけてみたりしてね。

カネがどこにもないもんで、おれはかなりあせった。台所のひきだしまで、ガチャガチャひっかきまわした。カン切りとスプーンにまじって、意外なものを発見したよ。それはハンカチにつつんであった。ピストルなんだ。

その種の武器にたいして、特別な執着をもっていたわけじゃない。チンピラのなかのある者は銃にあこがれたし、実際もちあるいてる者もいた。おれは、そんなやつらを、軽蔑してたんだけどね。

しばらくそれをながめていた。逃亡中だし、なにかの役にたつこともあるだろう。それを借りることにした。タマはふたつはいってた。おかしいよ。いれとくんなら、全部いれときゃいいのに。つかったあと、補充してないのか。持主は女じゃない。彼女だったら、もっと小型にするだろうし、護身用だったらハンドバッグにいれて持ちあるくはずだ。彼女の恋人はすごい貧乏で、ふたつしか買えなかったとか。おれも、くだらないことをかんがえるね。

カネはみつからなかった。もちだせるものを目でさがしたが、とりたてていいものもない。古い置き時計とちゃちな装身具だけだ。以前、女に買ってやった指輪があったもんで、それはとりかえしておいた。

おれは電話の横にすわった。

くたびれて、そのままねむっちゃいたいくらいだった。ここでねむっちゃ、ヘイをのりこえたイミがない。女とはなしをつけるのだってその結果が、わかったもんじゃないのに、そのうえあたらしい男がいるんだ。ほかの女の子を、あたってみることにした。

いちばん気にいってた子に、電話した。いなかった。あとはまあ、似たりよったりだ。女の子たちの容貌、性質、環境、それにおれとのつきあいかたはそれぞれちがう。ひとつひとつ条件をくらべてみると、あんまり千差万別だもんでくらべられなくなる。比較は女の子の思想だなんて、だれかがいってた。だから下品なんだそうだ。しかし、男だってくらべる。しまいには、たいがいめんどうくさくなるけど。

〈少女〉というあだなをつけた少女をおもいだした。おれのことを、うんざりするほどすきなんだ。そのときは、非常時態で、だれでもいいから、全面的にいうことをきいてくれなくちゃこまるので、彼女に電話した。

真夜中すぎだけど、あの子は電話のそばで寝ているはずだ。台所の横の居間にね。ねえさん夫婦は奥の寝室だし、〈少女〉は目ざとい。むかし、朝方に電話をかけたりしたことが何度かあったけど、彼女はいつでもすぐにでた。おれの声をきくと、すぐにわかったらしい。

「ああ」なんて、まのびした声をだした。そのまま、だまっている。だから、こいつとはしゃべりにくいんだ。

「逃げだしてきた。ちかくにいるんだよ」

おれはことばをきった。どんな反応をしめすか、うかがうためだ。

「それで?」

〈少女〉は目ざめたばかりの、ちいさい声できいた。べつにおどろいてもいないらしい。顔がみえないから、やりにくい。

「もっとおくへいきたいんだけど、カネもクルマもないんだよ」

「まあ、いっちゃうの？」

うっかりしたことをいってしまったらしい。なぜだかおれはあかくなって、あわててつづけた。

「もちろん、きみもいっしょに」

そんなこと、いわなきゃよかったんだ。いわなくても〈少女〉は、すこしぐらいのカネなら用意してくれただろうに。彼女はずいぶんにぶいし、世間知らずだから足手まといになるだけだ。

「おカネどのくらい必要なの？」

いやにのんびりしてるんだ。

「できるだけたくさん」

反対にいらだってきた。それだけ無神経だったらごりっぱだ、なんていいそうになった。

おれは〈少女〉といると、いつだってそんな気分になってたものだ。彼女にもやはり、それなりの独自の運命があるような感じだ。ただ鈍感なだけならゆるせる。悠然としてるところが、気にくわないんだ。最後のとこで、負けちゃうような気がするんだ。というより、先を越されるんじゃないかって不安があった。おれは生きてくのに理屈つけたりカッコつけたりほんとにたいへんなんだ。彼女はそうじゃない。べつに脳たりんでもないし、ふまじめでもない。それどころか、じつに深刻に大まじめで、そのくせキリキリしたとこがない。おそらく後悔なんてのもしないだろう。

おれも、後悔しないようにつとめてる。ずっとそうしてきた。そんなふうにするのにはおそろしい力がいるんだ。おれみたいな性格の人間って、そうなんだろうとおもうよ。（こうしよう）（あれはこういうことなんだ）って、いちいち納得させなきゃ、一ミリだってうごきたくないんだ。かんがえたって、かんがえなくたって、結局はおなじなのかもしれないけどさ。おれに欠けてたものっていえば、それは勇気さ。

おれはどんよりくもった空みたいな気分になった。〈少女〉のなかには、たしかにみとめたくない資質があったよ。（まあ、いいや）タバコに火をつけて、おれはおもいなおした。

（みとめなきゃいいんだ）

目のまえにあっても、みたくないものはみえないことにすればいいんだ。その結果、強烈に意識することになるだろうとしても。それがおれのやりかたなんだ。

「すぐにきてくれ」

おれはわめいた。空腹だったからかもしれない。夕食をろくにたべてなかったんだ。逃亡計画に夢中になってて。

「どこへ？」

きかれて「どこでもいいよ」なんて、こたえちゃった。よほどあわてたんだろうよ。

「目だつとこじゃ、いけないんでしょ。あなたの友だちの部屋とか、ないの？」

「街んなかだと、もう夜があけてくるから、みつかっちゃうよ。二、三あるけどな。それにやつらにあうには、たまり場へいかなきゃなんない」

店の名前なんかは、いいたくなかったんだよ。なんとなく。〈少女〉はどんなところか知らなかったとしても、あまりにひどいからだ。そこの雰囲気とね、みんながしゃべってることとかがさ。おれはそういうとこへいくと、すっかり有頂天になっちゃうんだがな。彼女には、似あわない場所なんだ。もっとも、どこへつれていっても、決してあわてない、みたいなところが〈少女〉にはあったけど。

「ねえ、あの空き家、まだあるかしら?」

彼女がねっとりといった。ききかえそうとして、おもいだした。彼女をつれて仲間や女たちとドライヴにいったとき、そこに立ち寄ったことがある。街はずれの、すぐにでも倒れそうな空き家だ。クスリのんで、それぞれやることをやろうとしてたとき、〈少女〉だけはいやがって、逃げようとした。

おれはとっつかまえたんだが、そのあばれかたがすごいんだ。みんな自分のお楽しみもわすれて、おもしろがって見物する。ひろってきた仔猫みたいにピイピイいって、つめをたてようとする。いつもだったら、三、四人でおさえつけるとこだが、やつらは(いったいどうなるか)ってことに興味もっちゃってさ。「がんばれ!」「しっかり!」なんて声援だけするんだよ。

おれはそのとき、しだいにかわいそうになってきた。本気でやりたいとおもってたわけじゃない。だいいち、相手は十三になったばっかりだった。〈少女〉は必死に抵抗してたが、そのうちにくたびれたのかあきらめたのか、突然しずかになった。うえにのしかかったおれは、どこもみていない〈少女〉の目が両方とも大きくひらかれて、涙をにじませているのに気がついた。

すっかりシラけて、おれはやめちゃったんだよ。彼女はおきあがると、ふてぶてしいような上目づかいでおれをみると、ゆっくりと服をなおしてでていった。だれかが「あの子をひとりでかえしてだいじょうぶか」っていってた。〈少女〉は、いまにもたおれそうにゆらゆらゆれてたんだよ。

その後、おれは彼女にあいたくなかった。なんとなく、顔をあわせるのが、いやだった。べつに理由はないけどさ。どういうわけか〈少女〉は、おれをつけまわすんだ。家がすぐちかくだったからね。おれが外へでると、路地に立って待っている。何度めかにやっと近づいてくると「このあいだはごめんなさいね」なんて、あかくなってるんだから。〈少女〉は、ちっともきれいじゃなかった。それは、腹だたしくなるほどだった。つまらないうすよごれたチビでしかなかった。おれは、〈少女〉をみるたびに、ムカムカするようになった。それでも、気になることはたしかなんだ。

空き家のこわれた椅子にこしかけて、おれはやたらにタバコをすっていた。腹がへって、目がまわりそうだった。〈少女〉にとっては、ここが記念すべき場所なんだろうか。ずいぶんいやみじゃないか。

おれは立ったりすわったりして、窓の外を見張っていた。やつらにつかまることは、そのときになってみれば、それほどおそろしくもなかった。まあ、いずれはつれもどされるだろう。べつにこわくないけど、義務として、警戒してるんだ。

〈少女〉は、だまってはいってきた。なんだかやけにあかい顔をしていた。最後にみたときより、かなり背がのびている。彼女は、もってきた紙袋に手をいれて、アルミホイルにつつんだものをとりだした。おれの顔をみたまま、サンドイッチをかかげて、しずしずとちかづいてくるんだ。

おれは口のなかで、「チェッ」とかなんとかいいながら、それをうけとった。だまってたべはじめると、彼女はそばへよってきて、じっとのぞきこむ。こどもが、友だちのつかまえたトンボをみるみたいに。ぶざまでやたらに水っぽい喰い物だ。はさんである野菜から水が出て、パンがねっとりしている。〈少女〉が熱心にのぞきこんでるもんで、いそいで口んなかにおしこんだ。彼女はミルクをだした。これまた、おれがのむところを、細大もらさずながめているんだ。

タバコに火をつけて、窓の外をちらちらながめる。ここはなかなかみつからないだろう。だから、追手を心配してたわけじゃない。なんとなく、ポーズをつけてたんだ。間がもてないもんでね。

「おれは、すこし寝るよ」

〈少女〉は、コーラの罐やなんかをどけて、そこにあったぺらぺらのきたない毛布を床にしいた。ここへはいりこむやつは、案外多いらしい。

横になると、彼女は自分の上着をかけてくれた。目をつぶる。からだが浮いているような感じだ。頭の先から、ゆっくりとしずみこんでいくような。疲れてるんだ。まぶたの裏、あるいは頭のなかのどこかに、衰弱した太陽みたいな赤い不快なものがみえる。

夢のなかで、おれは空をとんでいた。ちょっとでも油断すると、おっこちそうになっちゃう。満身の力をこめて、きたない夕暮れをよたよた飛行してるんだ。もっと高いところをグライダーみたいに風にのって、とおもうんだがうまくいかない。疲労しきって、なさけない気分なんだが、それでもとばなくちゃいけないんだ。いつまでたっても夕暮れで、そのうちみぞれがふりはじめた。

そうしてないと、やつに追いつかれてしまう。オマワリとか、そんなもんじゃない。わけのわからない不気味な力をもったやつだ。おれは力をふりしぼって、やっとのことで地上すれすれをとびつづける。なぜだ、なぜこんなことをしなくちゃいけない？　何度もきいてみる。おれはもういやだ。いいかげん、やめたいよ。だけど、やっぱりとびつづけるんだな。というのも、気がついてみたら、おれの行動を強制してるのは、追っかけてくるはずのやつなんだ。たよりなくてつらい気分だった。それでもおれは、もうなんにもいわずにとびつづけるんだ。

ほんのちょっとしか、ねむってなかったとおもう。目がさめると、〈少女〉が横に寝ていた。頭の下で腕をくんで、天井をながめていた。妙に白い顔で。

おれはどうしたわけか、一瞬ゾーッとしたんだね。気がよわくなってたせいだろうか。

彼女が百二十歳のバアさんみたいにみえたんだ。なにもかも、すっかりわかっちゃったような表情なんだ。一世紀まえにわかれた恋人のことを、なんの感慨もなくおもいだしてるみたいな。それでいて、顔だちはこどもっぽいんだから。

もうだめだ、とおもった。

クルマをぬすんで、郊外にむかった。ドライヴ・インには寄らなかった。よその街へいって、安宿でもとろう。床屋と金物屋のあいだをはいって、ようやくしけた看板がみえるような木賃宿がいい。天井には、三枚羽根の扇風機がついてるような部屋でね。そこでおれは待つんだ。ただじっと待ちあぐねるだけだ。なにかが起きるまで。

しばらくいくと、パトカーがとまっていてオマワリがうろうろしてた。ドキンとしたけど、「まさか」という気持ちのほうがつよかった。交通事故だった。通りすぎてから〈少女〉がながい息を吐いた。

昼すぎにクルマをとめて、パンやジュースを買いにいかせた。それからまた走った。もう道がわからなかった。夕方になると、くたびれてきた。目がチカチカする。

クルマを走らせているのが、アホらしくなった。おれはじっとしているべきだった。恐怖にかられた猫みたいに逃げまわるなんて。

「もういいや」

おれはひとりごとをいって、クルマをわき道へいれた。道はほそくなって、林のなかへはいっていく。クルマをとめると〈少女〉をみた。

「なあ、いいだろう。いいかげん、いやんなった。どうせ、つかまるんだ」

おれは、なにをいいたかったんだろう。彼女は目をあげた。微熱がでてるようなふわふわした状態で、おれはしゃべりつづけた。

「どこまでもついてくるか？　おれがそうしろっていったら、なんでもするか？」

てれずにそんなことをいえたのは、一種うつろな気分だったからにちがいない。〈少女〉は目でうなずいた。

「じゃあ、死んでもいいね」

冗談のつもりだった。この子がどのくらいまでいうことをきくか、ためしてみたかったみたいな。だけど口にだすと、へんな重みをましてきた。おれ自身も、おしまいにしたかったんだ。ものごころついてからの鬼ごっこにもあきあきしていたところだった。すると、例の病気がはじまった。どうしようもなく沈みこんできたっていうわけさ。この穴ぼこへおちこむと、ちょっとやそっとじゃはいあがれない。

クルマをおりて、林のなかへはいった。草のうえにすわると、〈少女〉が横にはりついてきた。この子とは、まだいちども寝てない。ここでやんなきゃならないのかな。いまは、そんな気力、とてもないけど。

ポケットからピストルをだして、〈少女〉にみせた。彼女はうなずいた。猛烈センチメンタルな顔しちゃってさ。おれのほうは、猛烈憂鬱だった。

彼女の胸にあてて、ひきがねをひいた。反動がすごかった。当然、女の子はたおれちゃったよ。ひとって、かんたんに死ぬんだ。あと一発のこってるから、おれもなんとかしようとおもった。それがなんでいま生きてるかっていうと、流しのそばへおいたマッチみたいにタマがしけてたんだな。

つれもどされて、何年か少年院にいた。でるとすぐ徴兵された。

おれは船にのったんだが、ボスが変わったやつでね。ひとしきり戦争すると、かならず北極か南極にむかうんだ。夕食ののみものには、ふつうの氷じゃ満足しないんだよ。クジラをしとめるモリみたいなものが、その戦艦にはついている。いつのまにか、おれがその専属になっちゃった。氷山を撃つんだよ。それからくだいた氷をひろいにいく。何日分か確保すると、またぞろ戦地へおもむく。

その仕事は、気にいってた。カクテルの氷調達係は、わるくなかった。ドライ・マティニには、やっぱり、北氷洋の氷がいちばんあってるようだ。

モリ撃ちとおなじように、船や飛行機をうった。ちいさい戦争だったが、えんえんつづくひどいものだった。おれは、ひと殺しをなんともおもわなくなっていた。

最初の殺人には、おもいでみたいなもんがある。〈少女〉を殺したとき、同時に少年時代がおわったんだ。同時に人生がおわったような気がしたが、そのあとのこりの時間がうんざりするほどつづく。やっぱり、おしまいにすればよかったんだ。

氷山撃ちは何年かつづいた。おれはすっかり名人になってた。

本国へ帰還したその日に、おれは呼びだしをうけた。今度はちがうとこへ配属されるんだろう。

　おれはガキのころから、集団のなかにいた。もの心ついたときは、孤児を収容するための施設にいたんだから。集団のなかにいることには、なれている。それは楽だったし、なるべくものをかんがえないためには最上の策だった。ほかのやつらみたいに、はやく故郷へかえりたいなんて、決しておもわなかった。

　いつでもひとりなのだ。集団のなかにいたって、おれは孤独でいることができる。仲間とさわいだり、友情をたしかめあうなんて、性にあわない。

　はじめ、情報部勤務かとおもってた。おれみたいなやつには、スパイ活動もわるくないかもしれない。

　そのころ、戦線は拡大しつつあった。このままでいったら、核をもちだすんじゃないか？　みんな死ねばいいんだ。

　おれはやけになっていたわけじゃない。そんなことは、どうでもよかった。だれが死のうと自分が死のうと、事情がかわるわけじゃない。

　今度の役目は、つまりひと殺しだ。

おれはすこしも感動しないで、それをひきうけた。自分は人間じゃないのかもしれないという恐怖が、はじめてめばえた。それはしだいに大きくなるしみで、鬱病をも圧倒するほどだった。ときどき、夜中に目がさめると、暗い中で果てしないほど長い時間、じっとしていた。自分はどこからきて、どこへいくんだろう、とおもった。何回も何回も、おんなじ質問を自分に向かってするんだよ。すると、いろんな思い出とかそれに伴う記憶の切れっぱしなんかが、ちぎれてひらひら舞いはじめる。頭のなかは、なんにもまとまらなくて、ひとつのドーンとした音だけが、鈍くそこにある。

これまでの人生で、おれはいったい何をしたんだろうとおもっても、何ひとつない。なっていうより、きれいにまとまって、うかびあがってこない。思い出は色あせて、バラバラになって、小さい痛みなんかも針の先ほどにも感じられない。あんまり長い間おさえつけてきたせいで、むかしのことはほこりまみれになっちゃったんだ。うまくおもいだせないから、自分がどういう生き方をしてきたのか、まるっきりわからない。今後どういうふうにしたらいいのかも、わからないというわけだ。

というのも、おれはじつに手ぎわよく、人間を処理したからだ。どこかへつれていかれる。敵の内部へはいりこんで、ある人物をおびきだして殺す。あるいはまた、こっそり爆弾をしかける。

進退きわまると、仲間が救助にくる。

いまかんがえるとふしぎなんだが、おれひとりのために一個中隊がくりだしてくる、というありさまだった。つかまると、軍部はかなりいい条件で捕虜交換を申しでる。こちらが提供するのが、これまたすごい人物だったりする。どうして、おれがあんなに大事にされたのか、当時はわからなかった。

そのうちおれは「祖国の英雄」ということで、新聞にのるようになった。テレビもラジオも、熱狂的におれを宣伝する。もちろん、やらせだよ。恐怖にかられながら、つぎつぎと殺人をつづけるのを「冷静沈着に命令をまっとうする。それは献身以外のなにものでもない」ということになる。

おどろいたことには、ブロマイドまで売りだされたんだから。Tシャツの胸に、おれの顔がプリントされたのとか、メダルとかワッペンとか。はじめは信じられなかった。それがまたよく売れたんだよ。こうなったら、もう気ちがいざたとしか、いいようがない。おれはヒーローなき時代のヒーローになったというわけさ。エピソードとして氷山を撃ってたことが紹介されると、金持ちどもは北氷洋にくりだす。氷撃ちはゲームになった。もうちょっとつづけたら、死んでいただろう。ちょうどいいところで、ひきあげさせられた。

だから、こうやって別荘もって気ままにくらせるんだよ。おれは、軍隊時代のことを、くわしくはなしたくはないんだ。じつにくだらんとしか、いいようがない。ガキのころはまだよかった。

おれは、ひとを殺さないために、ここにすわって気力をふりしぼっているんだよ。もう、ひと殺しはあんまりやりたくないんだよ。なぜだかわからない。年をとったからかもしれない。一日がおわると、すっかり疲れきってしまうが、しかたがない。これが、もう最後のつとめだとおもうよ。未来永劫つづくかもしれないが。

やつらも、つごうよく牢獄へいれたおもいで、ホッとしてることだろう。みんなおれのことなんか、わすれちゃってる。

それでもイライラするときは、ここへはいってくるやつを、谷底へおとすんだ。入口につり橋があっただろ。このひもをひくと、まんなかから割れて、橋がおっこちるしかけになってるんだ。

いまのおれのたのしみといえば、それぐらいしかない。

◎初出＝「面白半分」一九七五年一〇月号

【エッセイ】

ふしぎな風景

　ある年の夏、毎日のように三浦海岸までかよった。泳ぐためではない。海水浴客とは反対の方向に、さらにバスかタクシーにのって、丘のうえの精神病院へいくのだ。

　その夏は、温度がないように思えた。

　さまざまなできごとが、悪夢のなかのひとつひとつのエピソードのように、意味も意義もなく配列されていた。わたしはいつもくたびれていたが「疲れた」と口にだしてはいけないのであった。

「こう暑いとやだね、まったく。爆弾で地球をぶっとばしたくなるね」と、タクシーの運転手がいった。冷房がきいているのに、彼はランニング・シャツ一枚で頭にねじりはちまきをしていた。そのうえ、汗をだらだらながしているのだ。彼は最近おこった殺人事件についてのくわしいはなしを、オリジナルな解説つきでながながとしゃべった。「被害者はズタズタなんだから。そんなこと知らないで営業所へかえると、もう刑事がきて待ってるんだからいやになるね、まったく」

なにがいやになるのか、よくわからない。病院のちかくまでくると、患者たちがカカシのように立っていた。彼らは散歩をたのしんでいるはずなのだ。一様に空虚な目で、たまにとおりすぎるクルマをながめている。それなのに運転手は、まだ殺人のはなしをやめない。こういうときは、ひとを殺したくなるものだ、などという。ナイフでめったやたらに刺したら、どんなに気持ちがいいか、などと。

わたしはだまっていた。彼のはなしがおもしろいからではなく、返事をする気力もないからだった。停車して料金をいう段になって、彼はやっとその血なまぐさいはなしをやめた。内心ではもっとつづけたいような顔をしながら。

しかし彼はなぜそんなことをしゃべったのだろう。行き先として精神病院の名を告げた相手に。わたしが赤ん坊を背負っていたから、患者とはおもえなかったから、なのだろうか。たしかにわたしは、カルテにはかきこまれていなかった。入院していたのは、そのころ結婚していた相手である。夫の頭の調子はその一年もまえからすこしおかしかった。だが他人は、夫がわけのわからないことを口走ったり、彼だけにしかみえない不在の大衆にむかってはだかで演説したりするまで、そのことを信じてはくれなかった。

「狂っているのは、この世界なのか自分なのか」とはよくいわれることばだが、そのことを現実に身近に皮膚のうえで体験する人間は、そんなに多くないはずだ。夫はときどきわたしにむかって「おまえは頭がおかしいのだ」といい、そう決めつけていた。妊娠に気づいてから、ずっとそういわれつづけてきた。わたしはあまり外へでなかった。大きな腹をかかえて街をあるくと、なにかじつに陰惨な気分になるのだった。友人と電話ではなすことはあったが、彼らの世界とわたしの内部とはあまりにかけはなれていた。夫がおかしくなるにつれ、わたしの内部も徐々にずれていった。頭がへんなのは自分のほうなのかもしれないとぼんやりおもい、そんなふうにおもうことによって疲労して、昼間からふとんにもぐりこむことが多かった。すこしねむると、ねむった時間いっぱいに、ながいながい夢をみた。目ざめると、たいていだれもいなかった。腹のなかで赤ん坊がうごき、わたしはトイレで吐いた。一日に何回も吐いた。十一か月めまでつわりがあった。産院の分娩室で吐いたとき、ひどい孤独を感じたのをおぼえている。

ふたりの世界は、卵のカラの内部のようなものだった。実在する肉体は夫と自分とふたりだけでありながら、想像力によるものがドームのようにわたしたちをおおっていた。彼やわたしの頭のなかのものが、赤く暗く外部からの光のように、ツルツルした壁に反映していた。彼は頭のなかでつくりあげた理想の女性とわたしをひきくらべて、いつもわたしを責めていた。その女性には名前がついていたし、かつては彼の身近で息をしてもいたのだが、死んだのは七年もまえのことだ。彼の内部でも詳細な生き生きとした記憶はぼやけて、しだいに強調されていく感情的な印象だけがのさばっているようだった。それはその女性個人への信仰ではなく、彼の十代へのつきることのない哀惜の念が、もう生きてはいないひとりの人間へと集積していった結果らしかった。

わたしはしょっちゅう、責めさいなまれていた。あまりに何度もくりかえされたので、墓場から起きあがってくるゾンビーのように、ものいわぬ黒い影がむくむくとうごきはじめるのだった。その影はとほうもなく大きくなって、目ざめているときもねむっているときも、わたしの罪を告発するのだった。そこに生きているだけで罪悪なのだ、と。思春期にセシュエーの『分裂病の少女の手記』をよみ、非常に影響をうけたことがある。少女の狂気の世界が肌でわかるような感覚を、わたしはもっていたのだ。その後ウニカ・チュルンの『ジャスミンおとこ』をよんだが、ページをめくらないうちから先が見通せるのでおもしろくなかったくらいだ。アナグラム的思考はなんと不毛なつまらない作業だろう！いくつかの数字やことばが、その意味をはぎとられて、頭のなかで踊りつづける。その数字たちは、いつもおなじ歌をうたいつづけるのだった。「おまえは罪があるのだ。罪があるのだ。……あるのだ」

夫が入院したことは、わたしをほんのすこしすくってくれた。彼は自分を責めるかわりに、それをことばにだしてわたしを責めていたのだ。自分自身は逃亡して。それがはっきりとわかってからも、何度もムチをふるわれたあとは、わたしの内部にきたならしいシミとなってのこってはいたのだが。

三浦海岸の駅まえには、電話ボックスが三つならんでいた。長距離用に百円玉もいれることができる大型の黄色い電話だった。あるとき、そのボックスのとびらをあけ、そこに非日常の裂けめをみた。

電話にはダイヤルも文字盤もなかったのだ。

わたしは声にならない叫びをあげた。

それは自分の夢にいつもでてくるもののひとつだった。わたしはなんとかしてだれかに電話をかけようとする。だが、ダイヤルのまるい穴とその外側は空白で、数字がかいてないのだ。わたしは電話することができない。何年ものあいだ欠けていた、夫と自分とのコミュニケーションを象徴するような単純な夢なのだが、暗い部屋で目をあけてからもわたしを苦しめるたぐいの、いやな味をのこした。その夢が、突然白い昼間にあらわれたのだ。わたしは赤ん坊を抱いて、ボックスの内部の壁によりかかり、ついにすわりこんでしまった。

電話は故障していただけにすぎない。

だが、そのことは非常につよい衝撃となって、わたしを打った。この世界は、夢だからといって安心していられるような生やさしいものではなかったのだ。

その光景は、いちどしか目にすることができなかった。故障はただちに修理されたらしく、おびえながらとびらをあけても、ダイヤルと数字がちゃんとついた、あたりまえの電話がみえるだけだった。いまでも電話ボックスをあけるたびに、わたしはおもう。あれは現実にあったことだろうか、自分の悪夢が頭のなかからしみだしていった、そのしるしではなかったのか、と。

あまりにはやばやとなおされて、二度とみることができなかったために、よけいに自分をうたがうのだ。こんなことが一日に一回以上あったら、わたしたちは駅で切符を買うことも電車にのることもできなくなってしまうだろう。

それ以降、電話ボックスはなにかふしぎな象徴のようなものになった。ふだん目にするもののなかで、あのぐらいふしぎなものはない、とわたしはおもうのだ。いったい、なんのためにあのほそながい四角い箱は街の角にたっているのだろうか。ひとびとの意志の疎通のためである、ということがそれ自体、非常に空虚におもえるのだ。

夫はその年の暮れに、またべつの病院にはいった。長年やっていた薬物をじょじょにやめていくと、彼の奇怪な行動やことばは、しだいに正常になっていった。「きみをいじめることによって、ぼくはきみを大事にしていたのだ。ぼくのなかできみはそのくらい重要な位置をしめていたのだ」

それは身勝手ないいわけだが、真実にはちがいない。

いっしょに散歩するのが、その後のふたりの習性となった。わたしはいろいろな家をみてはああだこうだと評論した。近代的なまっさらな住宅をみると、この家の主人はこの自分たちの家を購入するために、二十年ローンに苦しめられているのではないか、とおもったりする。玄関にちゃちな（みるひとによってはりっぱな）細工がしてあったりすると、よけいにその感をつよくするのだ。ノッカーが金属製のライオンの顔であったり、門灯が芝居にでてくるようなヨーロッパ中世ふうのものであったり、とにかくしゃれて小粋であればあるほど、小細工という感じがする。本物の重厚さはこんなものじゃないのだ、とおもう。それはローンで買えるようなものではない。

わたしが住みたがる家は、たいていい軒がかしいでいて、かわらはくずれかけ、庭には雑草がおいしげっている。ときには、古い家の窓が本物の船からとってきた丸窓だったりして、わたしをよろこばせる。

「このうちのひと、きっとずうっと船乗りだったんだよ。いまは引退してるの」などと解説する。うれしそうに一軒ずつなにかいう。夫はわらって「住宅評論家の鈴木いづみさん」とつけくわえる。

　金持ちになったら、どういう家に住みたいか、なんぞとかんがえてそれを口にだす。むかし建てた病院を改造したような建物もいい。窓は細ながく白いペンキがぬってあって、それがちょっとはげていたりする。天井の高い、夏でもひんやりとしているような部屋がいい。殺風景でなにも飾りのない部屋がいい。

　他人のアパートへいって、そこにぬいぐるみの人形がたくさんあったりすると気分がわるくなる、という妙な感覚がある。それを口にだすと、数百人の女の子の部屋を訪問した経験をもつ彼はもっとひどいことをいう。

「あれは、使って血がついたままのタンポンを、それも一ヵ月もまえのをならべてあるみたいでいやだな。その女の子とやるつもりだったのが、なえてくるときもあるよ」

　そういえば、わたしの弟たちのうちで下のほうは、いつも女の子にたくさんのプレゼントをもらうが、たいてい動物のぬいぐるみだ。十代かあるいは二十代をちょっとすぎたくらいの子は、自分がすきなものは男もすきだろうとおもうらしいのだが、彼はそれを部屋のすみにつみあげてほこりだらけにしている。あるていどたまると、なんと風呂の炊きつけにしてしまう、というのだから！

弟のほうが女の子になにか買ってやるときは、コンパクトとかハンドバッグで、けっこう相手のことをかんがえているらしい。だが動物のぬいぐるみばかりくれるような無神経な相手とは、あまりながくつづかないみたいだ。

陽のまぶしい午後に散歩していたとき、アスファルトの道路がキラキラひかっていた。「どうしてかしら。ガラスのこまかい粉をいれてあるのかな」そのラメ入りの道をあるきながら、わたしはいった。

すると、ふしぎな風景が現出した。

おそらく高校かなにかの付属物だろうが、金属のネットをはりめぐらせたテニス・コートがみえた。しかも、なぜか用もないのに（としかおもえない奇妙な位置に）電話ボックスがあったのだ。そのボックスは、ケンタッキーのフライド・チキンやマクドナルドのハンバーガーの店のちかくにあったとしたら、ごく自然にみえただろう。だれもいないテニス・コートのちかく、それも通行のじゃまになるように道のまんなかにたっていると、じつに妙な気がする。まるで地面のなかからはえてきたようにみえた。あまりに非現実的なので、しばらくながめていたくらいだ。

あるいは夕暮れちかくの空が、えのぐで描いたようなすみれ色であったりすると、立ちどまってしまう。その空のせいで、ビルやビルにくっついた非常階段が、芝居の書き割りのように平面的にみえるからだ。

どこか非現実な感じのする風景が、自分の回帰する場所だという気がする。

ギラギラと無慈悲にひかる巨大なドーム型の空のまんなかに、動かない太陽がはりついている。それはチーズのようでもあるし、目玉のようでもある。その太陽にみつめられてひとびとはアリとなって意味もなく地面をはいずりまわる。とおくから破局をつげるサイレンがきこえる。

小学生のとき、空を半球型にえがいていた。ほかの子供は地面と空とを平行にかいていたのに。教師がへんな顔をしたのを、おぼえている。それからはみんなのまねをして、空を一本の直線であらわすようにした。

空が半球型である、という思考形態は原始人のものだ、とだれかがいった。

そうかもしれない。視界をじゃまする建物なしで、彼らはどこまでもつづくこの風景をながめていたのだから。

「原風景」というものを、女友達にたずねたことがある。それはいつまでもつづくながい夕暮れだ、と彼女はこたえた。そろそろあそぶのをやめて家にかえらなければいけないのだが、もっとあそんでいたい。何人かの子供たちはもうかえってしまっている。空はくもっていて重たい色をして、その暗さはしだいに増していく気配なのだが、夜はなかなかこない。

彼女のいうことは理解できるのだが、もうひとつぴったりこない。彼女のなかのそういう風景は「子供のころの記憶」で「内なる風景」とはちがうような気がするからだ。

郷愁という感情がそれには、はりついている。だが、わたしの内なる風景は、あらゆる感情をはぎとられている。よそよそしい、人間を拒否するような非現実感をもった風景に、へんな親しみを感じるのだ。

それはなぜだろうか、とかんがえてもよくわからない。ある男は「まっさおな空を、カミソリでスパッと切ったら、しばらくしてそこから血がにじんでくるんじゃないか。そうなったらきれいだろうな」といったが、それともちょっとちがう。彼はけんかをしたとき、相手のながした血がきれいだった、ともいった。その人物は、自分が血をながすのはいやなのだが、だれかが血をだすのをみるのがすきみたいなのだ。

わたしはそういうことはがまんできない。他人が血をながす、というのはなんだか非常におそろしい。そのこと自体がおそろしいのではなく、他人が血をながしていても自分は無感動だろうと想像することがおそろしいのだ。他人を肉体的に傷つけることがこわいのは、自分以外の人間を殺傷してもおそらく平然としているであろう自分がこわいからだ。

もっとも、自分がけがをしてもわりと平気でいるようなところもある。

あの年、三浦海岸の駅へ何度もかよったが、あるときわたしはふくらはぎに穴をあけて、そこから血をかかとまでながしながら、階段をおりていった。うしろからきた義妹がびっくりして痛くないかどうか、たずねた。痛いにきまっている、とわたしはわらいながらこたえた。このまま血がとまらなかったら、からだじゅうの血液が流出して死んでしまうだろうな、となんの感動もなくかんがえた。そこになんらかの感情がない、ということに寒気をおぼえる。

当然のことながら、放置していたその穴はひろがり、夏のことでもありくさってきた。血液は空気にふれて、凝固してきた。そのせいで死なずにすんだが、みにくい大きな傷あとが脚にのこった。自分がいつ死んでもかまわないような気持ちだった。それよりも、入院させられている夫がかわいそうだ、というおもいのほうがつよかった。同情とかあわれみというものとはちがう。自分だって、ある日突然精神病院にはいっていることに気がついたら、こわくなるだろうと想像したからだ。

自分が死ぬことは、すごくこわい、と他人に告げる。それは、自分の死に無感動ではないだろうか、とかんがえるのがおそろしいからだ。わたしは「死」にめぐりあった経験がすくない。

小学生のとき、祖父が死んだ。ある朝おきてみたら老衰死していたのだ。そのとき、なにも感じなかった。鶏小屋があって、父親がニワトリの首を切ったこともおぼえている。頭のなくなったニワトリは、そこから血を噴出させながら二、三歩あるいてたおれた。わたしはそれをみてわらった。切りおとされたニワトリの脚をひろって、なかのすじをひっぱってあそんだ。そうすると脚の指がのびたりちぢんだりするのがおかしいからだ。

ある女性は肉屋のまえをとおるのがこわい、といった。子供のころニワトリが殺されるのをみたことがあるからだ、と。羽をむしられてさかさにつるされた鶏をみたら、きっと気絶するだろう、ともいった。「だから、あたし、いまでも鶏肉ってたべられないのよ。あんただってそういう場面を子供のころみたら、あたしみたいになるから」

みたことあるよ、とわたしはこたえた。でも、ちっともこわくないし、いまでもこわくない。あんなの、どうってことないじゃない。わたしは鶏肉がいちばんすきだわ。もっとも、つわりのときはたべられなかったけど。

その女性は、わたしを人間でないものをみるような目でながめた。それをみて、こういうことは口にだすべきではないのだな、とさとった。

子供のときに指をけがしたはなしを、そのひとにしなくてよかった。いまになってみると痛みなど、まるでおぼえていない。キャラメルをつつんであったセロハンをコップのようにしてそのなかに自分の指からながれだす血をためた。べつのときは陶器の白い皿に自分の手からながれる血をためていたことがある。それは、しいていえば、解剖学的興味からであった。

長年つきあっているボーイ・フレンドに「ひと殺しがしたい」というはなしをした。「殺す当人に苦痛をあたえないように、すばやくナタかなんかで、頭からスパンとふたつに割るわけよ。それで、内部をしらべるの。腸なんか、表面がつやつやひかってぐにゃっとしてるでしょ。あの感触を手であじわいたいわけ」

「自分が権力をもっていて、だれでも自由に死刑にできるってのはどう?」と彼はたずねた。

「そんなの、いやよ。合法的にひとを殺すって、いやだわ。だから戦争っていやなの。やっぱり殺人は非合法的で悪いことでなくちゃ」

ふうん、と彼はうなずく。わたしは調子にのってつづけた。「そいで、殺すんなら、男より女のほうがいい。だって、男ってからだがかたいでしょ。すぐ骨にぶつかって、おもしろみがない」

「どっちでもおなじことだろう」

「あら、ちょっとちがうとおもうんだ。だって女の胸なんかやわらかいからさ。おもしろいんじゃないかとおもって」

まったく無責任だ。こんなことをしゃべってもいいのだろうか。彼はしばしかんがえて「いづみはサディストではない。非常に子供っぽいのだ」と結論した。

「でも、やっぱりこわいのはね、自分が気がつかないうちに法を犯すんじゃないかってことね。そのさいちゅうに意識しているんだったら、いいんだけど、無意識のうちになにかとんでもないことをやらかして、ある日気がついたら監獄のなかにいるんだわ」

「それで裁判がはじまったら、カフカだな」

「裁かれるってのもおそろしいけど、そうではなくて、夢遊病みたいな状態で他人を殺したり傷つけたりするのは、すごくおそろしいのよね。意識していても、そのときそれについてなんの感情もなかったりするのも、こわいの。トンボの羽や脚をむしるみたいに、他人を傷つけるのが」

カフカ的状況というのはたしかに恐怖をよびおこすが、それ以前に自分が人間的といわれる感情をもっていない、そのときの状態のほうがよりおそろしい。カフカというひとは、内心ではなまけもので、ほんとうは芋虫になって毎日寝ていたい、とおもったんじゃなかろうか、ともかんがえたりする。べつにある朝虫になっていてもすこしもかまわないのだが、それにつれて感情も芋虫的になってしまうとしたら、これはどうしても避けたい事態である。

わたしがこんなふうにいろいろのことをこわがるのは、感情のエア・ポケットのようなあの状態がながくつづくのではないか、と想像してしまうからだ。

「それは、あなたが日常では非常に人間的な感情を人一倍つよくもっているからだろう。感情のないときっていうのは、きっと小休止の状態なんだろうな」

男友達はかんがえながら、ことばをついだ。

それでは、わたしの原風景というものは、自分が感情をはたらかせているのを休んでいる、そういうときにみえる光景をいうのだろうか。そのせいで、奇妙な親しみやなつかしさのようなものを感じるのだろうか。

「だってさ、いつもいつも、なにかを感じていたら、人間、くたびれちゃうよ。生きている人間でいるってことは、やっぱり疲れることなんだよなあ。三十年ちかくも息をしていると」

彼は、このごろ非常にさびしいのだ、といった。わたしはそこで、うーむとうなってしまう。

「二十歳ぐらいのときは、外部への興味っていうのがつよかっただろ？　なにかメチャクチャやって、なにをやってもおもしろかった。そのころ女といっしょに暮らしていても、外部世界にひかれていたから、同棲するってこと自体、あんまりイミはなかったんだ。いまこうやってひとり暮らししてると、すごくさびしいんだね。それで、いいわけをするってのもいやなんだ。されどわれらが日々――という感じはいやなんだよね。かといって、むかしをふりかえるって、ひょっとまえをみるとそこにふりかえっている自分がみえるだろう。それもいやなんだ」

やっとのことでたどりついた感情が、単純にさびしいというものではやりきれないだろうなともおもう。

「いづみもそのうち、さびしくなるから」

「わたしはむかしっから、さびしい子だよ」

「そういうのではないのだ」と彼はメイソウ的にいった。

さびしいというのも、たまらないだろう。わたしはだれかといっしょにいてさびしい、と感じるのがいちばん耐えられない。だが、それにも疲労してしまって、もうなにも感じなくなるときがくるのではないだろうか。それこそ、自分に裏切られるときなのだ。自己というものを見失うときなのだ。

わたしはいま、あらゆることに無感動になってしまった少女のはなしをかいている。その女は自分のために三人もの人間が犠牲になって、そのせいでなおさら感情を喪失する。彼女はひとりの男をすきになって（道具として利用して）自分を相手と同一視することによって、自己回復をこころみる。だが頭がわるくて相手のことがわからないがために、男にたいして幻想をいだく。その気ちがいじみた、相手を「神」とするような幻想のなかに相手と自分の関係性をも喪失して、やがては自滅してしまう。

そのストーリーをボーイ・フレンドにしゃべると、彼はこういった。

「あなたはそんなふうにはならないだろう。だって、あなたのは理解するって作業じゃなくて直感みたいなものだから」

むかし、夫もおなじようなことをいっていた。さらにつけくわえて、こうもいったのだ。

「きみは幻想をもつ能力がない」

わたしにいわせれば、幻想とはある特定の人物やことがらにたいして抱く、訂正することのできない大きな錯誤であり誤解である。幻想をもつことのできる人間、それを信じきることのできる人間は、だから幸福なのだ。

わたしは、幻想をもつことすらできない。では、疲れきってしまったときは、どうしたらいいのだろう。

◎初出＝『いつだってティータイム』一九七八年、白夜書房

【単行本未収録作品】

息を殺している

誰でもよかったのだ。真紀はやたらにタバコを吸い、店の中を見まわした。その日の客は興奮していなかった。ソファーにでれーっと寄りかかり、それぞれが自分の中に閉じこもっている。

ステージでは、ロックバンドが演奏をはじめた。マイナーのしんみりした曲だ。リードボーカルがいかにもつらそうに、「ほんとはつらくない」とささやきかける。内容は世代論だ。おれたちはどこへ行けばいいんだ？

真紀は新しいタバコに火をつけ、一口吸いこんだ。吐きけがあがってくる。不規則な生活に胃は痛めつけられているのだ。

「出ていけ」とタカシがいった。彼女は「ふん」といいながら、落ちつきなく部屋中を歩きまわった。彼はとびかかってきて、いきなり首を絞めた。真紀は声を出さずに彼を突きとばし、わずかな下着類をバッグに入れはじめた。彼女が部屋を出たとき、彼もおそらく泣いていたのだ。

十日ばかり前のことだが、まるで百年前みたいな気がする。アレハ全部嘘ダッタンダ。だが、タカシとの思い出は、ときおり彼女をぼんやりさせる。

その日の最後のステージが終わり、演奏者は彼らの意思を伝えることができず、のろのろと楽器をかたづけはじめた。真紀はそのうちのひとり、どことい って目立つところはないが、片脚をふるわせているやせて自閉症みたいな印象の少年を見た。

少年はステージの端まで来ると、近くにすわっていた真紀の顔を見つめた。それは不自然なほどの長さで、彼女は耐えきれずに視線をはずした。すぐに気になってもどす。彼は彼女を弱い目で見ながら、紺色のシャツのえりをひっぱっていた。

「……あの……あなたは……」

彼は臆病そうに話しかけた。真紀は自分でも何を思ったのか、突然くすくす笑いだした。彼も頭に手をやって笑った。ひどくあどけない顔になった。真紀は微笑し、タバコを左手に持ちかえて、気取ったスタイルで吸いはじめた。

あと一時間で店がしまる。真紀は足を組み直して姿勢を楽にした。さっきの男が来て、彼女の前にすわった。

「どっかで見たことがある人ね」

真紀は気楽にでたらめをいった。

「あ、そうですか。どこで?」

彼はまじめに考えているようすだ。少なくとも、それを装っている。真紀はまた笑い出した。それはすぐにやんだ。彼が身をのりだし、両ひじをついてあごを支え、彼女の顔をまっすぐに見たからだ。彼女は目が悪いので他人の顔をジロジロ見るくせがあるが、彼の場合はそんな理由ではなさそうだ。

彼はじっとり汗をかいてるようだ。顔が赤らんで、喉がぬれて光っている。その夜はシャツ一枚にしては肌寒く感じられたのに。

「気分でも悪いの？」

「ああ……いや……少しね」

彼は身を退いたが、今度は青ざめてきた。変な人だと思いながら、真紀は本気で心配した。

「出ましょうか」

彼は妙にうつろな目になると、伝票をつかんで立ちあがった。

ふたりは巨大な建物に沿って歩いた。

彼は今夜であの店との契約が切れて、その後は仕事がないのだといった。グループも解散してしまう。

「どこへ行くんですか。こんなとこまで来ちゃったら……どっか、そのへんの……」

彼はいいよどんだ。真紀は立ちどまった。ふたりは向かいあって立った。彼の唇が動いたが、何もいわなかった。彼は彼女からのがれるような動作で歩道の端に立つと、タクシーを止めた。

「泊まってってもいいでしょ？」

彼は部屋のまん中にすわると、ウィスキーのびんとグラスを持ってたずねた。

「水割りにしてほしいわ……そうね、あたし帰る家がないもの。追い出されたの」

彼は白い錠剤を手の平に出すと、ウィスキーであおった。

「ソーマニールでしょ。だめよ、そんなもの飲んじゃ。クスリを何年もやってると、頭がダメになっちゃうわ」

「こわいんだ」

彼は率直に告白した。

「何が？　生きているのが？」

彼は答えずにレコードをかけた。ロックははるか彼方で鳴っているような感じなのだ。ふたりの緊張した空気の中へははいりこめない。例のごとくはじめに投げたのは真紀で、彼女は横になって頭の下で腕を組んだ。

「こわいんだよ。ひとりで部屋にいると、だから部屋中の明かりをつけとくんだ」

「あなたは音楽をやってるじゃない。それで他人に話しかけられないの？」

「だめさ。それだけの力がない」

彼は彼女のそばに横たわると、真紀の顔に手を置いた。彼女は顔を横に向けた。唇があい、彼女の手は彼の首の後ろにまわった。

彼はそれ以上しなかった。長い間真紀の胸の上に頭を乗せていた。

「重いわ。やめて」

真紀は立ちあがって顔を洗った。

「素顔がとてもきれいだね。化粧がへたなのかな。厚ぬりするときたならしい顔になるよ」

彼はふとんの中で彼女にささやいた。真紀はすぐに眠ってしまった。


目ざめると、彼はいなかった。光の中にほこりが漂っている。真紀は口をすすぎ、ドアをあけようとした。鍵がかかっていた。

「ばかなまねはしないでちょうだい」

彼が買い物袋を持って帰ってくると、彼女はとげとげしくいった。

「外へ出ると危いよ」

彼は口の中であいまいにいった。

「危い？　気ちがいみたいなこと、いうのね」

「ちがうよ……あなたがいなくなっちゃうのがこわかったんだ」

彼にはどこか不安定なところがある。その奇妙な実体のなさが、真紀には怖ろしく感じられた。

行く所もないので、真紀はその部屋にいることにした。毎日寝ていた。少年は今度は鍵をかけなくなったが、真紀がいなくなることにひどくびくしているらしいのだ。彼は毎晩彼女を抱いて寝たが、直接の性交渉はなかった。真紀は彼の行為を怪しんだが、別に深く考えはしなかった。

「ちょっとコーヒー屋へ行ってくるわ。お金ないからちょうだい。ここにずうっと五日もよ。いいかげん頭が変になるわ」

彼はポケットから、しわになった五百円札を出した。彼がたいして金を持ってないことは知っていたが、真紀はそれを受けとった。

朝の道を駆けていくと、まるで彼から逃げてきたような気がする。真紀は一度道のまん中でとびあがり、それからまた走っていった。

二日後の真夜中に帰ると、彼は起きて待っていた。

「どこへ行ってたの？」

彼女はドアに寄りかかっていた。髪の陰で彼の目は暗くかげっている。そぎとったような狭い肩巾だ。彼は立ちあがると、彼女の首に手をかけた。

「寄らないで」

彼女は低くうめいた。

「お願いだ」

彼ははじめて会ったときのように、青ざめて汗をかいている。彼女の首からはずした指は、かすかにふるえていた。

「あたし、もう寝る」

彼女は押入れからふとんを出すと、乱暴に敷いた。服を脱いでふとんにはいると、彼もはいってきた。

「ほんとは」と彼はいった。「昔、昔っていっても一年くらい前だけど、人を殺したことがある」

彼女は彼の表情を見ていなかった。顔を横にしても、髪の中にかくれてよく見えない。

「雨が降ってて……おれは見知らぬその中年男を、ずっと尾行してたんだ」

「あたしが、それを」彼女はことばを選んで慎重にいった。「信じないとしたら?」

「それでもいいよ。信じてほしいとは思わない」

どこか遠くから、救いを求める暗号でも送ってきているような声だ。彼女は助けてやりたいとは思ったが、同時にどうでもいいような気分だった。手をさしのべて傷つけられやすいような繊細なあごにさわった。彼は顔をめぐらせて、やわらかく唇をかぶせてきた。

「どうして、それしかしないの? 男の子って、いつもしたがってると思ってたわ」

「不能なんだよ、たぶん」

彼女は手をのばしてさわってみた。彼のそれは固くなっている。

彼は頭からふとんをかぶり、ほのかな光の中で彼女を見つめた。

「あなたを愛してるんだよ、ものすごく」

彼の指は真紀のからだをはいまわっている。彼女はされるままになって、彼の顔を見ていた。

「もうよそへ泊まらないわ」

「約束する?」

「するわ」

「破ったら、おれはどうなるかわからないよ」

「どうしてそんなに好きなの?」

「はじめて出会った他人だからさ」

光の中を彼女は歩いていた。誰もが幸福感にひたるような午後だ。前夜の彼の告白が嘘みたいに思える。昼間になると、心は日の光に吸いこまれてしまう。

「真紀」

タカシが立っていた。

「元気そうだね」

彼はコーヒーの湯気の向こうから微笑を送ってくる。その表情は彼女が何かいったら、すぐにこわれそうな危っかしい感じだ。真紀もニンマリ笑った。

「おれはほかの女なんて……できなかったよ」

彼の手はいつの間にかテーブルの下で、彼女のひざをなでていた。ソンナ事ヲシチャダメ。マタ逆モドリジャナイカ。だが、真紀は脚をのばして彼がさわりやすいように、すわりなおした。


雨が降っている。腕の小さな矢印は二時を指している。彼女はタカシの胸に縦に生えている毛をひっぱった。彼は目をあけた。

彼はタバコを喫い、真紀の髪をいじった。口の中の煙を、キスしながら彼女の中へ送りこむ。彼女が煙を出して見せると、いきなり力いっぱい抱きしめた。

彼は彼女の中へ沈みこんでいった。真紀は彼のかたい筋肉を抱きしめた。あの少年にくらべると、厚く大きい胸だ。タカシは彼女を突きあげた。真紀は少年を忘れ、彼にしがみついた。彼は彼女の肩の上で息を吐いた。

雨の音が遠くなる。

彼女はきつく目を閉じた。

「雨、きのうから降っていた？」

彼女は軽い疲れの中からたずねた。

「夜中すぎから、ずうっとだよ」

不意に、胸の中が真空になったような気がした。アレモ雨ノ夜ダッタ。

「新聞見せて」

彼女は捜した。十九歳の少年が通行人を刺して現行犯でつかまったという記事を、ようやく見つけた。名前を見る。そのときになって彼女はあの少年の名前を知らないでいた、ということに気づいた。

「どうしたんだ？」

真紀は黙っていた。その新聞の、ぼやけて顔がよくわからない犯人の写真を、指先でこすりながら。

◎初出＝「トップパンチ」一九七一年六月号

【単行本未収録作品】

私の幸福論

背後に自分の抜けがらをいくつも残しながら、線路わきを歩いていた。女友達とわたしはがっちりと腕を組み、たがいに完全に捕獲しあい、それですっかり満足していた。あついしずかな陽はスカーフのようにひそりと舞いおちてきて、首すじを灼いていた。電車が空気をかきわけながら進んできたとき、ふたりはびっくりして立ちどまった。

「こんな日はきっと、原爆か何かが落ちるんだわ」と女友達がささやいた。彼女の声は、自分の頭の中からもれてくるみたいだった。わたしたちはあまりに幸福だったので、もう死んでいるみたいな気がしていた。

しずまりかえった春の午後はおわった。恋人を横取りされた女が、呼び出しをかけてきた。硫酸をかけられるかもしれない予防策として、つば広の帽子をかぶって、対決の場へ出かけた。小さな感情の棘が、わたしを息苦しくさせた。

その昔存在していた幸福は、大きな欠落だった。

◎初出＝「芸術生活」一九七三年七月号

【単行本未収録作品】

体験的告白論

（1）ブルーな日にはピンク映画を……

「ブルーフィルムなんて、ちっともおもしろくない。あんなの見たって、たちもしない。ピンともならないんだよ」とは、二十の男の子のことば。

「でもあなた、のぞきなんか好きだって、いったじゃない」

「それは本物だからさ、あの種の映画は、いかにも商売用って感じで、いやなんだ。おれ、映画をつくってるやつらに、自分が〝はめこまれるなよ〟って思っちゃう」

相手の期待どおりになることを、はめこまれるとは、ずいぶんポップな表現だ。

「先輩が、〝ブルー（憂鬱）な日には、ブルーフィルムを見よう〟なんていうから、見に行ったんだ。だけど、よけいブルーになっちゃった」

彼は、成人映画は見たことがないのだそうだ。「ピンク映画を見るとか、通信販売で物を買うとか、すごく興味があるんだ」あるいは、真夜中にこっそりボディビルをしたり、床屋の二階にダンス教習所があるような場所の裏に住んでいたり。これじゃ、まるで寺山修司だけど。

そのくせ、男とはおもしろいもので、彼はピンナップで毛が巧妙に消されていたりすると、ひどく腹を立てる。「またしても官憲だ！　あいつらのやり方はきたない！」とは、大げさな。

もちろん、体毛なんかどんどん見せればいいのだ。ブルーフィルムを、押し込められたような薄ぎたなさから解放するには、すべての写真を修正なしで公開することだ。

私は「性は美しい大切なもの。太陽の下で健康に」などと、性教育みたいなことはいいたくない。やっぱり、他人のからだはきたない——性は本来陰湿なものだ。それでなければ、おもしろくない。

しかし、修正するその偏狭さが気に入らないのだ。いくら何も知らないガキだって、自分に毛が生えてくればわかる。男の子たちは、教えられないのに電車で女の子の脚にさわるし下着をドロボーするし、ピンナップのあの箇所をボールペンで刺し貫くのだ。

ブルーフィルムは、まったく無害だ。ピンク映画も同じことである。それが、工場の寮に住み込んでいる頭も何もないような貧しい男の子の、ただ一つの楽しみとしたら、誰もとりあげることはできないはずだ。

それより問題なのは、そんなふうに男たちが集まる場所に出没する、ホモの痴漢のことである。

（2） 制服の下で血を流す

セーラー服映画というのがきらいである。二十歳をすぎている女優さんたちが、本物らしくないから、というわけではない。関根恵子などという十五歳の小娘が、いかにもそれらしく出てくると、かえって嫌悪を覚える。

だいたい、私は十五から二十までの人間がいやなのだ。自意識過剰が耐えられない。不潔でなまなましいのが神経にさわる。

「あんなかっこうしてて、もう毛が生えたり、血を流したりしてるんだからな」と、ある男がいった。彼はセーラー服を見ると、高校時代の強姦や、仲間七、八人とやったまわしを思い出すのだ。

輪姦はいなかに多い。都会では、同級生をまわしたりする連帯感は、しだいになくなってきているらしい。それよりも同棲がふえているという。

考えてみれば、十六くらいのガキが、隣の部屋から（あるいは目の前で）「おい、まだか。早くいっちゃえよ」などというのは、気恥ずかしい光景だ。交替で一人の女に乗ったりすれば、それでセックスが全部わかったような気がするのだろう。一人前だと思って、いきがってるにちがいない。まだ経験してないやつをバカにしたりして。

だが、それこそ自意識過剰のいやらしさだ。だいたい、まわしなんて子供のやることだということが、わからないのか。そんなふうにワルぶるくせに、「二時間目にケイコがボクを横目で見てた。愛されてるのかな」などと、まだ手も握ったことのない女生徒のことを考えて、一晩中眠れなかったりする。なぜ、そんなに自分を大げさに考えるのだろうか！

私がこのように、うらみつらみを並べるのは、おそらくその時代を、女高生らしく生きられなかったためだろう。私の同級生たちは、自分がいつか老いるのだとは考えていなかった。だが私は「人はみなひとり年老いていく」などと（小生意気にも）感じていたのだ。無邪気に騒ぐこともなかった。幻想ははじめからなかった。早くから醒めすぎていたのだ。だから、この一文は嫉妬である。自分が決して所有できない過去を持っている他人は、私を裏切っている。

　ところが最近のチビどもには、いかにも高校生らしいいやらしさがなくなってきている。彼らは早くから熱を失い、おとなになる。その現実認識と客観性には、おどろくばかりだ。彼らは「他人は冷淡だ」ということをよく知っている。いまの子供たちはあまりにクールすぎて、この時代の「不幸」を感じさせるのだ。

（3）スキンシップ

最近は、性的じゃない男がふえているそうだ。女の子と寝るよりも、友だちとして話している方が楽しいという。

男女共学の功罪かもしれない。性を意識しないでつきあってると、ベッドの中だけで神妙になれないんだそうだ。女の幻想を持たないし、第一、近ごろの女の子はおっかない。頭もいいしからだもいいし、簡単にお金をかせぐ。

彼はそれによって多少のひけ目を感じ、それが不能につながってしまうのだ。

都会に生きてる若い女の、もっとも新しいと世間から思われている職業がある。ファッションデザイナーやスタイリスト、CMガール、イラストレーターなど。その子たちはポップな飾りつけをしたマンションに住み、電話を持ち、明け方に眠って、ロックのレコードを聞いている。

その女の子たちの男というのが、見渡せばどれもこれもロウのような顔をし、やせ細って、幅広のネクタイか星やマンガのついたTシャツを着て、私にはがまんのならない連中ばかりなのだ。

「彼？　週に一回ぐらい泊まりに来るわよ。だけど、あんまりしたがらないの。こっちはイライラしちゃう。ベッドにはいってもなんとなく抱いて、お話しして、キスして、髪の毛の中へ手を入れて、お腹すいたな、なんていってユアーズへ買い物にいく。帰ってきてレコードを聞いて、またキスして、抱きあったまま眠るの」

「じゃあ、なんにもしないの?」

「ときにはすることもあるよ。ううん、童貞じゃないわよ、モチロン。別にびくびくしてるわけじゃないしさ。ただ、なんとなく抱いて、顔にさわって、キスして……」

聞いてる方もイライラしちゃう。要するに孤独な彼は、スキンシップを求めているのだ。セックスが目的じゃないんだそうだ。セックスしたいんなら、ホモの方がいい、とオソロシイことをいった男もいたわよ。私はホモが好きだけど。

「あなたとこうしてるのが、一番楽しいな。好きだよ。とても好き」なんて、気楽そうに男はいう。女の子の方は、欲求不満で頭の中は花火が打ちあがってるみたいな状態なのに。

「でも、女から口に出してはいえないしさ」とその子はしみじみ告白した。

男たちよ! いまの女の子は案外古風よ。ひっぱたかれて奪われたいのです。

◎初出=「成人映画」第六二・六三・六五号(一九七一年三月・四月・六月発行)

資料

鈴木いづみ×阿部薫略年譜

鈴木いづみ

阿部薫

1949年（0歳）

7月10日、静岡県伊東市湯川に生まれる。本名・鈴木いずみ。父・英次は読売新聞記者。戦争中はビルマで特派員として爆撃機に同乗、戦地を取材していた。著書に『あゝサムライの翼』（光人社）がある。

5月3日、神奈川県川崎市に生まれる。

1952年（2―3歳）

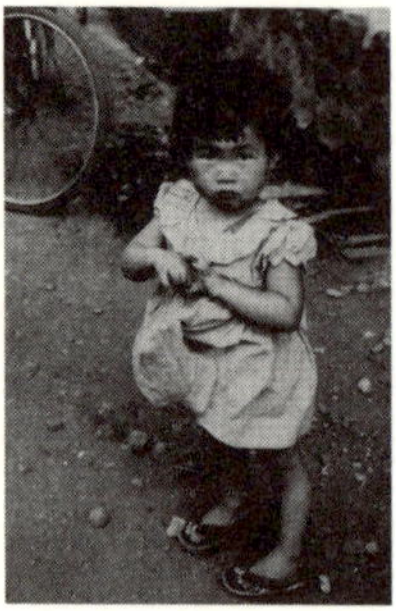

鈴木いずみ（本名）、幼少のころ。

紫斑病となり生死の境をさまよう。

1958年（8—9歳）	小学校3年のとき、50枚の童話を書く。	
1959年（9—10歳）		父のレコードから、ソニー・ローリンズなどのジャズに親しむ。
1962年（12—13歳）		中学時代より、楽器をいじりはじめる。
1965年（15—16歳）	県立伊東高校入学。文芸部に所属。1年のとき、詩集「海」に、『森は暗い』、『暁』、『少年のいたところ』、『しのび寄る時間』の詩作品を発表。「海」26号に小説『分裂』を発表。	県立橘高校入学。高校時代には、横須賀のベースで黒人たちとジャムセッションを重ね、腕を磨く。夏、友人とふたりで北海道旅行。
1967年（17—18歳）		1月24日、高校を2年で中退。新宿に西洋雑貨店「イルミネーション」を開店するが、半年ほどで閉店。この頃から本格的にアルトサックスに取り組む。パーカー、エリック・ドルフィー、コルトレーンなどを聴く。
1968年（18—19歳）	高校卒業後、伊東市役所にキーパンチャーとして勤務。地元の同人誌「伊豆文学」の同人となり、小説を発表。	川崎市南町にあったジャズスポット「オレオ」でデビュー。
1969年（19—20歳）	8月、市役所を退職、まもなく上京する。モデル、ホステスをしながらピンク映画界に入る。火石プロに4ヵ月所属。芸名・浅香なおみ。また、小説『ボニーのブルース』が第12回	初夏、芥正彦と出会う。芥率いる「劇団駒場」と行動をともにする。またこの年、沖至、豊住芳三郎、庄田次郎、吉沢元治と出会う。多摩川の六郷橋や第一京浜の安全地帯で、毎日

「小説現代」新人賞候補作品8篇のうちのひとつに選ばれる。「週刊朝日」公募の「八月十五日の日記」に『だめになっちゃう』入選（9／12号）。

数時間アルトサックスの練習にいそしむ。川崎「オレオ」や新宿「汀」などで演奏活動を行う。11月、渋谷「天井桟敷」にて『芥正彦6夜6時間即興劇』に参加、6時間アルトを吹き続ける。

1970年（20—21歳）

浅香なおみ名義で『処女の戯れ』（ミリオン・フィルム）に出演、ピンク映画主演デビュー。1月、出演した若松孝二監督『性犯罪絶叫篇・理由なき暴行』（若松プロ・葵映画）公開。続いていくつかの映画に主演・出演するほか、鈴木いづみ名義でも、和田嘉訓監督『銭ゲバ』（近代放映）に出演。また、東京12チャンネルの「ドキュメント青春」（田原総一朗ディレクター）にも主役として出演する。小説『声のない日々』が第30回「文學界」新人賞候補となり、以後、作家に転じる。「天井桟敷」の『人力飛行機ソロモン』に出演。浅香なおみとして、テレビ番組『11PM』などにカバーガールもどきのヌードを提供し、「イレブン学賞」を受賞する。

新宿「ニュージャズ・ホール」、池袋「ジャズ・ベッド」、渋谷「ステーション70」などで、数々のライヴに出演するようになる。ソロはもちろん、豊住芳三郎や山崎弘とのデュオ、「高柳昌行ニュー・ディレクション」などに参加。沖至や高木元輝とも共演。4月頃、間章との交友がはじまる。5月～8月、渋谷「ステーション70」に「高柳昌行ニュー・ディレクション」として出演。6月28日、新宿厚生年金会館にてコンサート『解体的交感』に出演。夏頃から、山下洋輔トリオにも乱入。11月、はじめてのLP『解体的交感』発売。

1971年（21—22歳）

1月3日～13日、「天井桟敷」にて『鈴木いづみ前衛劇週間』開催。鈴木いづみ作の戯曲『ある種の予感』（現代詩手帖）、『マリィは待っている』（未発表）が上演される。寺山修司監督『書を捨てよ町へ出よう』（ATG・人力飛行機舎）に鈴木いづみ名義で出演。ナンシー国際演劇祭に参加す

5月28日、新宿「ニュージャズ・ホール」閉鎖のため最後の合同大演奏を行う。この頃、吉沢元治（b）、藤井恒彦（ds）とともに「阿部薫トリオ」を結成。全国楽旅を開始。8月14・15日、三里塚における『日本幻野祭』に出演。以降、地方出演も多くなっていく。関西テレビ『ナイトup』に「阿部

1971年頃、新宿の風月堂にて。　写真／南達雄

	る「天井桟敷」に同行し、パリ、アムステルダムなどに滞在。中原まゆみのシングル『テイク・テン／もうなにもかも』（ビクター）を作詞。荒木経惟撮影の写真集が出版社の自主規制により発売中止となる。	かおるトリオ」で出演。
1972年（22―23歳）	「小説クラブ」、「現代の眼」、「週刊小説」などに短編小説を精力的に発表するかたわら、「東京スポーツ」や「映画芸術」、「漫画アクション」などに多彩なエッセイを発表。	渋谷「プルチネラ」、新宿「ピット・イン・ティールーム」などに出演。
1973年（23―24歳）	阿部薫と出会い、婚約。「太陽」で演劇評の連載開始。はじめての単行本『あたしは天使じゃない』（ブロンズ社）刊行。	芥正彦との共同企画で『彗星パルティータ』録音。6月、福島「パスタン」に初出演。夏、鈴木いづみと出会い、婚約。
1974年（24―25歳）	同居中の阿部薫と口論になり、2月9日早朝、左足小指を切断され、ハプニングとして報じられる。	3月11・15日、福島「パスタン」に吉沢元治とのデュオで出演。
1975年（25―26歳）	初のSF小説『魔女見習い』を「SFマガジン」11月号に発表。以後、同誌で25篇のSF小説を発表することになった。	9月、新大久保「ダダ」に出演開始。10月18日、青山タワーホールにてソロ・コンサート『なしくずしの死』開催。
1976年（26―27歳）	4月、長女あづさ出産。	4月、長女あづさ誕生。福島「パスタン」、新宿「東東」、新大久保「ダダ」、明大前「キッド・アイラック・ホール」などの出演が相次ぐ。

1977年（27—28歳）

阿部薫と離婚するが、その後も同居を続ける。「面白半分」、「奇想天外」、「ポエム」などに執筆。

7月28日、ミルフォード・グレイヴス『メディテイション・アマング・アス』のレコーディングに参加。9月30日、初台「騒《がや》」に出演。鈴木いづみと離婚。

1978年（28—29歳）

「ウイークエンド・スーパー」にて『いづみの映画私史』連載開始。初のSF短篇集『女と女の世の中』（ハヤカワ文庫）、生前に刊行された最後のエッセイ集『いつだってティータイム』（白夜書房）刊行。

初台「騒」でのソロやデュオでの出演を中心に、都内各所や神奈川県秦野市、北海道各地で演奏を行う。4月19日、デレク・ベイリー『デュオ&トリオ・インプロヴィゼイション』のレコーディングに参加。9月9日、ブロバリン過剰摂取による急性胃穿孔のため死去。享年29歳。

1979年（29—30歳）

「カイエ」1月号に「阿部薫のこと……」発表。あがた森魚による阿部薫追悼LP『アカシアの雨がやむとき　亡きAに捧げるタンゴ・アカシアーノ』にライナーノーツ執筆。

1980年（30—31歳）

「ウイークエンド・スーパー」にて『鈴木いづみの無差別インタヴュー』連載開始。ビートたけし、坂本龍一、大滝詠一、近田春夫、所ジョージ、岸田秀、亀和田武、エディ藩、ザ・ジャガーズなどにインタヴュー。

1986年（36歳）

2月17日、自宅の二段ベッドにパンティストッキングを使って首つり自殺。享年36歳。

鈴木いづみ×阿部薫書誌

文／本城美音子

※とくに著者の表記がない場合は、鈴木いづみの著作です。

あたしは天使じゃない

ブロンズ社　1973年（絶版）

1971年から72年にかけて発表された小説を中心とした短編集。パリが舞台の「いとしのリュシール」「ペリカンホテル」など計9作品を収録。登場する女たちは、身ひとつで「どこか」へ飛び込み、「何か」を探す少女時代を経て、「どこへも行けないし、どこへ行ったとしても同じことだ」という境地に至る。ニュアンスを変えて何度もくり返される「愛していない」という言葉が、不思議な残響をもたらす。

愛するあなた

現代評論社　1973年（絶版）

「東京スポーツ」の連載や書き下ろしを含むエッセイ集。少女時代の回想や天井桟敷フランス公演に同行した際のエピソードなどを書いた「……みたいなの」のほか、ウーマンリブ団体「中ピ連」の活動をとりあげた「なんたるシリアス路線！」などを収録。文中には手書きのイラストが添えられており、マリリン・モンローらしき「ハリウッド女優」から「太りすぎて家から脱出できない人」といったユーモラスなものも。

残酷メルヘン

青娥書房　1975年（絶版）

長編小説。多くの弟妹に囲まれて育ったヒロイン・さつきは、愛らしい弟と次々に情夫を変える美しい母の元を出て結婚。やがて、さつきは夫の束縛から逃れ、恋人とともに旅立つ。逃避行の間に弟は大人になり、母は年老いていく。幻の弟に似た〈彼〉と語らいながら、どこかにあるはずの愛を探して孤児のようにさすらうさつきの姿を、現実と夢想が入り乱れる幻想的なタッチで描く。

女と女の世の中

ハヤカワ文庫　1978年（絶版）

「SFマガジン」に発表した小説を中心にまとめたSF短編集。男がほとんど生まれなくなった近未来の世界を舞台に、少女のつかの間の恋と冒険を描いた表題作のほか、耳が伸び始めた男を主人公にしたどこかユーモラスな「悲しきカンガルー」など、テイストの異なる9作品を収録。いずれも、ノスタルジックな雰囲気を漂わせた異色の物語となっている。鈴木いづみをSFマガジンに紹介した眉村卓が解説を担当。

いつだってティータイム

白夜書房　1978年（絶版）

「速度が問題なのだ。人生の絶対量は、はじめから決まっているという気がする。細く長くか太く短くか、（中略）どのくらいのはやさで生きるか?」という冒頭の一文が有名なエッセイ集。74年から77年にかけて発表されたエッセイに書下ろしを加えたもの。「指切り事件」への言及や、夫・阿部薫について書いた章もある。生前に発行された最後のエッセイ集でもあり、「ありがとう。さようなら。」で結ばれたあとがきも印象深い。

感触《タッチ》

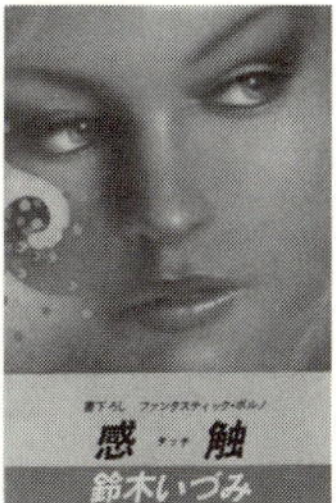

廣済堂出版　1980年（絶版）

ヒロイン・真代を中心に若者たちを描いた長編小説。発表当時、複数の雑誌がこの本を取り上げ、中でも若者向け男性ファッション誌「ポパイ」は「駄作」と評した。これに対し、鈴木いづみはエッセイで「大わらいしちゃった！」と返している。「いくら相手をとっかえひっかえしても、禁欲的な女の子だっている、ってことを、わたしは書いたの。抱きあうたびに、絶望が深くなるような、神経症的関係を」というのが本人の言葉。

恋のサイケデリック！

ハヤカワ文庫　1982年（絶版）

「敬愛するミュージシャン　近田春夫さんへ」という献辞のあるSF短編集。この献辞は、近田が提唱した「明るい絶望感」を織り込んだ作品だったことに由来する。第1部は「なんと、恋のサイケデリック！」などの「明かるい篇」、第2部は「夜のピクニック」などの「暗い篇」の2部構成となっており、計6作品を収録。近未来を舞台にGSが流れるといった不思議な世界が創り出されている。解説は亀和田武。

ハートに火をつけて！　だれが消す

三一書房　1983年（絶版）

生前に発行された最後の本。作者と同名のヒロインの一人称で、その青春の輝きと喪失を描いた長編小説だ。鈴木いづみが作品で何度も取り上げてきた人物やエピソードの集大成でもあり、青春の象徴であるGSの美少年・ジョエルや、ヒロインのすべてを飲み干そうとする宿命の男ともいうべきアルトサックス奏者・ジュンなどが登場。時代を駆け抜けたヒロインの軌跡が、痛みを伴う美しい物語に昇華されている。

私小説

荒木経惟＋鈴木いづみ

白夜書房　1986年（絶版）

鈴木いづみの没後、その追悼として刊行された写真集。70年頃に撮影された写真は、大胆なヌードや、いづみが当時付き合っていた男性との絡み、相手役の男優を公募して行われた旅行風景、ラーメン屋での写真展の様子など、時代の風を感じさせるバリエーション豊かなもの。鈴木いづみの短編小説「声のない日々」、戯曲

「ある種の予感」などのほか、いづみの思い出を語った見城徹らのエッセイ、荒木経惟のインタビューも収録。

阿部薫覚書（1949－1978）

阿部薫覚書編纂委員会編

浅川マキ、近藤等則、山口修、吉沢元治、副島輝人、庄田次郎、芥正彦、井上敬三、奈良真理子、小野好恵ほか
ランダムスケッチ　1989年（絶版）

ディスク・ユニオン（DIW Records）から発売された阿部薫のCD『ラストデイト』の発売記念として発行された評伝。生前に出演していたジャズスポットの店主や、共演したミュージシャンといった関係者が、それぞれの阿部薫を語っている。即興にこだわったひとりのジャズマンを、紙の上に残そうという異色の試みである。その肖像は、数々の「伝説」に満ち、それでいてどこか愛すべき悪童めいている。

声のない日々　鈴木いづみ短編集

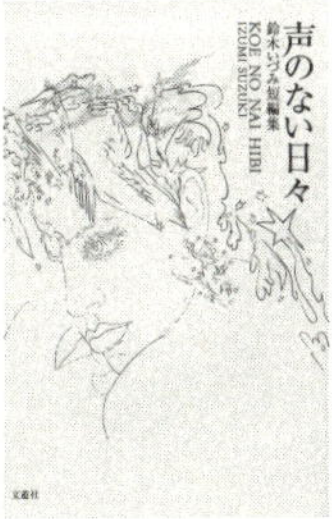

文遊社　1993年（絶版）

鈴木いづみの死後、その著作は長らく絶版となっており、「鈴木いづみコレクション」が刊行されるまでの3年間、手に入る本はこの1冊だけだった。短編小説「なつ子」は、自分の眼球に針を刺そうとする男を眺めているヒロインを乾いた筆致で描いた冒頭から始まり、忘れられない印象を残す秀作。「文學界」新人賞候補となった表題作のほか、SF「女と女の世の中」、エッセイ「苦力《クーリー》の娘」など計8作品を収録。

鈴木いづみ　1949－1986

あがた森魚、芥正彦、荒木経惟、石井健太郎、石堂淑朗、五木寛之、内田栄一、岳真也、筧悟、金子いづみ、加部正義、亀和田武、騒恵美子、川又千秋、川本三郎、見城徹、高信太郎、小中陽太郎、末井昭、鈴木あづさ、田家正子、高橋由美子、田口トモロヲ、竹永茂生、田中小実昌、近田春夫、長尾達夫、中島梓、萩原朔美、東由多加、日向あき子、堀晃、巻上公一、眉村卓、三上寛、村上護、矢崎泰久、山下洋輔
文遊社　1994年

関係者や遺族による評伝。さまざまな人がそれぞれの立場から鈴木いづみを語っており、それを通読する事で不在のはずの「いづみ」が鮮やかに立ち上がってくる。単行本の解説や、「私小説」に掲載された荒木経惟のインタビューなども収録。年譜や書誌といった資料のほか、写

真も多数掲載されており、作家であり女優であった鈴木いづみの足跡を辿る資料となっている。カバーと口絵写真は荒木経惟が撮影。

阿部薫 1949-1978

相倉久人、間章、青木和富、芥正彦、明田川荘之、浅川マキ、雨宮拓、阿部薫、阿部正一、五木寛之、五海裕治、稲岡邦弥、井上敬三、今井正弘、宇梶晶二、梅津和時、大木雄高、大島彰、大友良英、大野真二、沖楯男、小野好恵、金沢史郎、騒恵美子、川崎克己、小杉武久、小杉俊樹、近藤等則、今野勉、坂田明、坂本龍一、坂本喜久代、坂本マチ子、清水俊彦、庄田次郎、菅原昭二、杉田誠一、鈴木恒一郎、須藤力、副島輝人、立松和平、友部正人、長尾達夫、中上健次、中村和夫、中村達也、中村陽子、奈良真理子、灰野敬二、原寮、PANTA、平岡正明、藤脇邦夫、本多俊之、松坂敏子、三上寛、村上護、村上龍、森順治、柳川芳命、山川健一、山口修、山崎弘、山下洋輔、吉沢元治、若松孝二

文遊社 1994年（絶版・増補改訂版として再発行）

ランダムスケッチ版『阿部薫覚書』を増補・再編集して刊行。

鈴木いづみコレクション1 長編小説

ハートに火をつけて！ だれが消す

文遊社 1996年

ショッキングピンクの表紙と荒木経惟が撮影したヌード写真が目を引く「鈴木いづみコレクション」の第1巻。1983年に発行された同名小説を完全収録。幻想を追って青春を駆けたヒロインの姿がエネルギッシュで痛々しい。目の前にないものを求めるなら人は遠くに行くしかない。そして、絶望はつねに希望が死に絶えることから生まれてくる。光が強ければ強いほど、影は濃くなるのだ。解説は戸川純。

鈴木いづみコレクション3 SF集I

恋のサイケデリック！

文遊社 1996年

1982年に発行された同名の短編集を完全収録。時空移動や未来世界といったSFらしい舞台を選びつつ、風俗は60年代的。そして、目の前のものが突然あっけなく崩れ去るような不安定さを感じさせる。別のエッセイで鈴木いづみは「世界をどのように認識するか、がSFである。宇宙船がでてくればSFになる、というわけじゃない」と書いているが、この本はまさにそれを具現している。解説は大森望。

鈴木いづみコレクション5　エッセイ集Ⅰ

いつだってティータイム

文遊社　1996年

1978年に発行された同名のエッセイ集を完全収録。「ふしぎな風景」には、阿部薫との日々や自分自身の心境が綴られている。穏やかな筆致で描かれる阿部との闘争は、その静かさでかえって凄みを増し、痛々しいほどの喪失感を感じさせる。最後は「わたしは、幻想をもつことすらできない。では、疲れきってしまったときは、どうしたらいいのだろう」と結ばれている。解説は松浦理英子。

…………………………………………

鈴木いづみコレクション4　SF集Ⅱ

女と女の世の中

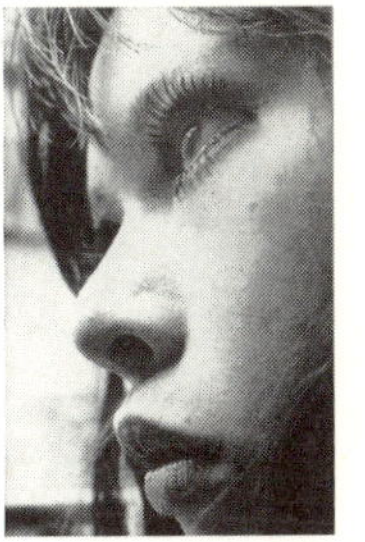

文遊社　1997年

表題作のほか、異星人との恋に星同士の謀略を絡めて描いた「わすれる」、生命の移植という新技術にまつわる夫婦の物語「アイは死を越えない」など計7作品を収録。いずれも主軸は主人公自身にあり、その意味ではSFという枠組みに留まらない。絶望の透明さを描くために、あるいは残酷な夫との決別を願う妻の究極の選択を描くために、鈴木いづみはSFという舞台装置を必要としたのだろう。解説は小谷真理。

…………………………………………

鈴木いづみコレクション2　短編小説集

あたしは天使じゃない

文遊社　1997年

「文學界」新人賞候補となった「声のない日々」など計9作品を収録。ショッキングなほど無慈悲で暴力的な若者風俗を、停滞した気分を漂わせた醒めた筆致で描き出した未完の作品「郷愁の60年代グラフィティ　勝手にしやがれ!」も収録している。地元の同人誌「伊豆文学」に発表した処女作「夜の終わりに」は、少女期特有の不安定さをみごとにとらえた初期の代表作。解説は伊佐山ひろ子。

…………………………………………

鈴木いづみコレクション7　エッセイ集Ⅲ

いづみの映画私史

文遊社　1997年

雑誌「ウイークエンド・スーパー」に連載していた「いづみの映画私史」に、映画エッセイを加えたもの。内容は単なる映画評に留まらず、

映画を語りながら人生観にまで言及する、という特有のスタイルをとっている。阿部薫について書かれた「死んだ男がのこしたものは」も収録。阿部の最期の様子から、葬儀、死後のテープ・コンサートの話などが書かれている。解説は、私・本城美音子が書きました。

鈴木いづみコレクション6　エッセイ集Ⅱ

愛するあなた

文遊社　1997年

1969年から80年までに書かれたさまざまなエッセイを集めたエッセイ集。「週刊朝日」公募の「八月十五日の日記」に入選した「だめになっちゃう…」や、身辺のことを小説風のタッチで丁寧に描いた「普通小説」シリーズなどを収録。「夫婦とは、おもしろいものだ、とおもっている」で始まる「どぎつい男が好き！」は、自身の男性遍歴や阿部薫との結婚・離婚について書かれたもの。解説は青山由来。

鈴木いづみコレクション8　対談集

男のヒットパレード

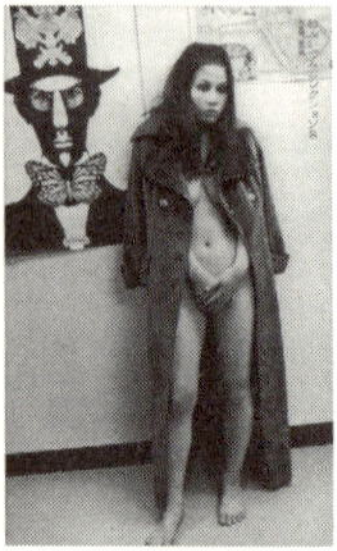

文遊社　1998年

ビートたけしや坂本龍一ら著名人が登場する対談やインタビュー、友人・金子いづみへの書簡、詩や戯曲、書評などのほか、ピンク女優時代のスチール写真や、年表、書誌を掲載。阿部薫との出会いやその演奏について書いたエッセイ「阿部薫のこと……」も収められている。ほか、いづみの高校文芸部の顧問だった佐藤眞一と、いづみの遺児である鈴木あづさもエッセイを寄せている。解説は吉澤芳高。

いづみの残酷メルヘン

文遊社　1999年

1975年に発行された『残酷メルヘン』に、「東京巡礼歌」を加えたもの。「東京巡礼歌」は、閉鎖されたコミューンのように暮らすヒロインと2人の男の絡まり合った関係を、突き放して描いた作品。ありふれた性行為は何ももたらさず、妊娠したヒロインは結婚をひとつの別れの形かもしれない、と考える。「残酷メルヘン」とあわせ読むと、古典メルヘンのような寓話的かつ残酷な空気がより明確に感じられる。

タッチ

文遊社　1999年

1980年に発行された『感触《タッチ》』を改題。ヒロイン・真代は、熱意と強引さで迫る潤一を捨て、自分に何の感情も持っていない年下の章に惹かれる。自分の肉体を「たまたま所有した物質」と考え、男たちの間を流れていく真代の姿は、明けない夜の中をさすらい続けたいと願う少女そのもの。終幕の「いつまでも遊んでいたいな」という呟きが切ないのは、それができないだろうとわかってしまうからだ。

いづみ語録

鈴木あづさ＋文遊社編集部

文遊社　2001年

小説やエッセイなどの中から「名言」を集めた語録。物語から切り取られてもまだ屹立していられる言葉の強さに、思わず感嘆してしまう。よい言い方ではないが、「若死にする人の言葉だ」という感想を持った。鈴木いづみの遺児であるあづさが編集に携わり、あとがきも彼女が執筆。荒木経惟が撮影した写真のほか、荒木経惟・末井昭・鈴木あづさの鼎談、町田康・鈴木あづさの対談も収録。

阿部薫　1949-1978　増補改訂版

相倉久人、間章、青木和富、芥正彦、明田川荘之、浅川マキ、雨宮拓、阿部薫、阿部正一、阿部真郎、五木寛之、五海裕治、稲岡邦弥、井上敬三、今井正弘、宇梶晶二、梅津和時、大木雄高、大島彰、大友良英、大野真二、沖楯男、小野好恵、金沢史郎、騒恵美子、川崎克己、小杉武久、小杉俊樹、近藤等則、今野勉、坂田明、坂本龍一、坂本喜久代、坂本マチ子、清水俊彦、庄田次郎、菅原昭二、杉田誠一、鈴木恒一郎、須藤力、副島輝人、立松和平、友部正人、長尾達夫、中上健次、中村和夫、中村達也、中村陽子、奈良真理子、灰野敬二、原寮、PANTA、平岡正明、藤脇邦夫、本多俊之、松坂敏子、三上寛、村上護、村上龍、森順治、柳川芳命、山川健一、山口修、山崎弘、山下洋輔、吉沢元治、若松孝二、編集部

文遊社　2002年

『阿部薫覚書1949-1978』を増補・再編集した『阿部薫1949-1978』（1994年）に、その後

発掘された阿部薫のインタビューなどを加えた評伝。評論家らによるジャズ評のほか、ジャズスポットの店主や共演者といった関係者や遺族が阿部を語っている。村上龍や山下洋輔らによるLPのライナーノーツ、最新情報を加えたディスコグラフィー、出演記録などの年譜や書誌も収録。阿部の軌跡を辿る資料のまさに「決定版」となっている。

IZUMI, this bad girl.

荒木経惟＋鈴木いづみ

文遊社　2002年

『私小説』（1986年）に掲載された写真を中心に再構成した、荒木経惟による写真集。荒木特有のセンチメンタルで優しい眼差しが、若き日の鈴木いづみを切り取っている。他人から期待される「いづみ像」を演じるけばけばしい姿や、過激で過剰な肉体を見せ付けるヌード、愛らしく笑う顔が、感情的で力強いドキュメンタリーとなっている。荒木のコメントのほか、荒木について書かれたいづみのエッセイ、鈴木あづさのエッセイも収録。

鈴木いづみセカンド・コレクション2　SF集

ぜったい退屈

文遊社　2004年

「鈴木いづみコレクション」に収録されなかった作品を集めた「セカンド・コレクション」。このシリーズは、黄色の表紙で石黒健治の写真が使われている。本書は「SFマガジン」などSF誌各誌に発表されたものを集めたSF短編集。表題作のほか、辺境の惑星を探索する一行を描いた「朝日のようにさわやかに」や、「わすれた」の続編である「わすれない」など計6作品を収録。解説は岡崎京子。

鈴木いづみセカンド・コレクション1　短編小説集

ペリカンホテル

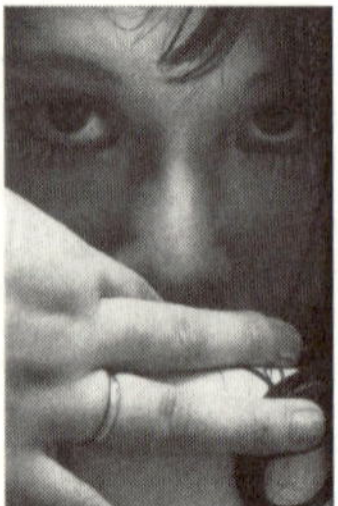

文遊社　2004年

鈴木いづみ作品の常連であるGSの美少年・ジョエルが登場する「本牧ブルース」など計7作品を収録。表題作の「ペリカンホテル」は、婚約者を追ってパリを訪れた26歳の佑子を主人公に、異国での彷徨と、青春の幻影が崩れ去るさまが描かれている。巻頭の2作品「もうなにもかも」「さよならベイビー」は、失われた「誰か」への慕情を描き、「残酷メルヘン」にも通じる短編。解説は高橋源一郎。

鈴木いづみセカンド・コレクション3　エッセイ集Ⅰ

恋愛嘘ごっこ

文遊社　2004年

『愛するあなた』（1973年）に収録されたものを中心としたエッセイ集。鈴木いづみの悪癖として名高い長電話について書かれた「火星における一共和国の可能性」のほか、男女論や人生観、自叙伝風のものなど内容は多岐にわたる。当時の若者たちについて書かれた、いわば「当世」若者論ともいうべきものは、現在でも違和感のない先見的な鋭さをもっている。文中のイラストも本人によるもの。解説は町田康。

鈴木いづみセカンド・コレクション4　エッセイ集Ⅱ

ギンギン

文遊社　2004年

エッセイや対談、石黒健治と石山貴美子による肖像写真などを収録。巻頭のエッセイ「夫との存在を賭けた闘いの中で、他人を知り自分を知る」は、標題通り阿部薫との結婚生活について書いたもの。傷つけ合い求め合った長い闘争の果てに「自分が再構築された」と書いており、それは始まりであり終わりであった、と述べている。何故なら「彼は死んでしまったのだから」。……これ以上の残酷な結末があるだろうか。解説は田中小実昌。

鈴木いづみプレミアム・コレクション

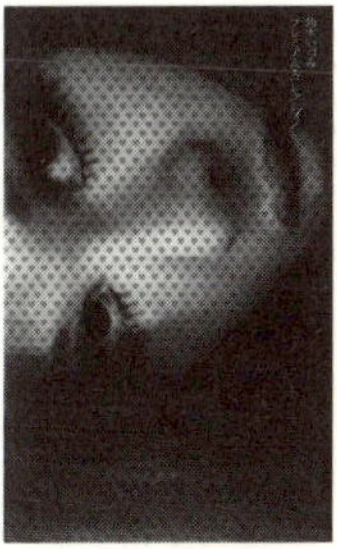

文遊社　2006年

「女と女の世の中」「夜のピクニック」「ペパーミント・ラブ・ストーリィ」などの短編SF6作品と、「いつだってティータイム」「ふしぎな風景」などの傑作エッセイに、コレクション未収録だった「あまいお話」を加えたもの。「あまいお話」は、SFマガジンに発表された異星人との恋を描いた短編。書誌や年譜も収録されており、鈴木いづみ入門として手に取りやすい一冊。解説は高橋源一郎。

阿部薫ディスコグラフィ

文／大野真二

1970年3月、新宿／TRIO

◎演奏＝阿部薫（alto saxophone, 尺八 with reed）、千田けいいち（piano）、新田かずのり（drums）
◎発売＝CD／1995／PSF Records PSFD-56
◎録音＝1970年3月15日　新宿「ニュージャズ・ホール」

当時の日本のフリージャズの拠点であった新宿ピット・インの2階にあったニュージャズ・ホールでの演奏を収録したライブ盤で、現時点では最も初期の阿部の演奏を聴くことができる。まだ独自のスタイルは確立されていないが、伸びやかでストレートなトーンが印象的だ。早くも得意の「チム・チム・チェリー」が聴けるのも貴重だ。なお、ジャケットに共演がベースとドラムとあるが、ピアノとドラムが正しい。

解体的交感／ニュー・ディレクション

◎演奏＝ニュー・ディレクション：高柳昌行（guitar）、阿部薫（alto saxophone, bass clarinet, harmonica）
◎発売＝LP／1970／SOUND CREATORS INC. SCI-10101
CD／1999／DIW Records DIW-414（限定版）
CD／2000／DIW Records DIW-415（標準盤）
◎録音＝1970年6月28日　厚生年金会館小ホール

高柳昌行がニュー・ディレクションのメンバーを全く入れ替えて阿部と組んだ記念碑的なコンサートのライブ盤で、第2部の全演奏が収録されている。途中、阿部のハーモニカ・ソロが少

※文中敬略

し入る以外は、二人の爆発的なインプロビゼーションが全編にわたって繰り広げられている。ここでは当時の時代の最先端をいく演奏が聴けるが、特に後半がより変化に富んでいてスリリングだ。

集団投射

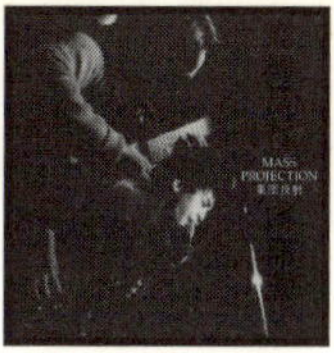

◎演奏＝阿部薫（alto saxophone, 尺八with reed）、高柳昌行（guitar）
◎発売＝CD／2001／DIW Records DIW-424
◎録音＝1970年7月9日　渋谷「ステーション70」

高柳・阿部のユニットが当時出演していた渋谷のステーション70でのライブ盤の1枚目で、1セット目と3セット目でのマス・プロジェクション（集団投射）が収められている。「解体的交感」以上にフォルテシモの連続で、こんな演奏がライブハウスで響いていたとは今から思うと信じられない気もするが、誠に貴重な演奏である。1セット目の途中で「七つの子」が、3セット目の終わり近くでサックスのリードを付けた尺八のソロが聴ける。

漸次投射

◎演奏＝阿部薫（alto saxophone, bass clarinet, harmonica, 尺八with reed）、高柳昌行（guitar）
◎発売＝CD／2001／DIW Records DIW-425
◎録音＝1970年7月9日　渋谷「ステーション70」

「集団投射」と同日のライブ盤で、2セット目のグラジュアリー・プロジェクション（漸次投射）の全1曲が納められている。ここでは阿部の極めてメロディックな演奏が堪能できるが、特にアルト・サックスによる、得意の「花嫁人形」を溶かし込んだメロディとサウンドの美しさは筆舌に尽くしがたい。デュオとはいえここでの主導権は完全に阿部が握っていると思われる。「集団投射」と併せて演奏順に聴くことを勧めたい。

Jazz Bed

◎演奏＝阿部薫（alto saxophone, bass clarinet, 尺八with reed）、山崎弘（drums）
◎発売＝CD／1995／PSF Records PSFD-67
◎録音＝1971年1月24日　池袋「Jazz Bed」

高柳・阿部のユニットにいつからか、ドラムの山崎弘が加わったが、ここではその山崎弘との池袋のジャズ喫茶「Jazz Bed」でのライブ演奏が聴ける。阿部はあまりにも個性的であるので、共演するのはなかなか難しいようにも思えるが、サウンド的にはドラムとの共演が合っているようだ。後期には豊住芳三郎と長く共演するようになるが、ここでの山崎弘との共演も成功している。

幻野　'71日本幻野祭・三里塚で祭れ

◎演奏＝高木元輝トリオ：高木元輝（tenor saxophone）、米川進一（drums）、原寮（piano）、阿部薫（alto saxophone）
◎発売＝LP／1971／URC Records　GNS-1001-2
［制作］テレビマンユニオン
CD／2003／HAYABUSA LANDINGS
FLPC-005/006
◎録音＝1971年8月14日　成田市三里塚

1971年にレコードが発売されたとき、ライナーノーツを読んで阿部薫のソロ演奏のテープが紛失して残っていないことを知り残念に思ったが、実は高木元輝トリオに加わって演奏していたことをあとになって知った。CD化された際に確かめたら、まさに阿部の音だった。思いっきり吹きまくっていて痛快なソロだが、阿部のソロの後はテープが編集されているようだ。ソロのテープが残っていたら、さらにすごい演奏が聴けたのに。2003年版は、DVDとセットで発売。

アカシアの雨がやむとき

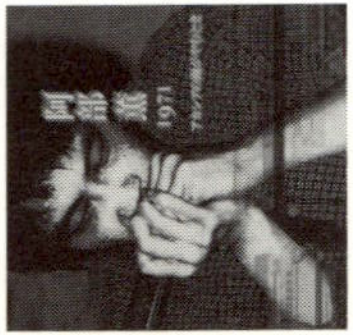

◎演奏＝阿部薫（alto saxophone, bass clarinet, harmonica）、佐藤康和（percussion）
◎発売＝CD／1997／TOKUMA JAPAN COMMUNICATIONS Wax Records TKCA-71098
CD／2003／PJL MTCJ-5505
◎録音＝1971年10月31日　東北大学

阿部薫の演奏を初めて聴いたのは1971年4月の仙台であったが、その半年後の東北大学の学園祭でのパーカッションの佐藤康和とのスリリングなデュオ演奏を収めた作品。「アカシアの雨がやむとき」、「チム・チム・チェリー」、「暗い日曜日」、「ラバー・カムバック・トゥ・ミー」等、阿部の生涯のフェイバリット・チューンが全て聴けるのも豪勢だ。このアルバムと同時に発売された「風に吹かれて」、「暗い日曜日」と同じく、今は亡き小野好恵によるプロデュース作品。

恋人よ我に帰れ pt. II

◎演奏＝阿部薫（alto saxophone）、佐藤康和（percussion）
◎発売＝CD／1997／TOKUMA JAPAN COMMUNICATIONS Wax Records PSCD-1016
◎録音＝1971年10月31日　東北大学

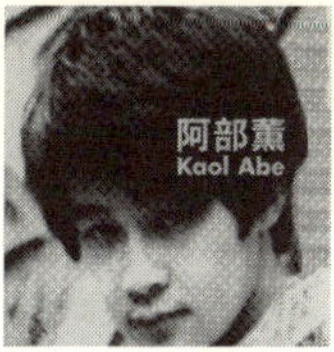

「アカシアの雨がやむとき」、「風に吹かれて」、「暗い日曜日」の3枚のアルバムは同時に発売されたが、3枚を同時に購入するともらえる特典シングルCD。収録時間の制限から収めきれなかった「アカシア雨がやむとき」の3曲目の残りの部分が聴ける。

風に吹かれて

◎演奏＝阿部薫 (alto saxophone, bass clarinet)
◎発売＝CD／1997／TOKUMA JAPAN COMMUNICATIONS Wax Records TKCA-71097
CD／2003／PJL MTCJ-5513
◎録音＝1971年12月4日　秋田大学

1971年12月に東北地方でいくつかのライブを行なったが、このアルバムは、阿部真郎が企画した秋田大学ジャズ研究会でのソロ演奏を収めたもの。ここでは「風に吹かれて」を含む2曲のバスクラによる演奏が素晴らしい。

暗い日曜日

◎演奏＝阿部薫 (alto saxophone, bass clarinet)
◎発売＝CD／1997／TOKUMA JAPAN COMMUNICATIONS Wax Records TKCA-71096
CD／2003／PJL MTCJ-5514
◎録音＝1971年12月6日　一関「ベイシー」
1971年12月4日　秋田大学

「風に吹かれて」の数日後に一関「ベイシー」でのソロ演奏を収めたもの。この時のエピソードはライナーノーツに詳しく記されているので参照して欲しいが、ラストの「暗い日曜日」を筆頭に、完璧なソロ・パーフォーマンスが聴ける。ただし、肝腎の「暗い日曜日」は「風に吹かれて」と同じく秋田大学での演奏であったことが発売直前に判明した。

またの日の夢物語

◎演奏＝阿部薫 (alto saxophone, bass clarinet)
◎発売＝CD／1994／PSF Records PSFD-40
◎録音＝1972年1月21日　新宿「PIT INN TEA ROOM」

阿部薫が高柳昌行と袂をわかち、ソロ演奏中心に移っていった1971年から72年が演奏のピークを迎えていたことは異論がないと思うが、ここでは71年月の新宿 PIT INN TEA ROOM でのソロ演奏が収められている。この後、数枚がリリースされるが、石谷仁の録音の良さも相まって、このソロ演奏はサウンドの美しさ、疾走していくフレージング等、すべてが完璧な演奏だ。

WINTER 1972

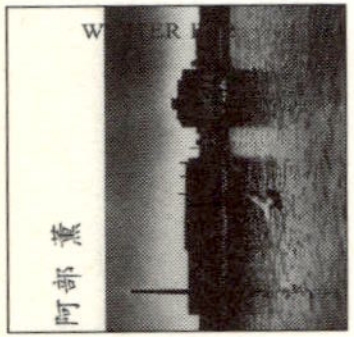

◎演奏＝阿部薫（alto saxophone）
◎発売＝LP／1974以前／SOUND WORKS INC. MN-3039
カセットテープ／SOUND WORKS INC. MN-3039
CD／2004／PSF Records PSFD-158
◎録音＝1972年冬

当初は関西地域で海賊版で発売され、一時は数万円の価格で取引されていた幻のレコードだったが、近年になってCD化（ただし音源はレコード）された。大阪地区での演奏のようだが、内容は「花嫁人形」をベースにしたアルト・サックスによるインプロビゼーションが繰り広げられていて、当日の好調振りがうかがえる。レコードでは冒頭に入っていた赤ん坊の泣き声が、CDでは省略されている。

光輝く忍耐

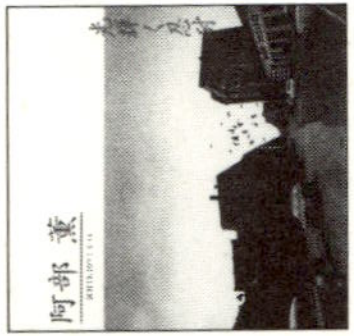

◎演奏＝阿部薫（alto saxophone）
◎発売＝CD／1994／PSF Records PSFD-46
◎録音＝1972年4月11日　渋谷「プルチネラ」

新宿 PIT INN TEA ROOM と共に当時の演奏拠点であった渋谷の「プルチネラ」でのライブ録音。全曲がアルト・サックスによる演奏だが、実際に現場で聴いた際の印象は2セット目のスピード感溢れる演奏が特に印象的だった。「またの日の夢物語」と同様に石谷仁の録音により阿部のアルト・サックスのサウンドの美しさが見事に収められている。

木曜日の夜

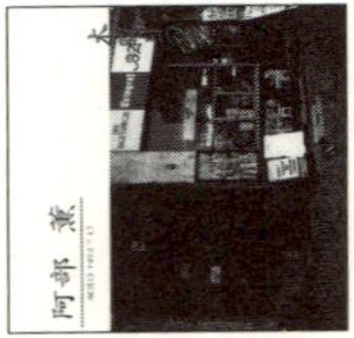

◎演奏＝阿部薫（alto saxophone）
◎発売＝CD／1995／PSF Records PSFD-66
◎録音＝1972年7月13日　渋谷「プルチネラ」

「光り輝く忍耐」同様、渋谷の「プルチネラ」でのライブ録音。個人的には阿部の最も優れた演奏が収められていると思う。実際に現場で聴いた際に、2曲目の超スピード演奏が終わっても、身体の震えがなかなか止まらなかったことを記憶している。そして圧巻は3曲目であり、「アカシアの雨がやむとき」を中心としたメロディーの奔流は、まさしく楽器と演奏者が一体となった稀有の演奏だ。3曲目の冒頭は少し演奏して中断するが、これはリードを変えていたため。

・・・・・・・・・・・・・・・・・・・・・・・・・・・・・・・

彗星パルティータ

◎演奏＝阿部薫（alto saxophone）
◎発売＝LP／1981／TRIO NADJA PA-6137/38
CD／1989／Art Union ART-CD-25/26
CD／1999／Art Union ART-CD-41/42
CD／1999／VIVID SOUND CORPORATION
VSCD-3050/3051
CD／2007／Clink Recordings CRCD-5012
◎録音＝1973年3〜4月　四谷「ACT105」

阿部薫の作品は数枚のレコードを除いてほとんどがCDであるが、この「彗星パルティータ」は数少ないレコードのひとつ（のちにCD化）。阿部の頂点の演奏は73年頃までは聴けると思うが、ここでは比較的長いアルト・サックスによるソロ演奏が4曲収められている。最後にピアノとボーカルによる「サンライズ、サンセット」が短く入っているが演奏者は不明。その途中から短い阿部のソロが入ってくるが、おそらく別々に録音されたものをつなげたものだろう。

・・・・・・・・・・・・・・・・・・・・・・・・・・・・・・・

阿部薫

Passe-Temps's Disk　№6、8〜18

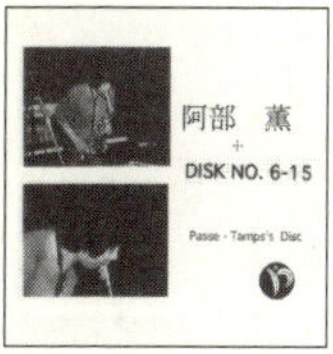

◎演奏＝阿部薫（alto saxophoneほか）、吉沢元治（bass）
◎発売＝CD／1998／Passe-Temps
◎録音＝1974年3月〜77年11月　福島「パスタン」

阿部が晩年によく演奏していた福島のジャズ喫茶「パスタン」での1974年から77年にかけての演奏を12枚のCDにした作品。アルト・サックスの他にソプラニーノ、ハーモニカ、ギター等を演奏しているが、一部にエコーマシーンも使用していて、何か実験的な感じもする。全曲を聴いているわけではないのでこれ以上のコメントは差し控えたいが、№6の1974年3月11日の吉沢元治（ベース）とのデュオは白眉だ。当日、ふたりの体調は非常に悪く、この演奏1曲を行なってすぐふたりとも入院したとかいう話をパスタンのママの松坂敏子さんからお聞きしたことがある。なお、№7は、吉沢元治のベースソロ音源。

・・・・・・・・・・・・・・・・・・・・・・・・・・・・・・・

MORT À CRÉDIT　なしくずしの死

◎演奏＝阿部薫（alto saxophone）
◎発売＝LP／1976／Kojima Recordings INC. ALM-8/9
CD／1980／ALM RECORDS ALCD-8,9

◎録音＝1975年10月16日　入間市民会館
　1975年10月18日　青山タワーホール

1974年の初めから翌年の8月頃まで演奏を中断していた阿部は、間章との再会を契機に9月には吉沢元治のソロ・コンサートにゲスト出演した後、「なしくずしの死」と題されたソロ・コンサートに出演。このアルバムにはその コンサートから2曲と、その2日前に入間市民会館で録音された4曲が収められている。全盛期のような爆発的なパワーはないものの、スケールの大きなストラクチャと研ぎ澄まされた鋭さを感じるエポック・メイキングな作品。レコードで発売されたがのちにCD化された（ただし、音源はレコード）。

北〈NORD〉／Abe・Yoshizawa Duo '75

◎演奏＝阿部薫（alto saxophone）、吉沢元治（bass, cello）
◎発売＝LP／1981／Kojima Recordings INC. ALM-URANOIA UR-5
　CD／1995／ALM RECORDS URCD-5
◎録音＝1975年10月16日　入間市民会館
　1975年10月18日　青山タワーホール

「なしくずしの死」のコンサートでの1曲とその2日前に入間市民会館で録音された2曲、いずれも吉沢元治のベース、チェロとのデュオを収めたアルバムで、「なしくずしの死」同様、数少ないレコード作品（後にCD化）。阿部と対等に共演できるミュージシャンは数少なかったが、吉沢元治はその数少ない一人と思う。ここでは互いに妥協を排した、まさに極北のデュオが聴ける。

STUDIO SESSION 1976.3.12

◎演奏＝阿部薫（alto saxophoneほか）
◎発売＝CD／1992／VIVID SOUND CORPORATION VSCD-304
　CD／2004／PJL MTCJ 5522
◎録音＝1976年3月12日　高田馬場「BIG BOX」

稲岡邦弥プロデュース作品で全編ソロ。当時、阿部自身からレコーディングした話を聞いていたが、実際に発表されたのは阿部の死後、十数年を経た後だった。晩年に時々演奏していたピアノ・ソロが1曲、ハーモニカ・ソロが2曲、アルト・サックス・ソロが短かめの2曲と44分に及ぶ長い1曲が収められている。やはりアルト・サックスが中心となるが、線は細くなりつつある。

阿部薫メモリー

Passe-Temps's Disk No.1〜3

◎演奏＝阿部薫（alto saxophoneほか）
◎発売＝VHS-VIDEO／1998／Passe-Temps
◎録音＝1977年9月・11月　福島「パスタン」

阿部が晩年によく演奏していた福島のジャズ喫茶「パスタン」での1977年の演奏を録画したビデオ作品。限定各300本のセット発売。収録されている77年9月23日の演奏は、91年12月18日、テレビ朝日「PRE STAGE・異形の天才」で一部が放映された。珍しく「枯葉」のメロディー（のように聴こえる）を引用していて印象深かった。3枚組DVD「阿部薫　無にいたる透徹」としても発売中。

阿部薫　無にいたる透徹

Passe-Temps's Disk No.20〜23

◎演奏＝阿部薫（alto saxophoneほか）
◎発売＝DVD／Passe-Temps
◎録音＝1977年9月・11月　福島「パスタン」

前出のPasse-Temps's Disk No.1〜3に収録された映像をセレクトして構成したDVD。全4枚。

MEDITATION AMONG US

／MILFORD GRAVES

◎演奏＝阿部薫（alto saxophone, sopranino）、ミルフォード・グレイヴス（drums, percussion, piano, voice）、高木元輝（tenor saxophone）、近藤等則（trumpet, alto horn）、土取利行（drums, percussion）
◎発売＝LP／1977／POLYDOR KITTY MKF-1021
CD／1992／DIW Records DIW-357

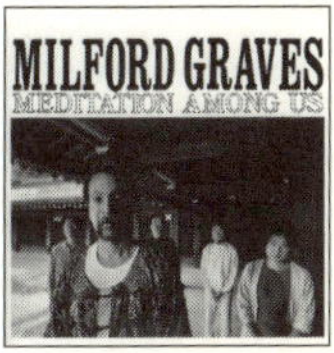

CD／2003／ユニバーサル・ミュージック UCCU-9022
◎録音＝1977年7月28日　東京　ポリドール第1スタジオ

間章が招聘したミルフォード・グレイヴスと日本のフリージャズ・ミュージシャンとの共演アルバム。渋谷パルコでのコンサートには2日間聴きに行ったが、1日目は阿部が加わっていて、久しぶりの演奏に接することができた。アルバムではミルフォードのドラムを中心に全員のコレクティブ・インプロビゼーションが展開されているが、阿部の鋭いサウンドをうかがうことができる。

SOLO LIVE AT GAYA

Vol.1〜10

◎演奏＝阿部薫（alto saxophoneほか）

◎発売＝CD／1990〜91／DIW Records DIW371〜380（10枚組）
◎録音＝1977年9月30日〜78年8月19日　初台「騒」

DIWから発売された「ラストデイト」が想像以上に売れたこともあり、阿部が最晩年に出演していた初台のライブハウス「騒《がや》」での演奏の中から、ソロだけを集めて10枚のアルバムとした（後にボックス・セット化）。この無謀ともいえる企画をしたのはランダム・スケッチの大島彰で、プロデュースは「騒」のママである騒恵美子だ。大島彰からの依頼もあって、私と友人の中村和夫がナマ録した当時のカセット・テープが音源となった。体力的にも気力的にも下降気味であり、ベストには程遠い演奏も多くあった阿部の演奏を、このような形で世に出してよいのか、と悩んだこともあったが、この音を後世に伝えていくしかないと思い、音源の提供を承諾した。そのなかでは、Vol.1、2、5が全体的に精彩を欠く散漫演奏となっていたが、他の巻は全盛期とは違っていながらも、何か次への期待を予感させるような優れた演奏が多く含まれている。

……………………………

アカシアの雨がやむとき

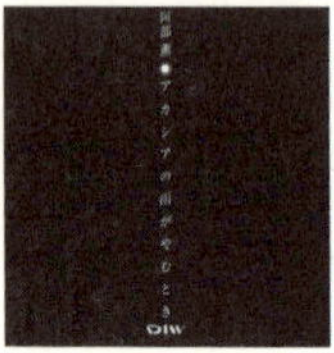

◎演奏＝阿部薫（alto saxophone）、豊住芳三郎（drums）
◎仕様＝CD／1991／DIW Records DIWS-2
◎録音＝1978年3月26日　初台「騒」：収録曲①
1977年11月25日　初台「騒」：収録曲②
◎収録曲＝①DUO IMPROVISATION（アカシアの雨がやむとき）、②DUO IMPROVISATION

「SOLO LIVE AT GAYA」の全10巻購入者への特典CD。後にボックス・セット化された際には含まれていた。豊住芳三郎とのデュオによる2曲を収録。出張に出かけるので早めに演奏を開始してくれるように頼んだら、応じてくれた1曲目の「アカシアの雨がやむとき」、北海道からの移動で、羽田からタクシーを飛ばして駆け付け、途中、電話で必ず行くから客に待っていてくれるように伝えた2曲目と、個人的にも思い出の多い演奏だ。特に久しぶりに豊住との共演となった2曲目のデュオは1977年の阿部の演奏の中では最もテンションが高い優れたものだと思う。

……………………………

蟬蛻《せんぜい》

◎演奏＝阿部薫（alto saxophone）、豊住芳三郎（drums, percussion）

◎発売＝LP／２００４／QBICO QBICO-23
◎録音＝１９７８年２月25日、４月15・30日　初台「騒」

イタリアの QBICO 社から豊住芳三郎へ依頼があり、「騒」での阿部・豊住デュオの演奏からセレクトして音源を私が提供し、２００４年の12月に発売されたレコード（CDではない）。「OVERHANG-PARTY」よりはずっと内容が良い演奏だと自負しているが、こんなアルバムを出す奇特なレコード会社がイタリアにあるとは驚きだ。

……………………………………

DUO&TRIO IMPROVISATION

／DEREK BAILEY

◎演奏＝阿部薫（alto saxophone）、デレク・ベイリー guitar, electric-guitar）、吉沢元治（bass）、近藤等則（trumpet, alto horn）、土取利行（drums, percussion）
◎発売＝LP／１９７８／POLYDOR KITTY MKF-1034
CD／１９９２／DIW Records DIW-358
CD／２００３／ユニバーサル・ミュージック
UCCU-9021
◎録音＝１９７８年４月19日　東京　ポリドール第1スタジオ

ミルフォード・グレイヴスを招いた翌年、間章が招聘したデレク・ベイリーと、阿部や吉沢、高木、近藤、土取と共演させてレコーディングした作品。タイトル通り、デュオまたはトリオによる演奏集。当初発売されたレコードでは阿部はデレク、高木とのトリオで1曲だけ参加していたが、03年に再発されたCDでは、4曲のボーナス・トラック中、3曲に加わっている。空間を鋭く切り込む阿部のサウンドが印象的だ。当時、デレクとの共演について阿部は京都での演奏は互いに徹底的にやり合えたと語っていた。

……………………………………

AIDA'S CALL／阿部、吉沢、近藤、Bailey

◎演奏＝阿部薫（alto saxophone）、吉沢元治（bass）、近藤等則（trumpet）、デレク・ベイリー（guitar）、

◎発売＝CD／１９９９／Starlight Furniture Company *9
◎録音＝１９７８年３月３日　町田「カラビンカ」

１９７８年にデレク・ベイリーが初来日した際、町田の「カラビンカ」での演奏をライブ録音したアルバムだが、いわゆるブートレッグ。３曲が収められているが、長い演奏を適当に抜き出して編集した感じだ。全体的にいつもより短いフレーズを重ねていく様が、何かミニマル的な印象を受ける。何となくアンコール曲的な感じの3曲目が終わってミュージシャンを紹介する声は故・間章である。

……………………………………

OVERHANG-PARTY

／ABE-TOYOZUMI-Duo

◎演奏＝阿部薫（alto clarinet, guitar, harmonica, piano,

alto saxophone, marimba)、豊住芳三郎（drums）
◎発売＝LP／1979／Kojima Recordings INC. ALM-URANOIA UR-2W
CD／1995／ALM RECORDS URCD-2W
◎録音＝1978年8月5日　吉祥寺「羅宇屋」
1978年8月13日　荻窪「グッドマン」

1978年はソロ演奏と併せて豊住芳三郎とのデュオ演奏が多かったが、阿部はこのユニットをOVERHANG-PARTYと名付けていた。阿部に名称の由来を問うと、頭上にかぶさってくる岩壁を直登していくのだと語ってくれた。「騒」ではここに収められているよりずっと良い二人の演奏を聴くことができたが、晩年に吹いていたアルト・クラリネットの演奏がここで聴けるのは貴重だ。

……………………………………

LAST DATE 8.28.1978

◎演奏＝阿部薫（alto saxophone, guitar, harmonica）

◎発売＝CD／1989／DIW Records DIW-335
◎録音＝1978年8月28日　札幌「街かど」

阿部は生前、しばしば北海道でも演奏していたが、このアルバムは札幌の「街かど」という普通の喫茶店でのライブ録音。会場の音響が気に入らず、アルト・サックスの演奏は1曲だけだったが、晩年の演奏によくあった独特の間を取りながら、鋭い音で空間を切り開いていく様は、やはり阿部にしか実現できない世界だ。CDの帯にある「即興演奏の極北に凶々しくも美しく咲いた幻のアルト」とは言い得て妙だ。3曲目のハーモニカの悲痛なメロディと響きが聴く者の心の奥深く下降していく。

……………………………………

The Last Recording

◎演奏＝阿部薫（alto saxophone）
◎発売＝CD／2003／DIW Records DIW-458
◎録音＝1978年8月29日　室蘭「DEE DEE」

「ラストデイト」が阿部の白鳥の歌だと誰もが長い間思っていたところ、「ラストデイト」の翌日の室蘭での演奏が2003年に発表された。わずか14分余りの演奏のみだが、「ラストデイト」と同様にテンションの高いアルト・ソロが聴ける。

……………………………………

◎Passe-Temps's Disk 問い合わせ先＝
パスタン　☎024-535-3212
ジャニス2号店　☎03-5281-0921

執筆者紹介

※50音順

あがた森魚（あがた・もりお）
１９４８年、北海道生まれ。ミュージシャン、映画監督。72年『赤色エレジー』で歌手デビュー。74年、初の監督作品『ぼくは天使ぢゃないよ』を制作。デビュー35周年となる２０07年、稲垣足穂へのオマージュ作品『Taruphology』をリリース。翌08年には還暦を迎えライヴツアー「惑星漂流60年！」を全国各地で展開。09年10月にはドキュメンタリー映画『あがた森魚ややデラックス』が渋谷・シアターNで公開となる。

朝倉世界一（あさくら・せかいいち）
１９６５年、東京生まれ。マンガ家。88年、デビュー。『フラン県こわい城』（エンターブレイン）、『地獄のサラミちゃん』（祥伝社）など著書多数。現在、月刊「コミックビーム」にて『デボネア・ドライブ』連載中。

荒木経惟（あらき・のぶよし）
１９４０年、東京生まれ。写真家。64年、写真集『さっちん』で第1回太陽賞受賞。新婚旅行を撮った『センチメンタルな旅』（私家版）で話題を集める。ほか『センチメンタルな旅・冬の旅』（新潮社）、『愛しのチロ』（平凡社）、『6×7反撃』（アートン）など、写真集・著書多数。海外での評価も高い。なお、鈴木いづみとの共著に『私小説』（白夜書房）、『IZUMI, this bad girl.』（文遊社）がある。『鈴木いづみコレクション』、『鈴木いづみ 1949-1986』、『いづみ語録』、『鈴木いづみプレミアム・コレクション』では、カバーおよび口絵写真を提供（すべて文遊社刊）。

池田千尋（いけだ・ちひろ）
１９８０年、静岡県出身。映画監督。早稲田大学で映画サークルに在籍。作品を製作しながら、映画美学校で映画を学ぶ。修了製作作品『人コロシの穴』が渋谷ユーロスペースでレイトショー上映され、２００３年、カンヌ国際映画祭・シネフォンダシオン部門にノミネート。大学卒業後、助監督を経て、05年、東京芸術大学大学院映像研究科映画専攻監督領域に一期生として入学。黒沢清監督、北野武監督に師事する。07年修了。08年『東南角部屋二階の女』で長編作品の監督デビュー。

歌川恵子（うたがわ・けいこ）
１９７１年生まれ。映像作家。多摩美術大学映像コースを経て、8ミリ作品『みみのなかのみず』が94年イメージフォーラム・フェスティバル一般公募部門で審査員特別賞を受賞。その後も、『超愛人』、その続編『カルデラ姫』などを製作。近年は写真作品等も発表。

大石三知子（おおいし・みちこ）
１９６５年、東京生まれ。脚本家。大学卒業後、ＯＬ生活を経て２００５年、東京藝術大学大学院映像研究科入学。田中陽造氏に師事。07年同校卒業。08年、映画『東南角部屋二階の女』で脚本デビュー。

大友良英（おおとも・よしひで）
１９５９年生まれ。神奈川県出身。音楽家。ＯＮＪＯ、INVISIBLE SONGS、幽閉者、ＦＥＮ等常に複数のバンドを率い、またFilament、Joy Heights、I.S.O.等数多くのバンドに参加。プロデューサーとしても多くの作品を世に出している。常に同時進行かつインディペンデントに多種多様な作品をつくり続け、その活動範囲は世界中におよぶ。ノイズやフィードバックを多用した大音量の作品から、音響の発生そのものに焦点をあてた作品に至るまでその幅は広く、ジャズや歌をテーマにした作品も多い。これまでに50作品以上のサウンドトラックを手がける映画音楽家としても知られ、また近年はサウンドインスタレーションを手がける美術家としての顔も持つと同時に障害のある子どもたちとの音楽ワークショップにも力をいれている。著書に『MUSICS』（岩波書店）、『大友良英のJAMJAM日記』（河出書房新社）がある。

大野真二（おおの・しんじ）
1949年、岡山市生まれ。多忙な仕事の傍ら、映画・ジャズ・芝居等を楽しむ。71年に初めて阿部薫のライブに接し強く魅せられ、以降、東京周辺のほとんどのライブは最後まで聴き続ける。阿部薫以外では、板橋文夫、アート・ファーマーや中島みゆきを愛聴している。

大森望（おおもり・のぞみ）
1961年生まれ。高知県出身。評論家、翻訳家。おもな著書に『現代SF1500冊』、『特盛！SF翻訳講座』、共著に『文学賞メッタ斬り！』シリーズ、訳書にウィリス『航路』、『犬は勘定に入れません　あるいは、消えたヴィクトリア朝花瓶の謎』、『マーブル・アーチの風』、ホールドマン『ヘミングウェイごっこ』、クロウリー『エンジン・サマー』ほか多数。

加部正義（かべ・まさよし）
1948年、横浜市生まれ。ミュージシャン。66年から69年まで「ザ・ゴールデン・カップス」のベーシストとして在籍。脱退後も数々のグループに参加。

騒恵美子（がや・えみこ）
1943年、東京生まれ。渋谷区初台で77年から84年まで営業したジャズのライブハウス「騒」のオーナー。阿部薫はたびたびここで演奏し、鈴木いづみとよく一緒に来ていた。

近代ナリコ（こだい・なりこ）
1970年、神奈川県生まれ。文筆家。小冊子『modern juice』編集発行人。著書に『インテリア・オブ・ミー　女の子とモダンにまつわるあれこれ』（PARCO出版）、『本と女の子　おもいでの60‐70年代』（河出書房新社）、『どこか遠くへ　ここではないどこかへ　私のセンチメンタル・ジャーニー』（ディスカヴァー）、『ナリコの読書クラブ』（彷徨舎）がある。

今野勉（こんの・つとむ）
1936年、秋田県生まれ。演出家、脚本家。TBSを経て、テレビマンユニオン取締役副会長、放送人の会代表幹事。『七人の刑事』、『遠くへ行きたい』など多くのテレビ番組を手がけ、長野冬季五輪の開・閉会式プロデューサーも務めた。著書に『テレビの青春』（NTT出版）など。

佐藤江梨子（さとう・えりこ）
1981年、東京生まれ。女優。TVやCM等で人気を博し、ドラマや映画にも出演。2009年9月5日よりNHK『オトコマエ！2』にレギュラー出演。9月4日からシアターコクーンにて蜷川幸雄演出の舞台『コースト・オブ・ユートピア』に出演。主演映画『すべては海になる』が10年公開予定。

新藤風（しんどう・かぜ）
1976年、神奈川県生まれ。映画監督。99年にNHK教育テレビ『新藤兼人の大老人日記』の取材と構成を手掛ける。同年『ナビィの恋』、2000年『三文役者』に助監督で参加。さらに、初の長編監督作品『LOVE／JUICE』を製作、好評を得る。同作でベルリン国際映画祭新人作品賞を受賞。

副島輝人（そえじま・てると）
1931年、東京生まれ。ジャズ評論家、プロデューサー。69年より、前衛ジャズ専門のライヴスペース「ニュージャズ・ホール」を主宰。その後もフリージャズ祭など、国内外を問わず、さまざまなイヴェントをプロデュースするほか、数々の音楽誌にジャズ批評を執筆。著書に『現代ジャズの潮流』（丸善ブックス）、『日本フリージャズ史』（青土社）など。

高橋源一郎（たかはし・げんいちろう）
1951年、広島県生まれ。作家。81年『さようなら、ギャングたち』（講談社・群像新人長編小説優秀賞）でデビュー。88年『優雅で感傷的な日本野球』（河出書房新社）で第1回三島由紀夫賞を受賞。近著に『大人にはわからない日本文学史』（岩波書店）、『柴田さんと高橋さんの小説の読み方、書き方、訳し方』（共著／河出書房新社）など。また、『もっとも危険な読書』（朝日新聞社）など、文芸評論も多く手がけている。

田原総一朗（たはら・そういちろう）

１９３４年、滋賀県生まれ。ジャーナリスト、評論家、ニュースキャスター。岩波映画製作所、東京12チャンネル（現テレビ東京）を経て、77年にフリーに。早稲田大学特命教授、「大隈塾」塾頭も務める。著書に『日本の戦争』（小学館）、『日本の戦後 上・下』、『再生日本』（ともに講談社）、『第三次世界大戦 右・左』（アスコム）、『崩壊自民 裏のウラ』（朝日新聞出版）など。雑誌『オフレコ！』の責任編集長としても活躍中。

近田春夫（ちかだ・はるお）
１９５１年、東京生まれ。ロックンローラー。慶大在学中にキーボード奏者としてカルメン・マキバンドや内田裕也グループなどに参加。74年に「近田春夫&ハルヲフォン」結成。76年頃からは歌謡曲評論などで活躍し、雑誌にも執筆。ヒカシュー、小泉今日子などのプロデュースも手がける。２００６年に「近田春夫&ハルヲフォン・リローデッド」名義でハルヲフォンを再結成。

戸川純（とがわ・じゅん）
女優、歌手。映画、ドラマ、舞台、CMなど出演作多数。ＣＭ「ＴＯＴＯウォシュレット」（１９８２〜95年）、映画『釣りバカ日誌』（1作目〜7作目）、監督・脚本・主演を務めた映画『いかしたベイビー』（91年）、近作に二人芝居『ラスト・デイト』（２００６年）など。ソロ、ヤプーズなどで音楽活動も行っており、作品に『玉姫様』（84年）、『好き好き大好き』（85年）、『昭和享年』（89年）などがある。近作は3枚組ベストＣＤ『TOGAWA LEGEND』（GT MUSIC）、9枚組BOX『TEICHIKU WORKS』（TEICHIKU）。09年、芸能生活30周年を迎える。現在、長編小説を執筆中。

野川政美（のがわ・まさみ）
１９５６年、神奈川県生まれ。翻訳家。慶應義塾大学卒業。訳書に、アントワーヌ・ブロンダン『冬の猿』、ドン・ピアース『クール・ハンド・ルーク』（ともに文遊社刊）がある。

原雅明（はら・まさあき）
レーベルマネージャー（corde.co.jp）、売文家、時々ＤＪ。単行本『word and sound（仮）』（フィルムアート社）を２００９年秋刊行予定。ＬＯＷ ＥＮＤ ＴＨＥＯＲＹ（www.lowendtheoryclub.com）、INTO INFINITY（intoinfinity.org）の日本版コンテンツ等を立案実行中。

日向朝子（ひゅうが・あさこ）
１９７８年、東京生まれ。映画監督、脚本家。２００３年に短編映画『Finder』でショートピース！仙台短篇映画祭審査員奨励賞を受賞。同年、長編映画脚本『SEESAW』でサンダンス・ＮＨＫ国際映像作家賞優秀賞を受賞。主な脚本・監督を手がけた作品に、短編映画『OVERCOAT & MITTEN』、『WAITER』、『Presents〜合い鍵〜』など。

平井玄（ひらい・げん）
１９５２年、東京生まれ。作家、批評家。音楽・思想・社会等幅広い領域を独自の視角で論じる。80年代に音楽批評誌「同時代音楽」、90年代には「音の力」誌に関わり、ジャズを中心とする音楽のプロデュースや様々な社会運動に携わる。92年、パレスチナから音楽グループを招聘し、コンサートを開催。おもな著書に『ミッキーマウスのプロレタリア宣言』（太田出版）、『千のムジカ』（青土社）、『路上のマテリアリズム』（社会評論社）など。

平沢剛（ひらさわ・ごう）
１９７５年生まれ。映画研究者。共著に『若松孝二 反権力の肖像』（作品社）、聞き手に足立正生『映画／革命』、葛井欣士郎『遺言 アートシアター新宿文化』（ともに河出書房新社）ほか。

本城美音子（ほんじょう・みねこ）
１９７６年、茨城県生まれ。フリーライター。96年に自費出版した短編小説集「ゼロ点」をきっかけに、97年から雑誌「ＢＵＲＳＴ」で執筆を開始。その後は週刊情報誌を中心に活動、一時は編集プロダクションを共同経営していたが、出版不況と経営能力の欠如に起因する業績悪化により解散した。現在はライター業に加え、雑誌の編集も手がけている。

町田康（まちだ・こう）
１９６２年、大阪府生まれ。作家。96年に発表した処女小説『くっすん大黒』で、ドゥマゴ文学賞、野間文芸新人賞、２０００年『きれぎれ』で芥川賞、01年『土間の四十八滝』で萩原朔太郎賞、02年「権現の踊り子」で川端康成文学賞、05年『告白』で谷崎潤一郎賞、08年『宿屋めぐり』で野間文芸賞を受賞。他の著書に『パンク侍、斬られて候』『浄土』などがある。若松孝二監督の映画『エンドレス・ワルツ』（95年）では阿部薫役を演じ（当時は町田町蔵の名）、高い評価を受けた。

三浦しをん（みうら・しをん）
１９７６年、東京生まれ。作家。２０００年、書下ろし長篇小説『格闘する者に○』でデビュー。06年『まほろ駅前多田便利軒』で直木賞受賞。他の著書に『風が強く吹いている』、『仏果を得ず』、『光』、『神去なあなあ日常』、『星間商事株式会社社史編纂室』などがある。『悶絶スパイラル』、『ビロウな話で恐縮です日記』など、エッセイも多数。

南達雄（みなみ・たつお）
1948年、京都府生まれ。出版社専属カメラマンを経て、コマーシャルカメラマンに。越生のギャラリィ&カフェ「山猫軒」オーナー。

宮崎大（みやざき・だい）
1965年生まれ。映画プロデューサー。『乱歩地獄』『blue』『殺し屋1』『青い春』『うずまき』などの特殊恋愛映画にこだわりつつも雑多に企画&プロデュース。現在は清水崇監督と『戦慄迷宮3D』、矢崎仁司監督と『スイートリトルライズ』を作っている。

森奈津子（もり・なつこ）
1966年、東京生まれ。作家。91年に少女小説でデビュー、その後は性愛をテーマに、現代物・SF・ホラーなどの作品を発表。2000年には『西城秀樹のおかげです』が第21回日本SF大賞にノミネート、04年には『からくりアンモラル』が第25回日本SF大賞にノミネートされた。著作に『ゲイシャ笑奴』、『耽美なわしら』、『夢見るレンタル・ドール』などがある。

山中千尋（やまなか・ちひろ）
群馬県生まれ。ジャズ・ピアニスト。米国バークリー音楽大学在学中より幾多の賞を受賞し、数多くの有名アーティストと共演。「シスターズ・イン・ジャズ国際コンクール」優勝をはじめ、HMV大賞や「スイングジャーナル」ジャズ・ディスク大賞、日本ゴールドディスク大賞など、受賞多数。近作に『After Hours』、『Bravogue』など。

与那原恵（よなはら・けい）
1958年、東京生まれ。雑誌にルポ、エッセイを発表、書評も多数執筆。単行本『物語の海、揺れる島』が各誌で絶賛され、脚光を浴びる。ほかに『美麗島まで』、『サウス・トゥ・サウス』など。最新作に『まれびとたちの沖縄』。

四方田犬彦（よもた・いぬひこ）
1953年、大阪府生まれ。比較文学者、映画史家。建国大学（韓国）、東洋大学、コロンビア大学を経て、90年より明治学院大学で教鞭をとる。同大教授、言語文化研究所所長。『月島物語』で斎藤緑雨賞、『モロッコ流謫』で伊藤整文学賞評論部門・講談社エッセイ賞受賞ほか、著書多数。近著に『歳月の鉛』、『怪奇映画天国アジア』、『世界は村上春樹をどう読むか』（共著）など。

ラナム、ダグラス（Douglas Lanam）
コンピューター・プログラマー。人工知能に関する広汎な研究を行う。また、独自に日本文学を研究。サンフランシスコ州立大学では比較文学を専攻し、修士論文でアーシュラ・K・ルグウィンと鈴木いづみのSF小説を扱った。鈴木いづみ作品の英訳も手がける。

若松孝二（わかまつ・こうじ）
1936年、宮城県生まれ。映画監督。63年にピンク映画『甘い罠』で監督デビュー。95年、阿部薫と鈴木いづみを描いた映画『エンドレス・ワルツ』を監督。2007年、『実録・連合赤軍 あさま山荘への道程』で第20回東京国際映画祭「日本映画・ある視点 作品賞」を受賞。同作は、08年のベルリン国際映画祭など各国の映画祭で映画賞を総なめにした。

◎169ページおよびカバー背に掲載した写真（同一写真）の撮影者が不明です。お心当たりの方は、文遊社編集部までご連絡ください。
◎見返し写真／南達雄、『処女の戯れ』スチール写真。
◎本書の中には今日の人権意識に照らして不当・不適切な語句や表現がありますが、時代的背景と作品の価値にかんがみ、また著者が故人であるためそのままとしました。

彼（阿部薫）は、わたしの宗教であった………鈴木いづみ

鈴木いづみ×阿部薫　ラブ・オブ・スピード　◎二〇〇九年八月三〇日　初版第一刷発行
◎編著＝文遊社編集部　◎発行＝山田健一　◎発行所＝株式会社文遊社　東京都文京区本
郷三－二八－九　〒一一三－〇〇三三　電話＝〇三－三八一五－七七四〇　FAX＝〇三
－三八一五－八七一六　http://www.bunyu-sha.jp　郵便振替＝〇〇一七〇－六－一七三
〇二〇　◎印刷・製本＝シナノ印刷株式会社　◎乱丁本、落丁本は、お取り替えいたしま
す。定価は、カバーに表示してあります。　◎Printed in Japan. ISBN978-4-89257-062-9

やあ
みなさん
IZUMI